歌え、
葬られぬ者たちよ、
歌え

ジェスミン・ウォード
石川由美子訳

作品社

歌え、葬られぬ者たちよ、歌え

私が初めて息を吸う前から私を愛してくれた
母ノリーン・エリザベス・デドーへ。
私の人生における一秒ごとに、母はいまもその愛を示してくれる。

誰を探している、誰を探している？
エキアノを探している。
川へ行ったのか？　返しておくれ。
畑に行ったのか？　返しておくれ。
われらはエキアノを探している。

——消えたアフリカの少年、エキアノをめぐるクワ族の歌

記憶は生き物——それもまた移ろいの中にある。けれども機を得たその瞬間には、記憶されたすべてがひとつとなり命を得る——老いも若きも、過去も現在も、生ける者も死せる者も。

——ユードラ・ウェルティ『ある作家の始まり』より

湾が輝く、鉛のように鈍く。テキサスの海岸が
金属の縁のようにきらめきを放つ。私に家はない
頭上で夏が泡立ち

煮え立つかぎり、主たる神の御名《みな》において
鞭と炎を福音とするすべての者たちの頭上に
燃える石炭が積み上げられるその日に、

幾年も幾年もの、教えのない死の上に。

——デレク・ウォルコット「湾」より

第1章　ジョジョ

　ぼくは死を知っている。目をそらさずに見ていられる。そうでありたいと思っている。手伝ってくれと父さんに言われたとき、ズボンのベルトにあの黒いナイフをはさんであるのが見えたので、後を追って外へ向かいながら、ぼくは意識的に背筋を伸ばし、肩をハンガーみたいにいからせる。父さんの歩き方だ。こんなのはぜんぜん普通でかったるい仕事だという態度で、ぼくもだてに十三年間生きてきたわけではないし、引っぱれと言われたところを引っぱって内臓を筋肉から引きはがし、腹の穴から取り出せる歳なんだというところを見せてやりたい。血にまみれても平気なんだと、父さんにわからせてやりたい。今日はぼくの誕生日だ。

　ドアがバタンと鳴らないように、片手でつかんでもとに戻す。ぼくと父さんのいないあいだに母さんやケイラが目を覚ますといけないから。二人ともまだ寝かせておいたほうがいい。妹のケイラは夜にレオニが仕事でいないと一時間おきに目を覚まし、ベッドで起き上がって泣きわめくから。母さん、つまりぼくたちの祖母は、日差しと暑さでミズナラの木がやられるように、化学療法のメタドンにやられてすっかりひからびてしまったから。父さんが木立のあいだを縫うように出たり入ったりする。細くて、茶色で、まっすぐで、松の若木みたいだ。父さんが乾いた赤土につばを吐き、風が吹いて木々が波打つ。寒い。今年の春は強情で、なかなか暖かくなろうとしない。流れの悪い排水口のまわりに水が溜まるみたいに、寒さがよどんでいる。ぼくはいつもレオニの部屋の床で寝ていて、そこにパーカーを置いてきてしまったので、いまは薄地のTシャツしか着ていない。それでも腕をさすったりはしない。寒さなんか気にしていたら、父さんがヤギの喉を切り裂くときに、きっと体がびくっとしたり顔をしかめたりしてしまう。そうしたら相手は父さんだし、絶対に気づかれるに決まっている。

「ちびは寝かしておこう」と父さんが言う。

うちの家は父さんが自分で建てた。正面の幅が狭く、縦に長くて、裏の土地をなるべく森の状態で残せるように道路寄りに建っている。そして森を小さく切り拓いたところに、ブタ小屋とヤギの囲いとニワトリ小屋が建っている。ヤギのところへ行くにはブタ小屋の前を通らないといけない。糞のせいで地面が黒くぬかるんでいて、六歳のときに靴を履かずに駆け回ってぶたれて以来、絶対にここではほはだしにならない。〈寄生虫が入ったらどうするんだ〉と父さんに言われた。そしてその晩、父さんが子どものころには靴はひとりに一足ずつ、それも教会用のしかなかったので、きょうだい全員がはだしで遊んでいた、という話を聞かされた。だからおなかに寄生虫がいて、外の便所で用を足すときには尻から虫を引っぱり出さなければならなかったんだ、と。父さんには黙っていたけれど、ぶたれた痛みよりそっちの話のほうがよっぽど効いた。

父さんがヤギを一頭選んで、その不運なヤギに縛り首の要領でロープをかけ、小屋から連れ出す。ほかのヤギがメエメエと押し寄せてきて父さんの脚に体当たりし、ズボンをなめる。

父さんは「しっしっ」と言ってそいつらを足で追い払う。おそらくヤギたちは知っているんだろう。荒っぽく頭突きを仕掛けてきたり父さんのズボンに咬《か》みついて引っぱったりするようすを見ればわかる。首にゆるく巻かれたロープが何を意味するか、たぶんヤギたちは知っているんだ。白毛に黒いぶちの散ったヤギが、これから向かう先のにおいを感じたのか、抵抗して踊るように左右に跳ねる。父さんはそいつを引いてブタたちの前を通り、柵に寄ってきてブウブウと餌をねだるそいつらにはかまわずに、小径《こみち》を通って家の近くにある小屋を目指す。木の葉がぼくの肩に当たり、引っ掻いた痕《あと》が白く乾いて、落書きみたいな細い線が腕に残る。

「どうしてもっと広げないの、父さん？」

「これ以上は場所がないからな。それに、こうして家の裏でやっていることを他人に見せる必要もない」

「だけど家の前からでも鳴き声は聞こえるよ。道路からでも」

「だから万が一誰かが裏にまわってうちの動物に悪さをしようとしても、木の向こうから鳴き声が聞こえるだろう」

「あいつらが連れていかれるかもってこと？」

「そういうわけではない。ヤギというのは性根が悪いし、ブタは案外頭がいいものだ。それに獰猛だしな。ふだん餌をやり慣れている相手でないと、手を食いちぎることもある」

父さんとぼくは小屋に入る。父さんが土間に打ちこんだ杭にヤギを結わえると、ヤギが父さんに向かって鳴きわめく。

「自分の家畜をわざわざ人目にさらすやつがいると思うか？」と父さんが言う。確かにそうだ。ボアの町では拓けた場所で家畜を飼っている家はどこにもないし、屋敷の前で飼っているところもない。

　ヤギが首を左右に振って後ずさる。体を縮めてロープから抜け出ようとする。父さんがそれにまたがり、あごを抱きかかえる。

「ビッグ・ジョゼフ」と、ぼくは魔よけの言葉を唱える。本当は顔をそむけて小屋の外を見ていたい。後ろを向いて、冷たく冴えた緑色の風景を眺めていたい。でもぼくは頑として父さんを、首を上に向けられて死を待つヤギを、見続ける。父さんがふんと鼻を鳴らす。父さんの名前は使いたくなかった。ビッグ・ジョゼフはぼくの白人の祖父で、父さんは黒人の祖父だ。父さんとは生まれたときからいっしょに暮らしているけれど、白人の祖父はこれまで二回しか見たことがない。ビッグ・ジョゼフはでっぷりと太って、背が高くて、父さんとは似ても似つかない。というよりマイケルとも似ていない。マイケルはぼくの本当の父親で、体はやせ型で、全身タトゥーだらけだ。よくアーティストの卵なんかに彫らせて、お土産《みやげ》みたいに持ち帰っていた。ボアの町からも、沖合で働いていたときには沖合からも。刑務所でも彫らせているらしい。

「そら、いくぞ」

　父さんが人間と取っ組み合うみたいにヤギに組みつき、ヤギの膝がかくりと折れる。ヤギがつんのめって地面に倒れ、顔を横に向けて、血の染みた埃《ほこり》っぽい土間に頰をすりつけながらぼくを見上げる。やわらかな目を見せつけられても、ぼくは目をそらさないし、まばたきもしない。父さんがすっと切りつける。ヤギが驚いたような音をたて、メエという声がドクドクという音にのみこまれて、そこらじゅうが血と泥の海になる。ヤギの脚がゴムのようにぐにゃりとして、父さんも力を抜く。それからすっと立ち上がってヤギの足首をロープで縛り、梁《はり》からぶら下がっているフックに丸ごと引っかける。さっきのあの目だ。いまも潤《うるお》いをおびた目でぼくを見ている。まるで喉をかき切ったのはぼくだと言わんばかりに。体から血を抜いて顔じゅう血でまっ赤に染めているのはぼくだと言わんばかりに。

「いいか?」と尋ねて、父さんがちらりとこっちを見る。ぼくはうなずく。ぼくの眉間にはしわが寄り、表情は硬く張りつめている。父さんがヤギの脚に沿って切りこみを入れ、ズボンの縫い目、シャツの縫い目、と全身に線を引いていくそばで、ぼくはなんとか体の力を抜こうと努める。

「ここをつかんで」と、父さんがヤギの腹に引かれた線を指差す。ぼくはそこに指をくいこませてしっかりつかむ。まだ温かい。それに濡れている。〈滑るなよ〉とぼくは自分に言い聞かせる。〈滑るなよ〉

「よし、引っぱれ」

ぼくは引っぱる。ヤギが裏返しになる。どこもかしこもぬるぬるしてひどいにおいだ。カビっぽいつんとしたにおい。何日も風呂に入っていない男のにおい。バナナの皮みたいにつるりとむける。一度引っぱるといとも簡単にむけることに、毎度ながらびっくりする。父さんが反対側をぐいと引いて、足の先で皮を切り離していく。ぼくもヤギの腿から足先に向けて皮を引っぱり下ろしていく。でもなかなかうまく脱がせられなくて、けっきょく父さんに切ってもらう。

「反対側」と父さんに言われて、心臓のそばの切りこみをつかむ。さっきのところより温かいので、これって心臓がパニックを起こしてバクバクしていたせいだろうか、と思い、はたと父さんを見ると、すでにヤギの足先で皮を切り離している。よけいなことを考えているあいだにますます遅れをとってしまった。もたついているのはびびっているから、心が弱いから、まだ半人前で死を直視できないから、と思われたくないので、ぼくは皮を握る手に力をこめてぐいと引っぱる。父さんが足先で皮をパチンと切り離し、天井からぶら下がったヤギが揺れて、ピンク色の筋肉に覆われた体が小屋に差しこむわずかな光を受け、暗がりの中でてかてか光る。ヤギの名残をとどめているのは毛むくじゃらの顔だけで、なぜかそれが、父さんがそいつの喉をかき切る前のあの瞬間よりもぼくには堪《こた》える。

「バケツを」と父さんに言われ、後ろの棚から金属バケツを持ってきて、ヤギの下に置く。皮を拾うと、すでにごわごわになりかけている。それをバケツの中に投げ入れる。全部で四枚。

腹の中央を父さんが縦に切り裂き、中身がすべり落ちてバケツに入る。それを父さんが切り分けていくと、顔じゅうにブタの糞を塗りたくられたようなすさまじいにおいがする。森の奥まで食糧探しに出かけたやつが死んで腐ったようなにおい。ノスリが舞い上がったり舞い降りたり旋回したりするのを見てわかる、あのにおい。フクロネズミやアルマジロが道路で半分ぺしゃんこになり、熱気の中で腐ってアスファルトに浸みていくにおい。でも実際にはそれ以上だ。こっちのほうがもっと堪える。なにしろこの死臭、この腐臭のもとは、ついさっきまで生きていた。生きて血が通って温かかったからだ。ぼくは顔を歪《ゆが》める。いっそケイラの〈くさいくさい〉の顔をしてやりたい。怒ったときや機嫌の悪いときに妹が誰彼かまわず向ける、臭いにおいを嗅いだような顔。グリーンの目を細め、鼻をきのこみたいに縮めて、十二本の小さな乳歯をむき出しにする。ぼくもあの顔をしてやりたい。あんなふうに鼻をくしゃくしゃにしてにおいを絞《しぼ》り出せば、少しはましになるかもしれない。死のにおいを締め出せるかもしれない。実際にはただの胃や腸だとわかっているんだけれど、ぼくにはもうケイラの〈くさいくさい〉の顔とヤギのやわらかな目しか見えなくなって、それ以上じっと見ていられなくて、次の瞬間には小屋のドアから飛び出して草の中で吐いている。顔はひどく熱いのに、腕はひんやりしている。

父さんが小屋から出てくる。板状になった肋骨を片手に握っている。でもぼくが口をぬぐって顔を上げると、父さんはぼくではなく家のほうを見ていて、そっちに向かってあごをしゃくる。

「ちびの泣き声が聞こえた気がしてな。行って見てきてくれないか」

ぼくは両手をポケットに入れる。

「手伝いはいいの？」

父さんは首を振る。

「もう手伝ったさ」と言ってようやくぼくのほうを振り返ると、その目はすでに穏やかだ。「ほら、行ってこい」父さんはくるりと向きを変え、小屋の中に戻っていく。

父さんの空耳だったにちがいない。ケイラはいまも眠っている。パンツとTシャツだけの格好で床に転がり、顔を横に向けて、空気に抱きつこうとするみたいに両手を突き出して脚を広げている。ケイラの膝にとまったハエに気づいて、ぼくはそいつを追い払う。ぼくと父さんが小屋にいるあいだ、ずっとそこにとまっていたのでなければいいんだけれど。こいつらは腐ったものを食って生きている。ぼくがまだ小さかったころ、レオニのことをまだママと呼んでいたころに、ハエはうんちを食べるんだと教わった。そのころはまだ悪いことよりいいことのほうが多くて、父さんが前庭のペカンの木に吊ったぶらんこにぼくが乗るとレオニは押してくれたし、いっしょにソファーに座ってテレビを観ながら、ぼくの頭をなでてくれたりもした。家にいるよりいない時間のほうが長くなる前、クスリを砕いて鼻から吸うようになる前、意地の悪いちょっとした言葉が積もり積もって、すりむけた膝にこびりついた砂利みたいに取れなくなる前のことだ。そのころはまだマイケルのことをパパと呼んでいた。マイケルはぼくらと暮らしていて、ビッグ・ジョゼフのところへは戻っていなかった。三年前に警察に逮捕される前、ケイラが生まれる前のことだ。

レオニがぼくに嫌味を言うたびに、母さんがやめなさいと割って入った。するとレオニは〈冗談よ〉と言って毎回必ずにっこり笑い、縦縞《たてじま》に染めた短い前髪を片手で払った。〈こういう色だと肌がポップに見えるのよ〉と言いながら。〈黒い肌に輝きが出るの〉と。そして〈マイケルも気に入ってるのよ〉と。

ぼくはケイラのおなかに毛布をかけて、自分も隣に横になる。小さな足を握ると温かい。ケイラが眠ったまま毛布を蹴とばし、ぼくの腕をつかんで自分のおなかに引き寄せる。そこでぼくも、妹がまた落ち着くまでそのままじっとしている。ケイラの口が開いたので、近くをぐるぐる飛んでいるハエを払う。ケイラが小さないびきをかく。

ぼくが小屋に戻ると、父さんはすでに後片づけをすませていた。内臓はにおうので森に埋め、数か月以上先に食べる肉はビニールにくるんで、隅にある小さな冷凍庫に保存する。父さんが小屋のドアを閉めるのを待って、ぼくもいっしょに歩きだす。だけど家畜小屋の前に差しかかると、木の柵に寄ってきてメエメエと鳴きたてるヤギをぼくはどうしても避けてしまう。こいつらは仲間がどうなったか、ぼくも手伝って殺したやつがどうなったか訊いているんだ。そいつの一部を、父さんがいま手に持って運んでいる。やわらかいレバーは母さん用。食べるときに口から血がたれないよう、軽く焦げ目をつけてからぼくに運ばせる。腰肉はぼく用だ。たっぷりゆでてスモークしてから、誕生日祝いのバーベキューにする。二、三頭のヤギが仲間から離れて草を食べにいく。二頭の雄が互いに駆け寄ったかと思うと、一方がもう一方に頭突きをくらわせ、喧嘩が始まる。一方がひょこひょこと退散して、勝ったほう、汚れた白いほうが、小柄な灰色の雌を威嚇して馬乗りになろうとする。ぼくは袖の中に腕を引っこめる。雌が雄を蹴飛ばしてメエと鳴く。ぼくの横で父さんが立ち止まり、新鮮な肉を宙で振ってハエを払う。雄が雌の耳に咬みつき、雌が唸《うな》るような声を出して後ろに跳びのく。

「みんなああいう感じなの？」ぼくは父さんに訊いてみる。馬が仁王立ちになって互いに馬乗りになるのも見たことがあるし、ブタが泥の中で発情するのも見たことがあるし、夜に山猫がわめいたり唸ったりしながら子猫を作るのも聞いたことがある。

父さんは首を振り、とっておきの肉をぼくに向かって持ち上げる。そして口の片端だけでにやりとすると、歯が見えたほうの口の隅がナイフのように尖っている。だけど笑みはすぐに消える。

「いや、みんなということはない。だがまあ、そういう場合もある」

雌のヤギが金切り声をあげて雄の首に頭突きをする。雄がよろめいて後ずさる。父さんの言うとおりだ。確かに。父さんと母さんはああいう感じではない。でもぼくの頭には、レオニとマイケルの姿が実物みたいにはっきりと思い浮かぶ。マイケルがうちを出てビッグ・ジョゼフのところへ戻る前、刑務所に入る直前の、最後のあの大喧嘩。マイケルはジャージと迷彩柄のズボンとジョーダンシューズを大きな黒いごみ袋につっこんで、それを外に放り出した。それから出ていく前にぼくをハグした。マイケルの顔が近づいてきて、松葉のようなグリーンの目と赤くまだらになった皮膚しか見えなくなった。頰と、口と、鼻の両側で、皮下の血管が赤く細い筋になっていた。マイケルはぼくの背中に腕をまわし、とん、とん、と二回叩いた。だけど叩き方がそっとすぎて、あまりハグのような感じがしなかった。それでもマイケルの顔はなんだか張りつめ、皮膚の下にぺたぺた絆創膏でも貼っているみたいで、奇妙な感じがした。もしかして泣くのかな、というような。レオニのおなかにはそのときすでにケイラがいて、ケイラという名前も決まっていて、ぼくのだったチャイルドシートにマニキュアで名前が書いてあった。レオニのお腹は日に日に大きくなり、まるでシャツの中にバスケットボールでも入れているみたいだった。マイケルを追ってレオニもポーチに出てきた。ぼくはまだその場に立って、弱々しい風のように静かなとんとんを背中に感じているところだった。レオニはマイケルの襟首をつかんで引っぱるなり、思い切り横面をはたいた。湿った音があたりに響きわたった。マイケルが振り返ってレオニの両腕をつかみ、二人でわめき合ってはあ言いながら、押したり引いたりしてポーチの上を行ったり来たりしはじめた。まるで合体したみたいに腰と腰、胸と胸、顔と顔がくっついて、ぎこちなくちょこまかと動く姿が砂地を歩くヤドカリのようだった。それから互いに寄りかかって話しはじめた。だけど言葉というよりうめき声に近かった。

「わかってるよ」とマイケル。

「一生わかるわけない」とレオニ。

「なんで押すんだよ」

「あんたなんかどこでも好きなところへ行けばいい」そう言うなりレオニは泣きだし、キスが始まって、ビッグ・ジョゼフの車が未舗装の私道に入ってくるまでずっとそうやって二人でくっついていた。ビッグ・ジョゼフは道路から敷地に入ってすぐのところで車をとめ、クラクションを鳴らすでもなく、手を振るでもなく、ただじっと座ってマイケルが来るのを待っていた。レオニがマイケルから離れてバタンと家の中に姿を消し、マイケルはうつむいて自分の足に視線を落とした。靴を履くのを忘れていて、足の指が赤くなっていた。マイケルが激しく息を吸ってごみ袋をつかむと、白い背中でタトゥーが動いた。肩に彫ったドラゴンと、腕に彫った大鎌、左右の肩甲骨のあいだの不気味な死神。そして首のつけ根に彫ったぼくの名前〈ジョゼフ〉と、その両側の、ぼくが赤ん坊だったころの足形。

「出かけてくる」と言うなりマイケルはポーチから飛び下り、首を振ってごみ袋を肩に振り上げ、ピックアップトラックのもとへ、自分を待つ父親のもとへ、ビッグ・ジョゼフ、ただの一度もぼくの名前を呼んだことのないその男のもとへ、歩いていった。車が私道を出ていくときに、そいつに中指を立ててやろうかとも思ったけれど、マイケルが飛び降りてきてぼくを張り倒すかもしれないので、やめにした。マイケルがどういうときにぼくに気がついてどういうときに気がつかないのか、当時はさっぱり読めなかった。あるときはぼくのことを見ているかと思えば、何日も何週間も目に入らないこともあった。でもけっきょくそのときは関係なかった。マイケルはポーチを飛び下りてから一度も振り返らなかったし、ピックアップトラックの荷台にごみ袋を放り投げて前の座席に乗ってからは、顔を上げようともしなかった。赤くなった足の指にずっと気を取られているみたいだった。男なら相手の顔をまっすぐ見ろといつも父さんに言われているので、ぼくはその場に立ったまま、ビッグ・ジョゼフがトラックのギアをバックに入れ、その隣でマイケルが自分の膝に視線を落としているのを、車が私道を出て道路を走っていくまでずっと見ていた。それから父さんがやるみたいにつばを吐き、ポーチを飛び下りて、裏の森の秘密の小部屋にいる動物たちのところへ駆けていった。

「行くぞ、ぼうず」と言って父さんが家のほうへ歩きだしたので、ぼくも後を追い、レオニとマイケルの喧嘩の記憶はその場に残し、じめじめした寒い日に発生する霧のように漂わせておくことにする。けれども記憶は追ってくる。ぼくは父さんが地面に残していくやわらかな内臓の血の痕をたどる。その血の痕は、ヘンゼルが森にまいたパンくずと同様、まちがいなく愛の目印だ。

フライパンの中で焦げるレバーのにおいが喉をぐっと押してくる。焼く前にベーコンの油をまぶしてもにおいはごまかせない。皿にのせてもまだにおうけれど、父さんが手製のグレービーソースをたっぷりかけると、肉のまわりに小さなハートの形ができる。これって意図的なんだろうか。ぼくはそれを持って母さんの部屋の戸口へ向かう。でも母さんはまだ眠っているので、そのままキッチンに戻す。父さんはそれが冷めないようにペーパータオルで覆ってから、今度は別の肉を小さく切り分け、にんにくとセロリとパプリカと玉ねぎで下味をつけて、そばで見ているぼくの目が沁《し》みてきたころに鍋に入れて煮る。

レオニとマイケルが表で言い争ったあの日、父さんと母さんが家にいたら、きっと止めに入っただろう。〈ぼうずに見せる必要はない〉と、父さんなら言ったにちがいない。母さんなら〈子どもに真似《まね》されたくないでしょう〉と。でも二人ともいなかった。そういうことはめったにない。二人がいなかったのは、母さんが癌《がん》だとわかって、父さんが病院へ連れていったからだ。ぼくの世話をレオニにまかせて出かけたのは、ぼくの覚えているかぎりそれが初めてだった。マイケルがビッグ・ジョゼフと行ってしまった後で、レオニの向かいに座ってフライドポテトのサンドイッチを作るのは、ひどく奇妙な感じがした。レオニは組んだ脚を蹴り上げながらぼんやり宙を見つめ、唇からもれるタバコの煙が頭のまわりで渦を巻いて、なんだかヴェールのようだった。家の中でタバコを吸うと、父さんも母さんもいやがるのに。レオニと二人きりなんて。タバコが灰になると、レオニは飲んで空《から》になったコーラの缶にその灰を入れ、ぼくがサンドイッチにかぶりつくと同時に言った。

「まずそう」

マイケルと喧嘩したときの涙はふいてあったけれど、顔じゅうにまだ筋が残っていて、流れた痕が乾いててかてか光っていた。

「父さんもこうやって食べるんだよ」

「父さんのすることならなんでも真似するんだ？」

首を振って否定しないといけない気がして、ぼくはそうした。でも実際には、父さんのすることならたいてい気に入っていた。人と話すときの立ち姿も、教科書に出てくるチョクトー・インディアンかクリーク・インディアンみたいに額からまっすぐ後ろに梳《と》かしつける髪型も、家の裏でぼくを膝にのせてトラクターを運転するのも。ものの食べ方さえ、無駄なくこぎれいで好きだった。そして寝る前に聞かせてくれる物語も。ぼくが九歳のころには、父さんはすべてにおいて最高だった。

「だって明らかに真似してるじゃん」

答えるかわりにぼくはごくりと飲み下した。ポテトが太くてしょっぱいわりにマヨネーズとケチャップの量が少なくて、少し喉につっかえた。

「音まで最悪」と言ってレオニはタバコを缶の中に落とし、立って食べているぼくのほうに押しやった。「捨てといて」

レオニはキッチンを出てリビングへ行き、マイケルがソファーに残していった野球帽を拾い上げて目深にかぶった。

「出かけてくる」とレオニが言った。

ぼくはサンドイッチを手に小走りで追いかけた。ドアがバタンと閉じたので、自分で押してすり抜けた。〈ぼくをひとりで置いていくの?〉と訊こうとしたら、胃からパニックがこみ上げて、サンドイッチの塊《かたまり》が喉につっかえた。それまで一度もひとりで留守番をしたことはなかった。

「母さんも父さんもじきに戻るよ」と言って、レオニは車のドアをバタンと閉じた。高校の卒業祝いに父さんと母さんからもらった、車高の低いえび茶色のシボレーマリブが動きだした。私道を後にしながらレオニは片手を外に突き出して、空気をつかもうとしたのか、手を振ろうとしたのか、そのまま行ってしまった。

静まり返った家の中にひとりでいるのはなんとなく怖かったので、しばらくポーチに座っていると、男の歌声が聞こえてきた。調子っぱずれの甲高い声で、同じ歌詞を何度もくり返し歌っていた。

「お〜、スタッグ・オー・リ〜、なんでおまえはすなおになれないんだ〜」それはスタッグ、父さんのいちばん上の兄さんで、油ぎってごわごわになった服を着て、片手に長い杖を待ち、斧のように振っていた。見かけるたびに意味不明のことを口走り、英語なのに外国語でもしゃべっているみたいで、毎日歌を歌いながら杖を振り振りボア・ソヴァージュの町を歩き回っていた。父さんのように背筋がまっすぐで、父さんのように誇り高く、鼻の形もそっくり同じ。なのにそれ以外はぜんぜん似ていなくて、父さんを濡れ雑巾のように絞って乾かしたら変形してしまった、みたいな。それがスタッグだった。どうしてそんなふうになったのか、なんでいつもアルマジロみたいなにおいがするのか、前に母さんに訊いてみたら、母さんは顔をしかめて答えた。〈あの人は頭の病気なのよ、ジョジョ〉。それから〈父さんに訊いてはだめよ〉と。

スタッグに見つかりたくなかったので、ぼくはポーチから跳び下り、走って裏の森へまわった。ブタが鼻を鳴らしたりヤギが草を食いちぎったりする音に耳を傾け、ニワトリが地面をつついたり引っかいたりするのを眺めていると、なんとなく心が落ち着いた。自分もそんなにちっぽけでひとりぼっちではない気がした。草の上にしゃがんでそいつらを眺めていると、いまにもこっちに話しかけてきそうな感じ、会話が聞こえてきそうな感じがした。たとえば体の半分に黒いぶちの散った太ったブタを眺めていると、そいつがときどきブウブウ鳴いて耳をパタパタさせることがあって、そうするとこんなふうに聞こえてきた。〈こっちを掻いてくれないか、ぼうず〉。あるいはヤギがぼくの手をなめ、指をちびちび咬みながらメエと鳴いて頭突きをしてくるときには、こう言っているような気がした。〈ぴりりと塩が効いててうまいなあ――もっとくれ〉。父さんの馬が首を下げ、体をぶるぶるっと震わせて、跳ね上がったひょうしに脇腹がミシシッピ川の赤い泥のように濡れて光るときには、こう言っているのがわかった。〈本当はおまえの頭なんかひとっ跳びなんだぞ、ぼうず。そうしたらなあ、おれはもう走りに走って、おまえの目は釘づけだからな。おったまげて震えだすぞ〉。とはいえ、そういう声が聞こえるというか、言うことがわかってしまうのは、ぼくにとっては怖くもあった。なぜならスタッグにも同じことができたからだ。スタッグはときどき道のまん中でカスパーと、黒い毛むくじゃらの近所の犬と、何やらずっとしゃべっていた。
そうかといって、動物たちの話を聞かずにいるのも無理だった。文字が目に入ったらぱっと意味がわかるのと同じで、動物たちを見るだけで瞬時にわかってしまうからだ。そんなわけでレオニが出かけてしばらくのあいだ、ぼくはずっと裏庭に座って、ブタや馬やスタッグじいさんの歌が風のようにひゅうと過ぎては静まり返るのを聞いていた。小屋から小屋へ渡り歩いて太陽を見上げ、レオニはいつまで出かけているんだろう、父さんと母さんはいつまで出かけているんだろう、あとどれぐらいしたらみんな帰ってきてぼくは家に入れるんだろうと予想した。そんなふうにタイヤの音に耳を澄ませながら上を向いて歩いていたので、空き缶のぎざぎざのふたが地面から突き出していることにも気づかず、足がのったときにも気づかなくて、そのまま歩いて踏みこんでしまった。ふたはぐさりと突き刺さった。ぼくは悲鳴をあげ、足を抱えて倒れこんだ。そして大声でわめきながら、動物たちもまた、ぼくの言うことを理解しているんだと気がついた。〈離せよ、おっそろしい歯だな！　離れろよ！〉
それでも缶のふたは離れてくれないし、足は血が出て焼けるように熱いしで、ぼくは馬の囲い地に座りこんでわんわん泣いて、喉の奥にケチャップと酸の味がこみ上げてくるのを感じながら、自分の足首をつかんでいた。ふたを引き抜くなんて怖くて絶対に無理だった。そこへ車のドアのバタンと閉まる音がして、しばしの沈黙をはさんで父さんの呼ぶ声がして、ぼくも返事をして、それでようやく、地面にしゃがみこんで顔をびしょびしょにしてしゃくりあげているぼくを父さんが見つけてくれたというわけだ。ぼくのそばまで来ると、父さんは馬の蹄《ひづめ》を点検するみたいにぼくの足に触れた。そして次の瞬間、いきなりそれを引き抜いたので、ぼくは思い切り悲鳴をあげた。父さんのすることが最高だと思えなかったのは、それが初めてだった。

その晩、帰宅したレオニはとくに何を言うでもなかった。たぶん父さんに怒鳴られるまで、ぼくの足には気づいていなかったんだと思う。父さんは何度もどやしつけた。〈どういうつもりだ、レオニ！〉ぼくは鎮痛剤と抗生剤のせいで眠くてかゆくて、足は白い包帯でぐるぐる巻きで、そういう状態で、父さんが〈レオニ！〉と怒鳴っては壁をバンと叩く姿を眺めていた。レオニはびくりとして後ずさり、蚊の鳴くような声で訴えた。〈だって父さんはあの子の年でカキの殻むきをして働いて、母さんは小さい子のおむつを替えてたんでしょう？　あの子だって留守番ぐらいできる年だよ〉。それからぼくに向かって、〈だいじょうぶ、ジョジョ？〉と訊いた。ぼくはレオニを見つめ返し、〈だいじょうぶじゃないよ、レオニ〉と答えた。そんなことは初めてだった。レオニの落ち着きのない手とおしゃべりな口からのぞく不揃いな歯を眺めていると、頭の中で〈ママ〉ではなく〈レオニ〉と、名前のほうが聞こえてきた。それを聞いてレオニは笑った。硬いショベルで口の中から掻き出したような笑いだった。父さんはそれまで平手でも見舞いそうな剣幕だったのに、急に表情が変わって、ふんと鼻を鳴らした。畑の作物が実らなかったときとか、生まれた子ブタが死にかけだったときみたいに、いかにも残念そうな感じで。リビングにはソファーが二つあって、父さんはぼくが座っているほうのソファーに腰を下ろした。そしてその晩、初めて母さんをひとりで寝かせた。ぼくは二人がけのソファーで眠り、父さんは長いほうのソファーで眠って、母さんの病気が進行するにつれ、父さんはずっとそこで眠るようになった。

ヤギはゆでると牛肉に似たにおいがする。見た目もそっくりで、鍋の中の肉は黒っぽくて筋張っている。父さんはそれにスプーンを刺して硬さを確かめ、ふたを傾けて蒸気を外に逃がしてやる。

「ねえ父さん、父さんとスタッグの話、また聞かせてよ」

「どの話だ？」

「パーチマン」父さんが胸の前で腕を組む。身を屈めてヤギのにおいをかぐ。

「前にも話しただろう？」

ぼくは肩をすぼめる。ぼくはときどき、自分の鼻と口のあたりがスタッグに似ているような気がする。スタッグと父さん。ぼくが知りたいのは二人の違いだ。ぼくたち三人がそれぞれどう違うか。

「そうだけど、また聞きたい」

これは父さんがぼくと二人だけのときにしてくれることだ。リビングで夜遅くまで起きているときとか、森や畑に出ているときとか。話を聞かせてくれる。父さんの父親が湿地で蒲《がま》を集めてきて食べた話。父さんの母親が一家総出でスパニッシュモスを集めてマットレスに詰めた話。同じ話を三回、ときには四回ぐらいすることもある。そうやって話を聞いていると、父さんの声が手になって伸びてきて、背中をさすってくれているみたいで、ぼくなんか父さんみたいに背が高くなれないんじゃないか、自信なんて一生もてないんじゃないか、と落ちこみそうになるのを防いでくれる。

キッチンに座っていると、体が汗ばんで椅子にはりついてくる。ヤギを煮ているせいでひどく蒸し暑く、窓が白く曇っている。世界が縮んで、この部屋だけになって、ぼくと父さんしかいなくなる。

「ねえお願い」とぼくはせがむ。父さんは次に鍋に入れる肉を叩いてほぐしながら、咳払《せきばら》いをする。

ぼくはテーブルに肘《ひじ》をついて耳を傾ける。

おれとスタッグは父親がいっしょだった。ほかのきょうだいは違っていた。おれのおやじは若くして死んだからな。おそらく四十代のはじめごろだ。何歳だったか本人も知らないぐらいだから、おれにもわかるわけがない。おやじの親は国勢調査員のことをなるべく避けて、質問にも適当に答えて、子どもの数も変えて、出生届もいっさい出さなかったそうだ。あいつらはこっちのことを嗅ぎ回って、管理して、家畜みたいに檻に入れようとしているんだと言ってな。そういうわけでおやじの親は、そういう役所のことは一切やらずに、昔ながらのやり方を続けていたそうだ。おれのおやじも生きているころには、そういう話をいくらかしてくれたものだった。狩猟のこととか、動物の処理のこととか、この世のバランスのこととか、命のこととか。おれは耳を傾けた。いつもしっかり聞いていた。だがスタッグは聞く耳を持たなかった。ほんの小さいころから犬と駆け回ったり淵で泳いだりするのに忙しくて、じっと座って話を聞いている暇などなかった。そして大きくなると、酒場にくり出すようになった。おやじは言っていた。あいつはなまじ見てくれがいいから、生まれたときから女みたいにきれいだったから、だからトラブルが絶えないんだ、とな。人は誰でもきれいなものが好きだし、それだからあいつはなんでも楽に手に入る、と。そしておやじがそれを言うと、今度はおふくろがよしよしと割って入り、スタッグは人よりあれこれ感じてしまう、それだけだよ、と言うのさ。それだからじっと座って考えるのが苦手なんだ、とな。おれとしては、親に言ってみたことはないが、どっちも違うと思っていた。おそらくスタッグは自分が生きているという実感が持てなかったんじゃないか、と思うんだ。だからじっと座って人の話を聞くこともできないし、みんなで川へ泳ぎにいって飛びこもうということになったら、誰よりも高い崖に登らないと気がすまない。だから十八、九になると週末ごとに酒場に繰り出して酒をくらい、歩くときには両方の靴と両方の袖にナイフを忍ばせ、あんなに何度も人を切りつけ、自分も切りつけられて帰ってくる。自分が生きていることを実感するために、そういうことをせずにはいられなかったんじゃないか、とな。そしてあの海軍の男、北のシップ島に駐屯していた白人グループのあの男さえ現れなければ、ずっとそれでやっていけたかもしれなかった。おそらくあの連中は、ちょっと有色人種をからかって楽しんでやろうと思っただけなんだろうが、バーでスタッグと出くわして口論になり、スタッグの頭に瓶を叩きつけて割ったものだから、スタッグのほうも相手に切りかかったというわけだ。致命傷というほどではなく、ただ時間稼ぎにちょっと痛めつけて、そのあいだにとんずらしようというていどだったんだが、逃げ切る前に相手の仲間に袋叩きにされてな。スタッグが帰ってきたときには、おふくろは通りの少し先に住んでいる姉さんの世話をしに行っていて、おやじは畑に出ていて、家にはおれひとりしかいなかった。そこへ白人どもが雁首そろえてスタッグを捕まえにやってきて、おれとスタッグをまとめて縛りあげ、そのまま連れていったというわけだ。きさまらはこれから労働の何たるかを学ぶんだ、と言ってな。神と人の法の下に正義を執り行なう、きさまらはパーチマンへ行くんだ、とな。

〈おれはまだ十五だったが、あそこではけっして最年少というわけではなかった〉と父さんが言う。〈最年少はリッチーだった〉

ケイラがいきなり目を覚ましてごろりと転がり、床に腕を立ててにこにこしている。あちこちに髪の毛がくっついて、松の木から垂れ下がった粘着性の蔓《つる》みたいだ。ケイラの目はマイケルとおんなじグリーン、髪の色はレオニとマイケルの中間ぐらいで、少しだけ干し草の色が混じっている。

「ジョジョ？」とケイラがぼくを呼ぶ。いつもそうだ。ベッドでレオニがそばにいるときでも。だからぼくはもう父さんとリビングのソファーで眠るわけにはいかない。ケイラが赤ん坊だったころ、夜中に哺乳瓶をもっていくのがたいていぼくの役目だったので、すっかり習慣になってしまった。そういうわけで、ぼくもいまではレオニのベッドの横にすのこを敷いて眠っている。そしてレオニはたいてい家にいないので、けっきょくケイラもぼくといっしょに床で眠ることになる。ケイラの口元に何かべとべとしたものがくっついている。ぼくが自分のシャツの裾をなめてふいてやると、ケイラはぼくの手を払いのけて膝に這《は》いのぼってくる。まだ三歳前で、そんなふうに体を丸めると足がはみ出ることもない。ケイラは日を浴びた干し草のにおいがする。温めた牛乳のにおい、ベビーパウダーのにおいがする。

「のど渇いた？」ぼくは尋ねる。

「うん」とケイラがささやく。

ベビーマグの中身を飲みほし、ケイラがそれを床に放る。

「おうた」とケイラが言う。

「何がいい？」いちおう訊いてはみるけれど、とくに指定されるわけではない。ぼくが父さんの話を聞きたがるのと同じで、ケイラはぼくの歌が聞きたいだけだ。「『バスのタイヤ』は？」とぼくは訊く。それなら学校に上がる前のヘッドスタート・プログラムで歌ったことがあるので覚えている。ときどき地域の尼さんが猟銃みたいにギターをしょって学校にやってきて歌う、あれだ。母さんを起こさないよう、ぼくは静かに歌いだす。声がかすれてところどころとぎれても、ケイラはかまわず腕を振って、部屋をぐるぐる行進してまわる。父さんが煮立った鍋をそのままにして自分もリビングへ来るころには、ぼくは息も絶え絶えで、腕は焼けるように熱い。ぼくはヘッドスタートで覚えた別の歌、『きらきら星』を歌いながら、ケイラを宙高く、天井に届きそうなほど高く放り上げては抱きとめる。ケイラが奇声をあげて騒ぐようなら、ぼくもこういうことはしない。それだと確実に母さんを起こしてしまうから。だけどケイラは、玉ねぎとにんにくとパプリカとセロリをバターで炒めた香りが雲のように立ちこめる中で、手脚を広げ、目を輝かせ、いまにも叫ぶんじゃないかと思うほど口を大きく開いて、にこにこしながら舞い上がっては落ちてくる。

「もっと」とケイラがあえぎながら言う。「もっと」ぼくが捕まえるたびに喉を鳴らして催促する。

父さんがだめだと首を振る。でもふきんで両手をふいて戸口にもたれるようすを見れば、本気で反対しているわけではないとわかるので、ぼくはかまわずケイラを放り続ける。父さんがもたれている木の枠は、父さんが自分でかんなをかけ、釘を打って、アーチ形に仕上げたやつだ。天井が高いのはわざとで、三メートル六十センチ。床と天井のあいだは広いほうが涼しいから、と母さんに頼まれて。ぼくがケイラに怪我《けが》などさせないことを、父さんはちゃんとわかっている。

「ねえ父さん」ケイラが腕というより胸に落ちてきて、ぼくはふんっと息を吐く。「肉をゆでているあいだに続きを聞かせてよ。スモークするまでのあいだにさ」

「ちびがいるだろう」と父さん。

ぼくはケイラを捕まえてくるりと向きを変える。それから床に下ろして、ソファーの下からぼくのだったフィッシャープライスのおもちゃセットを引っぱり出す。ケイラはふくれっ面をしている。ぼくは埃を吹き払い、おもちゃを妹のほうに押しやる。セットには牛が一頭とニワトリが二羽ついている。赤い納屋は一方のドアが壊れているけれど、ケイラは床にしゃがんで腹這いになり、プラスチックの動物たちをぴょんぴょんと動かす。

「みて、ジョジョ」とケイラがヤギを跳ねさせる。「メエエ、メエエ」

「ほらだいじょうぶ」とぼくは言う。「ぼくたちのことは気にしないよ」

父さんがケイラの後ろに腰を下ろし、壊れていないほうのドアを指ではじく。

「べとべとしているな」父さんはそう言ってぶつぶつもようのある天井を見上げ、ため息とともにぽつり、またぽつりと言葉を口にし、やがてまた物語を語りはじめる。


リッチー、とそいつは呼ばれていた。本当の名前はリチャードで、まだたったの十二歳だった。食べ物を盗んで三年の刑をくらっていた。肉の塩漬けだ。みんな貧しくて飢えていたから、食べ物を盗んで放りこまれるやつは多かった。白人のやつらはおれたちをただで使えなくなると、金を払って雇うような真似は意地でもするまいとしていたのでな。おれがパーチマンで会った中では、リッチーがいちばん年下だった。パーチマンというのは何エーカーもあるような畑で、二千人もの男たちが班に分かれて仕事をしていた。ざっと五万エーカーだ。一見するとぜんぜん刑務所のようでもなく、そこまでひどくもないだろうとごまかされる。なにしろ塀というものがないからな。その当時は収容棟も十五棟しかなくて、それぞれ鉄条網で囲われているだけだった。レンガの壁もなければ、石の壁もない。おれたち囚人はガンマンと呼ばれていた。シューターと呼ばれる模範囚の下で働いていたからだ。シューターというのは自分も囚人なんだが、ほかの囚人を監視するために看守から銃を持たされていた。シューターになる模範囚というのは、部屋に入るとまっ先に口を開くタイプの人間だ。まわりの気を引いて、そういうところにぶちこまれるはめになった経緯について、

『歌え、葬られぬ者たちよ、歌え』（作品社）附録解説

神話を書き換え、高く翔べ
——ジェスミン・ウォードとアメリカの十年

青木耕平

＊本稿は、ジェスミン・ウォード『歌え、葬られぬ者たちよ、歌え』（Jesmyn Ward, *Sing, Unburied, Sing*, 2017）を読み解く一助となるべく書かれた解説であり、物語内容に多少踏み込みはするが、その全容や結末を明かすことはしない。

はじめに――ジェスミン・ウォードと二〇一〇年代

ジェスミン・ウォード『歌え、葬られぬ者たちよ、歌え』は、雑誌「タイム」そして「エンターテインメント・ウィークリー」それぞれが発表した「二〇一〇年代最高の小説十冊」の一冊に選ばれている。両誌は違う選定基準を有しており、それぞれ違う評が寄せられているのだが、ある一つの見解を完璧に共有していた――「ジェスミン・ウォード以上の充実度でこの十年間を駆け抜けた作家など、他にいない」

そう、二〇一〇年代のアメリカ文学は、ジェスミン・ウォードと本書を抜きにして語ることはできない。二〇一一年、当時三十四歳のウォードは第二長編『骨を引き上げろ』（*Salvage the Bones*）で全米図書賞を受賞した。全米図書賞はアメリカで最も歴史と権威ある賞だが、同時に大変保守的な文学賞でもあり、複数回受賞している八名の作家はソール・ベローやジョン・アップダイクなど、全員が白人、かつ男性だった。その旧習を打破した作家こそジェスミン・ウォードであり、その作品こそ、『歌え、葬られぬ者たちよ、歌え』である。二〇一七年、アフリカン・アメリカンの女性であるウォードは本作で史上初めて女性の、加えて史上初の非白人の全米図書賞複数回受賞者となり、文字通りの意味においてアメリカ文学史を書き換えた。偶発的な出来事でも政治的な配慮でもなく、これが必然の栄冠であるということに、本書を一読した者は同意せざるを得ないだろう。プロットの面白さ、構成の見事さ、語りの巧みさ、現代を抉《えぐ》るジャーナリズムと現在へ突き刺さる歴史からの視座――そのすべてを併せ持つ本作は、小説としての強度が違う。

なによりもまず、読者を摑んで離さない物語がある。プロットの中心には不和を抱えた一つの家族と解き明かされない一つの謎があり、家族が再会し合流するとともにその謎が明らかになっていく。語りの技法の見事さが、面白さを倍増させる。十三歳の黒人少年ジョジョと、心が通い合わない彼の母親レオニ、そして中盤から加わる第三の語り手が、それぞれの視点から物語を紡《つむ》ぎ、お互いの章が緊張感を孕《はら》みつつダイナミズムを生んで、複数の伏線がラストへと向かって加速しながら収束していく構成に、読者は舌を巻くだろう。これだけですでに小説として傑作であるが、現代のアメリカ南部を舞台とする本作は、合衆国が現在抱えるさまざまな問題を炙《あぶ》り出す。人種差別、階級格差、貧困の蔓延、ドラッグと民営化された監獄、憎悪による暴力の連鎖、未だ根強いジェンダーや性に対する偏見等々が、まるでルポルタージュを読んでいるかのように、それでいて物語の必然として描き出される。現代アメリカの病理を活写するこの小説の奥底に流れるのは、悲劇としてのアメリカ史である。建国の精神として憲法で自由と平等をその初めから明記しながら、アメリカはアフリカ大陸より黒人を強制輸送し、彼らの人権を剝奪し、尊厳を踏みにじり、自由を奪って奴隷として強制労働させることによって発展を遂げてきた。世界で最も豊かな国となりながら、いまなお人種差別が根強く存在するアメリカで、「葬られぬ者たち」は歌う。

このレベルの傑作は、偶然たまたま思いつきで書けるものではない。本作は、ウォードの作家としての十年間のキャリアの集大成であり、彼女のそれまでの四十年間の人生そのものの結晶にほかならない。まずは、『葬られぬ者たちよ』に至るまでのウォードのキャリアを時系列に沿って概観しよう。

ミシシッピ州デ・ライル、弟の死、ハリケーン・カトリーナ

ジェスミン・ウォードは一九七七年、カリフォルニア州バークレーに生まれ、三歳のときにミシシッピ州デ・ライル（DeLisle）に移り住んだ。そこは、ウォード一族が数世紀にわたって生活を営む湾岸の街であった。デ・ライルは黒人コミュニティが多く存在するだけでなく、さまざまな出自を持つ低所得層たちが住むエリアであり、ウォードは最初に通った公立学校で同じ黒人の生徒たちからいじめにあう。ウォードの母親は裕福な白人家庭で働くメイドであり、彼女の雇い主が学費を払う形でウォードは私立学校へと転入するが、今度はそこで白人生徒たちからもいじめられてしまう。家族からの愛やコミュニティの連帯といった美しいものだけでなく、貧困やドラッグ等の社会的な問題を、そして身を以《もっ》て人種差別を、デ・ライルで彼女は経験した。

そのような境遇であったにもかかわらず、ウォードは一族で初めて大学に進学することとなった。西海岸カリフォルニアに位置するアメリカ屈指の名門校スタンフォード大学で英文学の学位を取り、同大学院に進学すると、二〇〇〇年十月にメディア・コミュニケーション学で修士号を取得する。高い学歴を持つにもかかわらず就職が決まらないウォードは、デ・ライルに戻り家族と過ごす。彼女が仕事の面接でニューヨークにいる間に、悲劇は起こった。白人男性ドライバーの乗るトラックに衝突され、乗っていた車が大破し、弟ジョシュアが亡くなったのだ。飲酒や危険な運転であったことを示す状況証拠があったにもかかわらず、翌日酔いのさめた状態で出頭したその白人男性は、警察と司法からわずか三年二カ月の実刑を与えられ、遺族に一切の保証金を支払うことはなかった。ジョシュア

は享年わずか十九だった。ウォードは言う、「弟の死によって、私は、自分たちについての物語を語りたい、という強い欲望を抱いた」。小説家ウォードの誕生には弟ジョシュアの死が深く関わり、のちに彼女が描く小説すべてに弟の死は描かれることとなる。

二〇〇五年、ミシガン大学の創作文芸科《クリエイティヴ・ライティング》を修了し、作家としてのキャリアを始めるべくデ・ライルに戻ったウォードを待ち受けていたものは、アメリカ史上最悪の天災、ハリケーン・カトリーナであった。ウォード一家の家は流され、地域の教会に避難すべく急いだが、多くの車が打ち捨てられ座礁し、たどり着くことができなかった。一家は白人地主のもとに避難しようとしたが、地主はウォードらの持ち物を検分した挙げ句、「あまりに混み合っているから」という理由でウォード一家の保護を拒否した。ハリケーン・カトリーナという人智を超えた巨大な天災、たどり着けなかった聖なる場所、非常時にこそ表出する人種差別と人間の愚かさ――これら一連の体験がウォードの心を深く傷つけ、生活的にも精神的にもしばらく小説を書くことができなくなってしまう。

「粗野な森《ボア・ソバージュ》」サーガの誕生

殺されてしまった弟、流されてしまった家、自分の育った故郷はもう二度と元通りになることはない――。この喪失の経験が、創造へと転化する。

ハリケーン・カトリーナが過ぎ去ったあと、私は、自分の育った街がもうどこにも存在しないということに気づいた。私の小説はすべてカトリーナ以降に書かれたものである。ある意味で、私は自分が失った故郷を書き直《リライト》そうとしているのかもしれない。小説のページの中であったとしても、あの街を生き返らせたいと願っているのかもしれない。

（エドウィージ・ダンティカとの対話、二〇一五年）

このようにして、ウォードはデ・ライルを基として、小説世界に架空の街"Bois Sauvage"を創り上げた。"Bois Sauvage"はフランス語で、英語に直せば"Savage Woods"である。日本語ならば「粗野な森」、とでも訳されるのだろうか。デビュー作『線が血を流すところ』(*Where the Line Bleeds*)、第二作『骨を引き上げろ』、そして本作『歌え、葬られぬ者たちよ、歌え』に至るまで、ウォードの全小説はすべてこの「粗野な森」を舞台としている。

ミシシッピを舞台とする架空の街で一連のサーガを綴《つづ》った偉大なる先人として、ウィリアム・フォークナーがいる。ウォードにとってフォークナーは文学的英雄の一人であり、彼女は数々のインタビューでフォークナーからの影響を公言し、本作『葬られぬ者たちよ』の直接的な先行作品としてフォークナーの『死の床に横たわりて』(*As I Lay Dying*)があることを認めている。フォークナーは白人男性の立場から、背負うべき負の遺産としての人種問題をヨクナパトーファ・サーガで描いたが、ウォードはそこに生きる黒人女性としてフォークナーの文学的遺産を引き継ぎ、二十一世紀の新たなサーガを創生した。

二〇〇五年、ハリケーン・カトリーナがミシシッピを襲った当時の大統領ジョージ・W・ブッシュは、被災後の対応が人種差別的、とりわけ黒人差別的であると大きな非難を浴びた。カトリーナが暴いたのは人種差別だけではない。ナオミ・クラインは『ショック・ドクトリン』のなかで、カトリーナ以前にそこにあった黒人や低所得階級のコミュニティが街の再建を口実として一掃され、そこに巨大資本が流入して、結果的にそれまでのコミュニティが排除されるさまを「惨事便乗型資本主義《ディザスター・キャピタリズム》」と呼んで厳しく批判した。自然災害、人種差別、資本主義の蹂躙――カトリーナ以降のデ・ライル＝粗野な森を舞台に、現代アメリカに蔓延《はびこ》る暴力が、ウォードの作品世界に記述されていく。

人種問題《ポスト・レイシャル》のないアメリカ → 人種問題《モスト・レイシャル》が激化するアメリカ

二〇〇八年、大統領選挙におけるバラク・オバマの勝利によって、史上初の黒人大統領が誕生することが確定し、アメリカ全土が歓喜に湧いた。そのときに使われだした言葉に、「ポスト・レイシャル・アメリカ（Post-Racial-America）」というものがある。オバマ大統領誕生をもって、アメリカの人種問題は過去のものとなった、という意味だ。チェンジ、という選挙キャンペーンのスローガンそのままに、アメリカはこれからチェンジする、いやもうすでにチェンジしたのだ、という楽観論である。

この二〇〇八年に、カトリーナの惨事から立ち直ったウォードは、デビュー作『線が血を流すところ』を発表する。「粗野な森」を舞台に、一人は立派な就職先を見つけるも、もう一人は就職先が見つからず違法薬物の売人になるしか生きる術《すべ》がない、対照的な人生を歩むことになるアフリカン・アメリカンの双子の兄弟の物語だ。彼らの母親は幼いときに育児を放棄し、父親も無職で家に寄りつかず、双子は祖母に育てられたが、その祖母は病床に臥《ふ》せっている。物語における家族の設定は、『葬られぬ者たちよ』と多くのものを共有している。作品ごとにテーマや作風をガラリと変える多彩な小説家とは対象的に、ウォードは一つのテーマを深化させていく作家である。

『線が血を流すところ』のテーマを引き継ぎながら、ハリケーン・カトリーナに翻弄される数日間を正面から描いた第二長編『骨を引き上げろ』で、ウォードは一度目の全米図書賞を手にする。小説の主人公である語り手は、ティーンエイジャーの黒人の女の子エシュである。エシュには兄が二人と弟が一人いる。母は弟を産んですぐ亡くなり、父親はアルコール中毒で、一家の暮らしは極貧そのものである。エシュは十二歳から性的な経験を持ち、物語序盤で兄の友人と性交渉を持った挙げ句に望まない妊娠をしてしまう。ウォードはこの作品で神話の要素を意識的に取り入れた。エシュのモデルとなっているのは、ギリシャ神話『王女メディア』のメディアである。夫に裏切られ、社会から追放され、その恨みを復讐によって果たすメディアは、男性中心主義社会における女性の苦難を描いたフェミニズム的な神話である。このようなモティーフを用いた理由を、ウォードはこう説明している。

私が激しい怒りを覚えるのは、白人男性作家の書いた小説だけが普遍的な価値があると見なされて古典と比較され、黒人や女性の作家の作品は常にゲットー化されて〝他者〟のものとされることだ。私はエシュとギリシャ悲劇のアンチ・ヒーローであるメディアを併置し、西洋古典文学の中に自分の小説を位置づけたかった。たしかに私の書くものは、私の属するコミュニティ、私の知る黒人たち、地域の荒廃などに固有の経験であるけれど、それ以上に、生き残った人々や、野生なるものを含んだより広い物語であって、本質的には普遍的な、人間の物語だ。

（「パリ・レビュー」二〇一一年八月号）

ウォードはこのようにして、既存の保守的な権威に、黒人作家として、女性作家として、ハリケーン・カトリーナに蹂躙されたミシシッピの作家として挑み、見事にそれを打ち倒していく。受賞後に行なわれたインタビューでウォードはこう述べている。

ポスト・レイシャル・アメリカという言葉を人々が口にするのを聞くのが辛い。私は、人種問題のないアメリカ、そんな場所を見たことがない。いつか、そのような語を口にする人たちが、私の小説を読んでくれることを望んでいる。

（BBCテレビでのインタビュー、二〇一一年）

はたしてウォードが言うように、「人種問題《ポスト・レイシャル》のないアメリカ」なる語が幻想に過ぎないことをアメリカはすぐに知ることとなる。それどころか、正反対の言葉を口にする者さえ出始めた――「アメリ《モスト・》カの人種問題は過去最悪《レイシャル・アメリカ》だ」

ブラック・ライヴズ・マター、『私たちが刈り取った男たち』、『今が火だ』

第一期オバマ政権の最後の年、二〇一二年二月、フロリダで当時十七歳だったアフリカン・アメリカンの少年トレイボン・マーティンが自警団に射殺され、射撃犯が無罪で釈放されるという事件が起こった。全米各地で抗議運動が起こり、翌二〇一三年には「ブラック・ライヴズ・マター（黒人の生命は大切だ）」というスローガンを掲げるムーブメントが巻き起こった。

ブラック・ライヴズ・マターと奇しくも同じ二〇一三年、ウォードは回想録『私たちが刈り取った男たち』（*Men We Reaped*）を発表する。二〇〇〇年から二〇〇四年のわずか四年あまりの期間のデ・

ライルで、自殺、殺人、事故などの理由で、ウォードは親族や親しい友人を五人も失う。メモワールでありながら自伝のようでもあるこの本をウォードのベストに推す批評家もいるほどに、美しい散文と構成を持ったノンフィクションである。最も悲しく、最も辛く、最も胸を打つのはやはり、最終章に配置された、弟ジョシュアの章だ。のちのインタビューで、ウォードはこう答えている——「ときどき弟に対する罪悪感に苛《さいな》まれることがある。彼は二十歳にもなれなかったのに、私は今もこうして生きている」

ジョシュアのように、惨《むご》たらしく命を奪われた黒人ティーンエイジャーが、アメリカを大きく動かしていく。二〇一四年、ミズーリ州において無防備の十八歳の黒人少年が白人警察官に射殺された。のちにファーガソン事件と呼ばれるこの射殺事件によってブラック・ライヴズ・マター運動が全米に波及するに伴い、人種差別それ自体も激化、オバマ政権二期下で人種対立の緊張は最悪のものとなる。

ウォードはこのような人種問題に対して一石を投じるべく、『今が火だ——新世代が人種を語る』(*The Fire This Time: A New Generation Speaks about Race*)という、詩や散文、そしてエッセイが収められた書籍を自ら編纂して二〇一六年に出版した。『今が火だ』のタイトルは、偉大な作家であり活動家であったジェイムズ・ボールドウィンの『次は火だ』(*The Fire Next Time*, 1963)を意識して名づけられている。ボールドウィンのこの書籍タイトルは、旧約聖書『創世記』において神が洪水で世界を滅ぼした際、方舟をつくったノアに「もう水で世界を滅ぼすことはない。次に世界を滅ぼすときは火をもって行なう」として虹を見せた神の約束が由来である。半世紀前に公民権運動で揺れるアメリカにおいて、作家として、小説家として、黒人の知識人として声をあげ行動を起こしたボールドウィン。彼に倣《なら》い、ウォードもまた傍観者でいることを選ばず、作家として声をあげることを選んだ。

ただ、ハリケーン・カトリーナによって家が水に流されたウォードにとり、この『今が火だ』というタイトルは何重もの意味を持っている。水、そして洪水は『葬られぬ者たちよ』においても、重要なメタファーを負わされている。

以上、駆け足でジェスミン・ウォードのキャリアを概観してきたが、彼女が著してきた二冊の長編小説と二冊のノンフィクションのエッセンスのすべてが本書『歌え、葬られぬ者たちよ、歌え』には詰まっている。テーマは深化し、語りの技術は向上し、構成は唸《うな》りたくなるほど見事だ。本書は、紛れもなくウォードの最高傑作である。

以下、小説の内容に（過度のネタバレを避けつつ）少しばかり踏み込むことをご容赦願いたい。

第一の語り手ジョジョと、パーチマン刑務所

本書は三名の語り手を持つ全十五章構成で、各章はそれぞれその章の語り手の一人称視点から綴られる。第一の語り手であり、本作の第一主人公は、十三歳になったばかりの少年ジョジョだ。まだ幼い妹ケイラもいるというのに、母親レオニは育児を祖父と祖母にまかせきりで、父マイケルはケイラを妊娠したタイミングでパーチマンに投獄され不在である。ジョジョとケイラの兄妹を育てるのは祖父母だが、祖母は病の床に臥せっている。ジョジョは祖父リヴァーを祖父というよりも父親のように慕い、息子を失った過去を持つリヴァーもジョジョを孫ではなく息子のように育てている。ここまでが、第一章で示される家族の状況だ。

『葬られぬ者たち』もまた前二作同様「粗野な森」で展開される物語なのだが、本作で鍵を握る土地は「パーチマン」と呼ばれる刑務所だ。パーチマンは実在しており、その正式名称を「ミシシッピ州刑務所」といい、「パーチマン農場」の名で広く知られている。一九〇一年に建てられたパーチマンは囚人を農場労働で酷使することで悪名が高く、「パーチマン農場ブルース」という歌が有名である。小説作品で言えば『館』を初めとするフォークナーの作品にも何度か登場するし、ジョン・グリシャム『処刑室』の舞台でもある。映画でいえば、大恐慌期一九三〇年代のパーチマンを舞台に、ジョージ・クルーニーら詐欺で投獄された白人三名の囚人が脱獄するさまをオフビートに描いたコーエン兄弟監督作品の『オー・ブラザー!』が記憶に新しい。

父マイケルがパーチマンに投獄されているだけでなく、祖父リヴァーも一九四〇年代にパーチマンに投獄され、そこで過酷な労働に従事させられていた過去を持つ。祖父がパーチマンのことをジョジョに語るとき、必ずリッチーという名の黒人少年が登場するのだが、祖父の話は決して最後までたどり着かず、リッチーがどうなったかが明かされない。このようにして、ジョジョの一人称語りのなかに祖父の回想が挿入される。祖父の語るパーチマンでのリッチーとの物語は、『オー・ブラザー!』のようなオフビートな語りには、決してなりえない。

第二の語り手レオニと、第一の霊ギヴン

第二の語り手は、ジョジョの母親レオニである。レオニは、歳の近い兄ギヴンを過去に亡くしている。ギヴンはアメリカン・フットボールの高校生スタープレイヤーで、白人のチームメイトからも信

頼が厚く、大学進学も決まっていたが、それを羨《うらや》んでいた白人に背後から撃ち殺される。相談を受けた白人の元保安官は射殺犯の親戚であり、悪意なきアクシデントであったと断言して、犯人は放免される。このギヴンの設定に、著者ウォードの弟ジョシュアの死と、ファーガソン事件を初めとした黒人射殺事件が色濃い影を落としていることは間違いがない。

ギヴンを殺した白人の親戚であり、事故と言い張った元保安官の息子が、ジョジョとケイラの父親であり、レオニの夫であるマイケルだ。兄を亡くしたレオニに謝罪しようとマイケルは近づき、二人は恋人関係となって、ジョジョを身籠もったのだった。本作は『骨を引き上げろ』以降の作品として、カトリーナによる災禍がさらに経済格差を拡大したことも描かれている。ミシシッピにおける経済状況の悪化は白人低所得層にも及ぶのだが、それはつまり仕事をなくした白人たちが黒人の仕事に押し寄せることを意味し、結果として最も煽《あお》りを食らうのは黒人のワーキングクラス、それもレオニのような女性である。黒人の兄を失い、白人の男を愛し、混血となった自らの息子と娘を愛しきれずに、仕事もうまくいかないレオニが逃げ込む先にあるのがドラッグだ。ドラッグをキメてハイになるときだけ、彼女は現実から解放されるが、同時にそのときだけ、死んだ兄ギヴンのゴーストがレオニの前に現れる。

ジョジョとケイラ（レオニはミケイラと呼ぶ）の親密な兄妹の結びつきが、失われた自身の兄妹関係を思い起こさせ、レオニは我が子たちから目を背ける。第一の語り手である息子ジョジョから見れば、レオニは養育を放棄する最低の母親であるが、レオニ本人からすれば、彼女もまた、現代アメリカ南部に根強く巣食う男性中心主義と人種差別、そしてカトリーナ以降に加速し続ける資本主義の被害者である。

物語序盤、ジョジョの父でありレオニの夫であるマイケルから、パーチマンを出所するという連絡が入る。マイケルを迎えに親子揃ってパーチマンに向かう旅が、前半部のプロットの核となる。

第三の語り手、葬られぬ者（たち）

中盤、ギヴンではないもう一人のゴースト、「葬られぬ者たち」の一人が登場し、第三の語り手となるのだが、それは本書最大の肝であるため、直接的な言及は控えたい。その代わりにここでは、この設定の重要な先行作品を一つ紹介しよう。

本書は発売されるとすぐさま大きな反響を呼び、絶賛する書評が数多く英語圏各誌に掲載された。すでに述べたように、フォークナーの『死の床に横たわりて』が重要な先行作品としてあるのだが、それ以上に比較項として最も多く名があがった作品は、アフリカン・アメリカン初のノーベル賞作家トニ・モリスンの代表作『ビラヴド』だった。

『ビラヴド』の舞台は、奴隷制の傷跡が深く残る南北戦争後のアメリカ南部。物語の中心人物である元奴隷の女性は、二歳にも満たない自分の娘を、自分の手で殺した。憎しみから殺したのではない、白人の逃亡スレイヴ・ハンターが迫る極限状態の中、幼き娘が奴隷とされ虐待され嬲《なぶ》られ苦しむことがないよう、愛ゆえに喉を切ったのである。母親は、娘を心から愛していた。ゆえに、その娘の墓に、「ビラヴド（愛しい子）」と彫った。そして十八年後、解放されて自由に末娘と暮らす彼女の前に、「ビラヴド」と名乗る二十歳の女性が現れる。母はかつて自分が殺した娘のゴーストであるとビラヴドの正体を見抜き、娘もそれが死んだ姉であると理解しつつ、母と娘とビラヴドは共同生活を営んでいく

——以上が『ビラヴド』の基本設定であり、第三の語り手の登場によって『葬られぬ者たち』は『ビラヴド』に接近していく。ウォード自身が、本作における『ビラヴド』の影響について語っている。

子供のゴーストを書こうとしたとき、真っ先にトニ・モリスンの『ビラヴド』が心に浮かんだ。『ビラヴド』に登場する子供のゴースト=ビラヴドは、文学史上最もパワフルで、最もインタラスティングで、最も複雑なゴーストの一つだ。（PBSニュースのインタビュー、二〇一八年）

ビラヴド以降のアメリカ文学で最も印象深い子供のゴーストこそが、ジョジョ、レオニに次ぐ本書第三の語り手であり、この設定により、物語に歴史の重みが加わる。また、もう一つ本作の重要な先行作品として、トニ・モリスン『ソロモンの歌』があることも指摘しておく。それは、葬られぬ白骨死体の謎をめぐる物語であり、兄と妹の確執の物語であり、「歌え、歌え」という叫ぶ父親の物語でもあるからだ。
『歌え、葬られぬ者たちよ、歌え』は、ウォードからモリスンへの世紀をまたいだ応答でもある。トニ・モリスンが二〇一九年に亡くなったとき、多くのメディアがウォードにコメントを求めたのは、必然だったった。

歌え、葬られぬ者たちよ、歌え

ジェスミン・ウォードは、失われた親族、元通りにならない故郷を「粗野な森《ボア・ソバージュ》」サーガで描いてきたが、それは決して「歴史修正主義」の想像力ではない。「弟は白人に轢き殺された、ハリケーン・カトリーナが街を流した、人種差別や性差別をする男性が大統領に就任した、それでも前を向いて歌え」――アメリカや日本だけでなく、修正主義のノスタルジアに溢れた作品が跋扈《ばっこ》する昨今において、本作の孤高さは際立っている。ウォードは過去を直視し、現代を睨みつけ、まっすぐに未来を見据えつつ、今まで書かれてきた男性中心主義的な神話を、白人中心主義の文学を、奴隷制という負の歴史を、今起こっている経済搾取を、希望を捨てずに未来を描くためにこそ書き換えようとしている。

読者から「タイトルである、葬られぬ者たち《アンベリード》とは、一体誰のことなのか？」と問われたウォードは、「葬られぬ者たち《アンベリード》、とは無残な死に方をしたゴーストだけを指すわけではない。そこには生者も含まれている」と答えた。本書は、過去の黒人奴隷制の歴史を描いた小説であり、現代アメリカにおける暴力の犠牲者たちに対する鎮魂歌でもあり、今まさに苦難の中を生きる人間に対して、歌う《シング》のだ、と未来に背中を押す作品でもある。本作を含め、ウォードの作品には「飛翔」するイメージが頻出する。すべてのものが高く飛べるわけではない。しかしウォードは、彼ら彼女たちがいつか飛ぶことを、切に願ってそれを書いている。

二〇一一年三月十一日に巨大な津波によって被害を受けたここ日本でこそ、ジェスミン・ウォードは広く読まれるべきだ。まずは本書の翻訳出版を祝いつつ、カトリーナを描いた『骨を引き上げろ』の翻訳が出ることを願ってやまない。

青木耕平（アメリカ文学、東京都立大学非常勤講師）

誰をぶちのめした、誰を刺した、誰を殺《や》ったと豪語する。そうやって注目を浴びると、自分が大きくなった気がするんだな。怖いものなしの、本物の男になった気が。

　パーチマンに着いて、最初はおれも畑仕事をやっていた。種まき、草取り、収穫。パーチマンというところは、ぱっと見には完全に農場なんだ。自分たちの働いている広い畑を見るとな、鉄条網の向こうは丸見えだし、あれをつかんであそこに足をかけて、血のにじんだ手であそこをつかめば、まわりの木は全部伐採されて地の果てまで拓けているわけだし、その気になればここから逃げ出せるんじゃないかと思うわけだ。しかるべき星をたどって南へ行けば、そのまま家までたどり着けるんじゃないかとな。だがそんなふうに思うのは、シューターのことが見えていないからだ。そして看守部長を知らないから。そもそも看守部長というのは、先祖代々おれたちのことを畑の馬か猟犬のように扱ってきたやつだ。しかも、それがおれたちのためでもあると思いこんでいる。先祖代々プランテーションで現場監督をやってきた人間だからな。そしてシューターのやつらがパーチマンに送られてくる理由というのは、酒場の喧嘩などという甘いものではない。シューターが、つまり監視をまかされるような囚人がそこへ送られてくるのは、殺すのが好きで、しかもありとあらゆる汚いやり方でそれをやってきたからだ。相手が男だろうと、女だろうと――。

　おれとスタッグはそれぞれ別の棟に入れられた。スタッグは暴行罪で、おれは逃亡犯をかくまった罪だ。働くには働いたが、まあ好きになれるわけがない。かつての綿花畑ではあるまいに、日が昇ってから沈むまでなんてな。しかもあの暑さだ。あれは半端ではなかった。あの熱気。水がないから風もそよとも吹きやしない。そのせいで熱がたまって焼けるんだ。それこそオーブンだ。またたくまに両手の皮が分厚くなって、足は割れるし、血は出るしで、ようするに、畑で列になって仕事をするあいだは何も考えてはいけないんだと悟ったよ。おやじのことも、スタッグのことも、看守部長のことも、シューターのことも。あるいは畑の横でよだれをたらして吠えている犬のこともな。そいつらは誰かのかかとや首にがぶりとやるところを思い浮かべて、うっとりしているのさ。だからおれもそういうことは全部忘れて、屈んでは立ち、屈んでは立ち、ひたすらおふくろのことだけ考えていた。長いうなじだとか、不揃いな生え際だとか、それを隠すために三つ編みを後ろから前に編んでいくときの器用な手つきだとか。おふくろのことを夢想していると、底冷えのする夜に残り火が輝くような気分になれた。温かくて心地いい。それが魂を自由にしてやる唯一の方法だった。畑の中で凧《たこ》みたいに空高く舞わせるんだ。そんなふうにでもしていないと、あの刑務所に五年もいるうちには、地面にばったり倒れて息絶えていただろう。

その時点ではまだリッチーはいなかった。十五の男でもきついというのに、子どもにとってはどれほどのものだったか。十二だぞ？　リッチーが来たのは、おれがそこに入って一か月と何週間か過ぎたころだった。初めて収容棟に連れてこられたときには、歩きながら泣いていたよ。泣くといっても、声はたてずにな。しゃくりあげたりもしない。涙だけが静かに流れて、顔を濡らしているんだ。頭がでかくて、玉ねぎみたいな形をしていたな。体に不釣り合いなほど大きかった。体のほうは骨と皮だ。耳が真横に突き出して、木の葉が枝から落っこちそうな感じに見えた。顔のわりにずいぶん目が大きくて、そのくせまばたきをしないんだ。それと、足が速かった。ずいぶん足早に歩いてきた。初めて収容棟に入ってくるときには、たいてい足を引きずって歩くものだが、そうではなく、脚を高く上げ、膝を宙に蹴り上げて、馬みたいに歩くんだ。両手を解かれて雑居部屋に入れられ、寝床に連れてこられて、暗がりの中でおれの隣に横になったんだが、そのときもまだ泣いていたよ。鳥が舞い降りた直後に羽をばたつかせているときのように、小さな肩を内側にすぼめていて、それでわかった。ただし、やっぱり声はたてずにだ。十二の子どもが暗がりの中で赤ん坊みたいに泣いていたら、入口に立っている夜勤の看守が休憩で離れている隙に、何が起こるとも知れないからな。

それでも翌朝まだ暗い時間に起きたときには、そいつの顔は乾いていた。おれにくっついて外の便所に行って、朝飯のときにもくっついてきて、おれと並んで地べたに座った。

「ここへ送られてくるにしてはずいぶん子どもじゃないか。年はいくつだ？　八つぐらいか？」

おれが訊くと、あいつはむっとしたようだった。顔をしかめて、それから急にがばっと口を開いた。

「ビスケットがまずいってどういうことだよ？」そう言って片手で口を覆うものだから、てっきり吐き出すのかと思いきや、飲みこんでから答えた。「十二だよ」

「それにしたって、ここへ来るには早すぎるだろう」

「盗みでね」と言って、あいつは肩をすぼめた。「こう見えて腕はよかったんだぜ。八歳のころからずっとやってたからな。弟と妹が九人いて、なんか食いたいようって、いっつも泣いてるんだ。それに病気のせいとかでも。やれ背中が痛い、口の中がひりひりする、ってさ。手も足も赤いぶつぶつだらけで。顔なんかぶつぶつのせいでもとの肌が見えないぐらいだった」

なんの病気か察しはついた。いわゆる猩紅熱《しょうこうねつ》だ。医者によると、貧しくて肉と挽《ひ》き割り穀物と糖蜜だけ食べていると、それにかかるらしい。そういうものが食べられるならまだましだ、と言ってやりたかったがな。なにしろデルタのあたりでは、泥のパイを焼いて食べるという話だった。あいつは捕まったくせに、自分のしていたことをずいぶん得意気にしゃべっていた。やけに身をのり出して、話し終えるとおれの顔をじっと見るんだ。いかにもすごいだろうって顔をしてな。その時点で、ああ、こいつからは逃れられないなと思ったよ。なにしろずっと後をついてまわるし、寝る場所も隣だ。しかもひどく物欲しそうな顔をして、ほかのやつではだめなんだ、おまえでないとだめなんだ、と言いたげな目でこっちを見てくる。木立の合間から朝日が差して、新しく火がついたみたいに空が明るくなって、肩にも背中にも腕にもその感触が広がりはじめた。ビスケットの中にまぎれこんでいた何かがガリっと歯に当たったので、おれは急いでそいつを飲みこんだ。そういうものの正体については考えないほうが無難だからな。

「名前はなんていうんだ?」

「リチャードだよ。略してリッチーって呼ばれてる。ちょっとしたジョークでね」あいつはおれの顔を見て眉を上げ、軽く笑った。開いた口から歯が見えるていどに、ほんの少しだけ。白い歯がぎっしり並んでいた。おれがジョークを理解できずにいると、あいつはがっくり肩を落として、スプーンを片手に説明した。「つまりおれが盗みをやるからだよ。盗めばリッチになるだろ?」

おれは自分の両手に視線を落とした。ビスケットのかけらひとつついていなくて、何も食べた気がしなかった。

「だじゃれだよ」とあいつが言うので、おれは期待に応えてやることにした。なにしろほんの子どもなんだ。声をたてて笑ってやったよ。

ぼくはときどき、レオニのこと以外ならどんなことでももう少しは理解できるんじゃないかと思う。レオニはいま玄関ドアの外にいて、紙袋を抱えているせいで顔は見えないけれど、網戸を足で持ち上げて押し開け、開いた隙間から通り抜けようとしている。ドアがバタンと閉まるのを聞いて、ケイラがぼくのほうに駆けてくる。ベビーマグをひったくって中身を吸い、それからぼくの耳をもむ。小さな指でつまんでころころされるとけっこう痛いけれど、妹の癖なので、抱き上げてもませてやる。母乳を飲んだことがないからそうやって自分を慰めているんだ、と母さんは言う。〈かわいそうなケイラ〉と言って、よくため息をついていた。母さんや父さんがぼくを真似てケイラと呼びはじめたとき、レオニはすごくいやがった。〈ちゃんと名前があるでしょう。この子のパパにちなんだ名前が〉と言い張った。〈ケイラのほうが似合うのに〉と母さんが言っても、自分は絶対にそうは呼ばなかった。

「ヘイ、ミケイラ、ベイビー」と、レオニがケイラに呼びかける。

その後キッチンの戸口に立っていたら、レオニが袋の中から小さな白い箱を取り出すのが目に留まって、そういえば今年からもう母さんがバースデーケーキを焼いてくれることはないんだと思い至り、いまごろ気づいた自分に罪悪感を覚える。食事は父さんが作ってくれるにしても、母さんにはもう無理なんだと、もっと早くに気がつくべきだったのに。癌のせいで、母さんはもうそれどころではない。月とともに満ち引きを繰り返す湿地帯《バイユー》の水のように、癌は一定の周期で訪れては去り、ふたたび戻ってくる。

「あんたのケーキ買ってきたよ」とレオニが言う。ぼくもばかではないんだから、箱の中身ぐらいわかっている。だけどレオニはぼくがばかではないことを知っている。前に自分でそう言っていた。学校で担任に呼ばれて、ぼくの授業態度について言われたときに。〈お子さんの場合、私語の問題はないんですが、どうも集中力が足りなくて〉。その教師はクラス全員の前でそう言った。みんなまだ席に座っていて、帰りのバスに向かう許可が下りるのを待っているときに。その教師はぼくに最前列の席をあてがい、自分の机にいちばん近いところに座らせておきながら、〈集中している？〉と五分おきに訊いてきた。そのたびにこっちはやっていることを中断されて、集中するなどおよそ不可能だった。当時ぼくは十歳で、すでにほかの子には見えないものが見えるようになっていた。担任の教師が爪を嚙むこと。誰かに殴られた痕を隠すためにときどきアイシャドウをごってり塗っていること。どうして殴られた痕だとわかったかというと、マイケルとレオニも喧嘩の後でときどきそういう顔をしていたからだ。担任の教師にもマイケルのような相手がいるんだろうかと驚いた。保護者会があったその日、レオニはぶち切れた。〈うちの子はばかじゃないんで。ジョジョ、行くよ〉。ぼくはレオニの言葉遣いと、無意識のうちに顔を近づけて担任にすごむ姿にたじろいだ。担任は目をしばたたいて後ずさり、レオニの腕の中でとぐろを巻く暴力、肩から肘、肘から拳へと伝播する暴力の気配から逃れた。

母さんはいつもまっ赤なベルベットのようなバースデーケーキを焼いてくれた。ぼくが一歳を迎えたときからずっと。四歳になるとぼくもそれなりに知恵がついて、〈赤いケーキ〉と言いながら食料品店の棚に並んだ箱のもようを指で差して催促した。レオニが買ってきたケーキは小さくて、ぼくの拳を二つ合わせたぐらいの大きさだ。青とピンクのパステルカラーの小さな粒が散っていて、横に小さな青い靴が添えてある。レオニが鼻をひくひくさせ、骨張った腕を口に当てて咳をし、それからバケツサイズのいちばん安いアイスクリーム、冷たいガムみたいな食感のやつを取り出す。

「バースデーケーキが売り切れててさ。靴が青だからいいよね」

なるほど、レオニは十三歳の息子に出産祝い用のケーキを買ってきたわけだ。遅ればせながら気がついて笑いだすものの、ぼくの中には喜びも温もりもいっさいない。笑いとは呼べない笑い。かなり激しく笑ったので、ケイラがきょろきょろとあたりを見回し、それから騙《だま》したなと言わんばかりにぼくを見つめる。そして泣きだす。

本来なら誕生日で歌を歌う場面はぼくのいちばん好きなところだ。ろうそくの光ですべてが金色に輝いて、父さんと母さんの顔にも反射して、二人ともレオニやマイケルみたいに若々しく見えるから。そしてぼくのために歌いながら、みんな必ず笑っているから。たぶんケイラも好きなんだと思う。つっかえながらもいっしょに歌う。ケイラはぼくが抱いている。さっき泣きながらレオニの鎖骨を押してぼくに手を伸ばしてきたので、レオニも根負けして「ほら」と不機嫌そうに差し出した。だけど今年の誕生日は、歌の場面がいちばんというわけでもない。みんなキッチンではなく母さんの狭い部屋に集まって、ケーキはレオニが手で持っている。それをさっきケイラを差し出したときのように胸の前に突き出しているものだから、まるでいまから床に落としてやろうとしているみたいだ。母さんは、眠っているわけではないんだけれど、あまり起きているようにも見えない。目は半開きだし、焦点も合っていなくて、ぼくやレオニやケイラや父さんを通り越して遠くを見ている。肌は汗ばんでいるのにかさついていて、色も褪せていて、夏のさなかに何週間も雨が降らずに干上がった泥の水たまりを思い出す。しかもさっきからぼくの頭のまわりでは蚊がブンブン飛んでいて、耳の中に入ったり出たりして、刺してやろうとおちょくっている。

いざハッピーバースデーの歌が始まると、本当に歌っているのはレオニだけだ。レオニは声がきれいだ。でも低音だといい響きなのに、高音になるとちょっと割れてしまう、そういうタイプの声。父さんは歌っていない。昔から歌わない。ぼくが小さかったころには、母さんもレオニもマイケルも、家族全員が歌っていたので気づかなかった。だけど今年は、母さんは病気で歌えないし、ケイラは曲に合わせて適当に歌詞をでっちあげているだけだし、マイケルはいないし、その中で父さんは口だけぱくぱくさせて音がぜんぜん出てこないので、ああ歌っていないんだとわかる。〈ディア・ジョゼフ〉のところでレオニの声が割れる。十三本のろうそくの炎はただのオレンジ色だ。若く見えるのはケイラだけ。父さんは離れすぎていて光が届かない。母さんの閉じた目はくすんだ顔に切れ目がついているようにしか見えない。レオニの唇からのぞいている歯は真っ黒だ。ここにはハッピーなものなんて何もない。

「ハッピーバースデー、ジョジョ」と父さんが言う。だけどその目はぼくを見ているわけではない。父さんが見ているのは母さん、母さんの体のそばでだらりと開いた母さんの手だ。上を向いた手のひらは、何かの死骸のようだ。ろうそくを吹き消そうと、ぼくは顔を近づける。ところがちょうど電話が鳴りだし、レオニがびくりとして、ケーキもいっしょにびくりと動く。炎が揺れて、一瞬、あごの下が熱くなる。ろうのしずくがベビーシューズにたれ落ちる。レオニがケーキごとキッチンを振り返り、カウンターの電話をじっと見る。

「ぼうずにろうそくを消させてやるんじゃないのか、レオニ？」父さんが言う。

「マイケルかも」とレオニが言い、次の瞬間、ぼくの目の前からケーキが消える。レオニがキッチンへ持っていき、カウンターにある黒い固定電話のそばに置いたからだ。炎がろうを溶かしていく。ケイラが金切り声をあげて体をのけぞらせる。そこでぼくもレオニを追ってキッチンへ、ぼくのケーキのもとへ行くと、ケイラもにっこりする。ケイラが炎に手を伸ばす。さっきの蚊が追ってきて頭のまわりでブンブン唸り、ぼくのことをろうそくかケーキみたいに言う。〈なんてほかほかでうまそうなんだ〉。ぼくはそいつを手で払う。

「もしもし？」とレオニ。

ぼくはケイラの腕をつかんで炎に顔を近づける。ケイラがもがいて、ぴたりと固まる。

「そう」

ぼくは息を吹きかける。

「ベイビー」

ろうそくの炎が半分だけ消える。

「今週？」

残り半分のろうが溶けて瘤《こぶ》になっていく。

「本当？」

もう一度息を吹きかけると、ケーキは暗くなる。蚊がぼくの頭にとまる。〈うわ、うまそう〉と言って針を刺す。そいつをぴしゃりと叩いて手を離すと、手のひらに血がついている。ケイラが手を伸ばす。

「みんなで迎えに行くよ」

ケイラはフロスティングを握り締めて鼻水をたらしている。ブロンドの縮れ毛がこんもり盛り上がっている。指を口に入れたので、ぼくはそれをふいてやる。

「だいじょうぶだから、ベイビー、だいじょうぶだって」

電話の向こうのマイケルは、鉄の棒とコンクリートの要塞に囚われた動物だ。その声がいま、傾いた野ざらしの電柱と電線をつたって何キロも先から旅してくる。マイケルがなんと言っているか、ぼくにはわかる。冬に鳴きながら南に飛んでくる鳥とおんなじだ。鳥に限らず、すべての動物とおんなじだ。〈うちに帰るよ〉

第2章　レオニ

ゆうべマイケルとの電話を切った後で、グロリアに電話してシフトを追加してもらった。グロリアは森の中にあるカントリー・バーのオーナーで、あたしはそこで働いている。軽量ブロックとベニヤ板でしつらえて壁をグリーンに塗った、むさ苦しい店だ。初めてその店を目にしたのは、マイケルと川へ行くつもりで北のほうへ出かけたときのことだった。あたしたちは川を渡る道路の高架下に車をとめて、泳ぐのによさそうな場所を探していた。〈あれって何？〉とあたしは訊いて指差した。木立に囲まれた建物は、屋根は低めだけれど、住宅という感じではなかった。個人の家にしては、砂混じりの芝生にとまっている車の数が多かった。〈コールドドリンクだよ〉と答えるマイケルはまだ硬い梨の香りがして、まわりの風景と同じくらい鮮やかなグリーンの目をしていた。〈バークス・アンド・コークみたいな？〉とあたしが訊くと、〈そう〉とマイケルは答えて、そこのオーナーは自分の母親と同級生なんだと言った。それから何年もたって、マイケルが刑務所送りになった後で彼のお母さんに電話したとき、ありがたいことに電話に出たのはお母さんのほうで、ビッグ・ジョゼフではなかった。ビッグ・ジョゼフなら、きっと無言で切ったにちがいない。彼にとってあたしは息子が孕《はら》ませたニガーだ。あたしはマイケルのお母さんに仕事が必要なことを説明して、そこのオーナーに口利きしてほしいと頼んだ。マイケルのお母さんと話すのはそれが四度目だった。最初はあたしとマイケルがつき合いはじめたとき。二度目はジョジョが生まれたとき。三度目はミケイラが生まれたとき。それでもオーケーしてくれて、それじゃあそこへ、マイケルの実家とそのバーがある上流の町キルへ行って、グロリアに直接自己紹介をするように言われたので、あたしはそうした。グロリアは試用期間として三か月間あたしを雇った。それから〈あんたは働き者だね〉と言って笑い、引き続き雇ってくれることになった。アイライナーをごってり塗っていて、笑うと目尻が派手な扇のようになった。〈ミスティより働いているんじゃない？　あの子だってほとんどここに住んでいるようなものだけど〉。そう言って彼女が手を振り、バーへ戻るように合図したので、あたしはふたたびドリンクがのったトレイをつかみ、三か月が三年になったというわけだ。ミスティがそこまで働く理由は、コールドドリンクに勤め始めて二日でわかった。毎晩クスリをやってハイになっているからだ。ロータブにオキシコンチン、コカイン、エクスタシー、メタドン。


　ゆうべあたしが店に入る前に、ミスティはたっぷりダブルシフトで働いたにちがいない。いっしょに片づけ、モップをかけて戸締まりを終えてから、彼女がハリケーン・カトリーナの後で州の緊急事態管理庁にもらったピンク色のコテージに行ったら、三・五グラム《エイトボール》玉を出してきた。

「それじゃあ彼、帰ってくるんだ？」とミスティが言った。

　彼女は家じゅうの窓を開けているところだった。ハイになったときにあたしが外の音を聞きたがるからだ。彼女はひとりでハイになるのがいやで、それであたしを誘っているものだから、じめじめした春の夜が霧のように家の中まで入ってくることにはかまわずに、せっせと窓を開けていた。

「うん」

「そりゃうれしいだろうね」

最後の窓が跳ね上がってカチッと固定され、あたしが外を眺めるそばで、ミスティはテーブルに向かって玉を切り分けはじめた。あたしは肩をすぼめた。電話がかかってきたときはとにかくうれしくて、何年も何か月も思い描いていた言葉をマイケルの声が実際に口にするのを聞いて、本当にうれしくって、体の中で何千匹ものおたまじゃくしが騒いでいる気分だった。ところが家を出るときに、それまでリビングで父さんとテレビのハンティング番組を見ていたジョジョが顔を上げ、一瞬だけこっちを向いたその顔というか、眉間にしわの寄った感じが、お互い最悪の喧嘩をやらかした後のマイケルにそっくりだった。いかにもがっかりだよっていう顔。あたしが出かけることをものすごく問題視するみたいな。その顔をあたしは頭の中から振り払うことができなかった。シフトに入っているあいだも何度もよみがえってきて、バドワイザーのはずがバドライトを開けていたり、クアーズのはずがミケロブだったりした。それからはたと思い当たって、その後はもうジョジョの顔が頭にこびりついて離れなくなった。ジョジョは密かにあたしのサプライズ・プレゼントを期待していたにちがいない。あわてて買ってきたあのケーキとは別の、何か三日でなくならないちゃんとした〈物〉。バスケットボールとか、本とか、いまある一足きりの靴のほかにナイキのハイトップのスニーカーとか。

あたしはテーブルに顔を近づけた。鼻からふんと息を吸った。焼けるような鮮明な衝撃が骨を駆け抜け、あたしは忘れた。買わなかった靴のことも、クリームの溶けたケーキのことも、電話のことも。あたしのベッドで寝ている小さな娘と床で寝ている息子のことも。万一あたしが帰宅してふらふら入ってきたときに床に押しやられないよう、ジョジョは最初から床で寝ている。だからどうした。

「さいこう」あたしはゆっくりと声に出して言った。一音一音はっきりと。またしてもギヴンが現れたのはそのときだ。

　学校の子たちはギヴンの名前をからかった。あるときそれが原因で、バスの中で喧嘩になって、迷彩柄の服を着たハスキーな声の赤毛の男の子と座席から転げ落ちたことがあった。ギヴンは腫れた唇で、家に帰るなり憤然として母さんに訴えた。〈なんでこんな名前をつけたのさ？　ギヴンなんてさ？　わけがわかんないよ〉。すると母さんはその場にしゃがんで、ギヴンの両耳をさすりながら言った。〈ギヴンという名前にしたのは、父さんの名前、リヴァーという名前と響きが似ているからよ。そしてあんたを授かったのが、あたしが四十のときだったから。父さんは五十だった。子どもは無理だろうと諦めていたのに、あんたを授けられた《ギヴン》からよ〉。ギヴンはあたしより三つ年上で、ギヴンと迷彩服の子がバスの座席で取っ組み合いになったそのとき、あたしは迷彩服のやつに教科書かばんを振り回して後頭部に命中させてやった。

　ゆうべ、ギヴンはあたしを見てにこりと笑った。そのギヴンもどき、死んでかれこれ十五年になるギヴンは、あたしが鼻から粉を吸うたび、口に錠剤を放りこむたびに、あたしの前に現れる。ゆうべは二つ空いている椅子の一方に自分もいっしょに座るなり、前に身をのり出してテーブルに肘をついた。そしていつものようにあたしを見ていた。ギヴンの顔は母さんにそっくりだ。

「そんなによかった？」ミスティが鼻水をすすった。

「うん」

ギヴンが刈り上げた頭のてっぺんをさするのを見て、あたしはふと、生きていたときのギヴンと目の前の化学物質との違いに気づいた。ギヴンもどきはきちんと息をしていない。というよりまったくしていない。だからそのとき着ていた黒いシャツも、蚊でびっしり覆われた水たまりみたいにそよとも動かなかった。

「マイケルが変わってたらどうする？」ミスティが訊いた。

「変わってないよ」と、あたし。

ミスティが、さっきテーブルをふくのに使っていたくしゃくしゃのペーパータオルを投げてよこした。

「何見てるの？」

「べつに」

「嘘だね。こんな何もないところでそれだけじっと見といて、何も見てないわけがない」ミスティは手を振ってコカインを示し、ウインクした。その薬指にはボーイフレンドのイニシャルが彫ってあって、最初は文字に見えたのに、ふと虫に見えて、それからまた文字に戻った。ミスティのボーイフレンドは黒人で、そういう色の違いを超えた愛というのも、あたしたちがこれだけ短期間で友達になった理由のひとつだ。ミスティはよく、彼とはもういっしょになったつもりでいる、と言う。母親に見放されて育ったから自分には彼が必要なんだ、と。小五のとき、十歳のときに生理が来て、体がそういうことになっているとはつゆ知らず、ズボンの後ろで血が油染みみたいに広がっていく状態で半日歩き回っていた、と聞いたことがある。学校の駐車場で母親にぶたれて、そうとう気まずい思いをしたらしい。しかも校長が警察に電話した。〈あたしが母親をがっかりさせた数ある出来事のひとつだよ〉と言っていた。

「味わってたのよ」とあたしは答えた。

「あんたが嘘ついてるときって、なんでわかるか知ってる？」

「なんでわかるの？」

「死んだみたいに動かなくなる。人っていうのはどんなときも何かしら動いてるもんだよ。しゃべってるときでも、黙ってるときでも、寝てるときでも。視線をそらしたり、合わせたり、笑ったり、顔をしかめたり。でもあんたが嘘をついてるときって、死んだみたいに動かなくなる。表情もなくなって、腕もだらんとしちゃって。まるで死人みたい。そんなのあんた以外に見たこともない」

あたしは肩をすぼめた。ギヴンもどきも肩をすぼめて、〈確かに〉と口を動かした。

「あんたは見えたことない？」と、あたしは訊いた。考えるより先に言葉が出ていた。でもまあ、現時点では彼女はあたしの親友だ。というより唯一の友達だ。

「どういうこと？」

「クスリをやってるときとか」あたしはさっき彼女がやったみたいに手を振ってコカインを示した。テーブルの上に申し訳ていどに残った小山は、もはやゴミをかき集めたようにしか見えなかったけれど、いちおうあと二、三回いける量はあった。

「そういうこと？　なんか奇妙なものでも見えるわけ？」

「ちょっと線がね。ネオンライトみたいなのが、宙に浮いてる」

「なるほど、努力は大事だからね。今度は手をぴくっとさせてみたんだ。で、本当は何が見えてるの？」

　あたしはミスティの顔にパンチをみまってやりたかった。

「だから言ったじゃん」

「そうだね、でもいまのも嘘だった」

　だけどそこはミスティの家だし、けっきょくのところあたしは黒人でミスティは白人だ。あたしたちが取っ組み合うのを聞いて誰かが警察に通報するような事態になったら、刑務所に送られるのはミスティではなくあたしだ。親友だろうとなかろうと。

「ギヴンよ」あたしが声をひそめると、ギヴンが聞き取ろうとして身をのり出してきた。そしてテーブルの向こうから片手を、節くれだった細長い指を、あたしのほうに伸ばしてきた。自分は味方だとでもいうように。生きて血が通っているんだとでもいうように。あたしの手をつかんでそこから連れ出せるんだ、いっしょにうちに帰れるんだ、とでもいうように。

　ミスティは何かすっぱいものでも食べたみたいな顔をしていた。それからテーブルに顔を近づけて次の一服を吸った。

「あたしもべつに詳しいとは言わないけどさ。それにしても、こんな安物で見えるなんてまずないね」

　ミスティは椅子の背にもたれ、髪をまとめて後ろに払った。〈この髪、ビショップが気に入ってさ〉と、前にボーイフレンドのことを話していた。〈しょっちゅう手を入れてくるのよ〉。それは彼女の無意識のしぐさだ。何気なく髪をいじりながら、自分では気づいてもいない。あらゆる光を反射して輝くさまにも。それ自身の美しさにも。あたしはその髪が嫌いだ。

「アシッドなら、そうだね」と、ミスティはなおも続けた。「メタドンでも、まああるかも。でもこれで？　まずないね」

ギヴンもどきが顔をしかめ、ミスティが髪を払う女の子っぽいしぐさを真似ながら口の動きで言った。〈知らないくせに〉。左手はテーブルに置かれたままだった。だけどあたしは手を伸ばすことができなかった。本当はそうしたくてたまらなかったのに。ギヴンの肌に、肉に、乾いた硬い手に、触れたくてたまらなかったのに。お互い子どもだったころ、バスの中で、学校で、近所で、ギヴンは何度、あたしや自分自身のために戦ったことだろう。よその子たちが、おまえの父親はカカシだ、おまえの母親は魔女だ、と言ってあたしをからかったときに。おまえも父親にそっくりだ、焦げた棒がぼろを着ているみたいだ、と言って。巣穴で眠りにつく動物が温もりと寝心地のよさを求めて何度も寝返りを打つように、あたしの胃は何度もひっくり返った。あたしはタバコに火をつけた。

「確かに」

ジョジョのバースデーケーキがまずくなっている。一日しかたっていないのに五日もたったような味がする。紙を練ったような味。それでもあたしは食べ続ける。抑えられない。唾液が足りないせいで喉は抵抗するのに、歯はがつがつ噛み続ける。コカインをやったせいでゆうべからずっとこの調子だ。父さんが何かしゃべっているけれど、あたしは自分のあごに気を取られている。

「なにも子どもまで連れていく必要はないだろう」と父さんが言う。

たいていの場合、父さんは実際の年より若く見える。それと同じで、たいていの場合、ジョジョはあたしの目には五歳にしか映らない。父さんを見ても、年とともに曲がってきた腰や増えてきたしわは目に入らない。あたしの目に映るのは、白い歯とぴんと伸びた背筋とつやつやの黒髪と瞳だけ。髪は染めているんだろうと思って前に母さんにそう言ったら、母さんは目をぐるりと回して笑いだした。そのときはまだ母さんも笑うことができた。〈父さんはもとからあのとおりよ〉と母さんは言った。ケーキは甘ったるくて、むしろ苦い。

「必要あるのよ」とあたしは答える。

わかっている。ミケイラだけ連れていくという手もある。たぶんそのほうが簡単だ。だけど刑務所に着いてマイケルが出てきたときにジョジョがいないと、マイケルは心のどこかで絶対にがっかりするだろう。ジョジョはすでにいやになるほどあたしと父さんにそっくりだ。茶色い肌も、黒い目も、全身をぴんと伸ばしてボールみたいに弾んで歩く歩き方も。ジョジョもその場でいっしょにマイケルを待つのでないと、なんというか、やっぱりよくない。

「学校はどうするつもりだ？」

「たったの二日だよ、父さん」

「学校は大事だ、レオニ。子どもは勉強しなくちゃいかん」

「あの子は頭がいいんだから、二日ぐらい平気だよ」

父さんが顔をしかめると、さすがにあたしでも父さんの老いが目に入る。そこに刻まれた容赦のない下降線。母さんと同じだ。衰弱してベッドへ、地へ、そして墓へ。まさに下降。

「おまえひとりで運転して子どもを二人連れていくなんて、絶対によくない」

「まっすぐな道だよ、父さん。北へ行って戻ってくるだけ」

「何があるかわからんだろう」

あたしは奥歯を噛みしめる。あごが痛い。

「だいじょうぶだってば」

マイケルが刑務所に入ってかれこれ三年になる。三年と二か月。プラス十日。判決は五年で、将来的には短くなる可能性もあると言われていた。それが現実になったんだ。現在に。体の内側が震えだす。

「本当にだいじょうぶなのか？」父さんが尋ねる。家畜のようすがおかしいときとおんなじ顔。馬が脚を引きずっているので蹄鉄を打ち直す必要があるとか、ニワトリが奇妙な動きをして凶暴になっているとか。おかしな点に気づいたら、とことん正さないと気がすまない。傷んだ蹄には蹄鉄を打つ。おかしくなったニワトリは隔離する。そして絞める。

「うん」とあたしは答える。頭の中に排気ガスが充満している気分。ほてってめまいがする。「だいじょうぶ」


ハイになるたびにギヴンもどきが見える理由については、思い当たる節がないでもない。初潮が来たとき、父さんが仕事をしている隙に母さんがあたしをキッチンのテーブルの前に座らせて言った。「あんたに話しておきたいことがあるの」

「なあに？」と訊いたら、母さんはじろりとにらんだ。そこであたしは最初の言葉をのみ下し「はい、母さん」と答え直した。

「あたしが十二のとき、いちばん末の妹が生まれるときに、産婆のマリー＝テレーズがうちに来たのよ。あたしにお湯を沸かすように言って、しばらくキッチンに座っていたんだけれど、そのうち持ってきたハーブの包みを解いて、乾燥させた植物の束をひとつひとつ指差しながら、どんな効き目があると思う、と訊いてきたの。そこであたしもなんだろうとのぞいてみると、たちまち答えがわかってね。それでその人に答えたのよ。〈これは後産をうながすもの、これは出血を抑えるもの、これは痛みを和《やわ》らげるもの、これは母乳の出をよくするもの〉とね。まるで耳の中で誰かが鼻歌でも歌いながら、効能を教えてくれるような感じだったの。そうしたらその人に、素質があると言われてね。母親は別の部屋であえいでいるというのに、水の精マミワタと聖母マリアに、マリー＝テレーズは悠長にあたしの胸に片手を当てて、二人の母に、見るべきものが見えるようになりますように、って祈ってくれたのよ。あたしがちゃんと生き永らえて、見るべきものが見えるようになりますように、って」

母さんは話してはいけないことを話したかのように片手で口を覆った。口に出してしまった言葉を手ですくって体の中に戻そうとするみたいに。飲みこんでおなかに戻せば、なかったことにできるかのように。

「なったの？」あたしは訊いた。

「見えるように？」

あたしはうなずいた。

「なったよ」と母さんは答えた。

〈何が見えるの？〉と、本当は訊いてみたかった。でも訊かなかった。黙って話の続きを待った。あたしを見て何がわかるか訊いてしまったら、どんな答えが返ってくるか怖かったからかもしれない。早死にするとか？　愛する人にめぐり会えないとか？　たとえ長生きできても、きつい仕事とつらい暮らしに押し潰されてしまうとか？　人生の盛りに味わった苦味に口を歪めて老いていくとか？　カラシナの葉や渋柿のような苦味、果たされざる約束と喪失がもたらす強烈な苦味に？

「あんたも同じものをもっているかもしれない」と母さんが言った。

「本当？」

「たぶん血に混じって流れているんだろうね。川を流れる泥のように。右や左に曲がったところで、沈んだ木の上なんかに少しずつ溜まっていくでしょう？」と言って、母さんは指を振った。「それが何年もかけて水の上に顔を出すように。あたしの母親にはそういう力はなかったけれど、その姉のロザリー伯母さんにはあったそうだし。きょうだいから子どもへ、いとこへ、飛び飛びに現れてきたのよ。そして利用されてきた。そういうことが、たいていは初潮を迎えるころにはっきりするの」

　母さんは不安そうに唇を爪でいじり、それからキッチンのテーブルをこつこつと叩いた。

「マリー＝テレーズにも聞こえたのよ。女を見たら歌が聞こえて、その女が身重だったら、赤ん坊がいつ生まれるのか、男の子か女の子か、そういうことがわかったの。母体に問題があればそれもわかるし、どうすれば避けられるかもわかる。男だったら、密造酒で肝臓をやられているとか、すっかり治ってソーセージみたいにぴかぴかだとか。白目の黄ばみや手の震えでわかるのよ。ほかにもいろいろ。そこらじゅうの生き物からいっぺんに声が響いてくることもあって、そういうときはいちばん大きな声をたどればいい。それがいちばん当たっている可能性が高いから。ごちゃまぜの声の中から、いちばんくっきりした声が歌のように聞こえてくるの。たとえば雑貨屋で女の顔からこんなふうに聞こえてくる。〈フリップがあたしの顔を切りつける。あたしがセドと踊るから〉。するとと店の主人の脚からこんな歌が聞こえてくる。〈血が黒ずんで流れがよどむ。指が腐る〉。牛のおなかだってしゃべるんだから。〈子牛は脚から生まれてくる〉とかね。マリー＝テレーズは自分が年ごろになって初めて声が聞こえたときのことも話してくれたんだけれど、そうやって説明を聞くうちに、そういえばあたしにも声が聞こえていた、と思い当たってね。小さいころに母親が、なんだって胃にできものなんかできたんだろうとぼやいていて、そのときに潰瘍《かいよう》が歌っていたのよ。〈食うぞ、食うぞ、食うぞ〉って。あたしはわけがわからなくて、母さん、おなかが空いているの？　と何度も訊いたんだけれどね。そんなこんなであたしはマリー＝テレーズから手ほどきを受けて、その人が知っていることを全部教わって、父さんと結婚するころには、あたしがその仕事を引き継いでいたというわけ。お産を手伝ったり、病気を治したり、お守り用にグリグリ袋をこしらえたり。それはもう大忙しだったのよ」母さんは両手を洗うみたいにこすり合わせた。「いまはもう落ち着いたけれどね。治療を頼んでくるのは年寄りだけだし」

「母さん、産婆もやってたの？」あたしは訊いた。グリグリ袋のことはお互いに知っていたから、わざわざ差し向かいで話すこともなかった。母さんはまばたきをして、何も言わずに笑みを浮かべて首を振った。つまり〈イエス〉だ。そのときを境に、母さんはあたしにとってたんなる母親ではなくなった。〈ちゃんと聖なる母たちにお祈りするのよ〉と寝る前にロザリオの祈りを唱えさせるだけの存在ではなくなった。あたしに発疹《ほっしん》が出たときに手製の軟膏を塗ってくれたのも、病気になったときに特別なお茶を飲ませてくれたのも、母親なら誰でもそうするわけではなかったんだ。曖《あい》昧《まい》な笑みは母さんの人生の秘密を、母さんが学び、語り、目にし、経験してきたすべてを、あたしがまだ小さくて母さんのお祈りを理解できなかったころに母さんが語りかけていた聖人や精霊の存在を、物語っていた。するとドアからギヴンが入ってきて、母さんの曖昧な笑みがしかめ面に変わった。

「これ、家に入るときには泥だらけのブーツは脱いでちょうだいって、何度頼めばいいの？」

「ごめんよ、母さん」と言ってギヴンはにっこり笑い、屈んで母さんにキスをしてから、背中を起こして後ろ向きにドアの外へ戻っていった。網戸の向こうでつま先立ちになって靴を脱ぐギヴンは、家の中からだと影になって見えた。「まったくあんたの兄さんときたら、この世の歌どころかあたしの声さえ聞こえやしない。でもあんたには聞こえるかもしれないからね。聞こえるようになったら教えてちょうだい」と母さんは言った。

ギヴンは階段にしゃがんで靴を板に叩きつけ、泥を払い落としていた。


「レオニ」と父さんが言う。

本当はもっと違う呼び方をしてほしい。小さいころは〈おじょうさん〉だった。いっしょにニワトリに餌をやるときには、〈ほらおじょうさん、そのトウモロコシはおまえならもっと遠くに飛ばせるはずだぞ〉。菜園で草むしりをしながら腰が痛いと文句を言うと、〈その歳で腰が痛いはないだろう、おじょうさん。そんな若い腰をして〉。あたしの持ち帰った成績表にCよりAとBのほうが多いときには、〈おじょうさん、おまえは優秀だな〉。そう言いながら父さんは笑っていた。黙ってにこにこしているときもあれば、表情は普通のときもあったけれど、けっしてあたしを咎《とが》めている感じはしなかった。いまは決まって名前でしか呼ばないし、父さんがあたしの名前を呼ぶたびに、平手でぶつような音がする。あたしはジョジョのバースデーケーキの残りをゴミ箱に捨て、父さんと向き合わずにすむよう、コップに水道の水を注いで飲む。飲み下すたびにあごがカクカク鳴る。

「迎えに行ってやりたい気持ちはわかる。だが向こうもバス代ぐらいは出してくれるんだろう？」

「だって父さん、彼はあの子たちの父親なんだよ。ちゃんと迎えに行って連れて帰らないと」

「向こうの親はどうなんだ？　向こうも連れて帰るつもりだったら？」

それは考えていなかった。あたしは空になったコップを流しに置いてそのままにする。使った食器を洗わないと父さんは文句を言うけれど、たいていは一度にひとつのことしか言わない。

「向こうが迎えに行くならマイケルだってそう言うはずだもん。でも言ってなかった」

「次の電話を待ってから決めてもいいんじゃないのか」

あたしは自分で自分の首をもんでいることに気づいてやめる。どこもかしこも痛い。

「それは無理」

父さんが少し下がって、キッチンの天井を見上げる。

「母さんにもちゃんと話してから行くんだぞ。行ってくると伝えてから」

「そんなに大袈裟なこと？」

父さんはキッチンの椅子をつかんでガタっとずらし、もとに戻して、そのままじっと立っている。

ゆうべミスティのところで、ギヴンもどきはけっきょくひと晩じゅうそこにいた。それどころか帰るときにも車までついてきて、ドアを通り抜けて助手席に座った。砂利敷きの私道を抜けて車が通りに出るまで、ギヴンはまっすぐ前を向いていた。そうして家まであと半分のところまで来たときに、田舎によくある暗い二車線道路で、アスファルトがほとんどはげて舗装道路とは思えないほどタイヤがすり減るようなところで、あたしはフクロネズミを避けようとして急ハンドルを切った。そいつはヘッドライトの中で凍りついて背中を丸め、絶対にあたしの気のせいではなく、シューっと唸っていた。ようやく心臓が落ち着いて、熱い針の刺さった針山ではなくなってから、もう一度助手席を振り返ると、ギヴンの姿は消えていた。

「どうしても行かないとだめなのよ。三人で」

「どうして？」父さんが尋ねる。穏やかな口調に聞こえるけれど、声が一オクターブ低いのは心配のせい。

「家族だから」とあたしは答える。足の指からおなかをつたって後頭部へ、じりじりするような感覚が一本の筋になって昇っていく。ゆうべの感覚の名残だ。やがてそれは消えてなくなり、あたしはじっとしたまま、鬱へと落ちていく。父さんの口の端がぴんと張りつめる。釣針とか、釣糸とか、自分よりはるかに大きな何かに抵抗して引っぱり返そうとする魚みたいだ。続いてそれがなくなり、父さんはまばたきをして視線をそらす。

「あの男の家族はひとつではない、レオニ。子どもたちの家族もな」そう言って父さんはあたしのそばを離れ、ジョジョを呼ぶ。

「ぼうず。ぼうず、ちょっと来てくれ」

勝手口のドアがバタンと鳴る。

「どこにいるんだ、ぼうず？」

まるで愛撫のような、歌うような響き。

「マイケルが釈放されるんだ」

母さんが手のひらでベッドを押して肩をすぼめ、腰を浮かせようとする。顔が歪む。

「そうなの？　こんなに早く？」静かな声。まるで吐息のよう。

「うん」

母さんの体がどさりとベッドに戻る。

「父さんは？」

「ジョジョと裏にいる」

「呼んでちょうだい」

「買い物に行くから、そのときに伝えておくよ」

母さんが頭を掻いて息を吐く。目が閉じて線になる。

「マイケルは誰が迎えに行くの？」

「あたし」

「ほかには？」

「子どもたち」

母さんがふたたびあたしを見る。またあのじりじり感が来てくれるといいんだけれど、あたしはもう落ちるところまで落ちてしまって、あるのはただ、何もないという感覚だけ。渇いて空っぽ。なんにもない。

「友達はいっしょに行かないの？」

ミスティのことだ。二人とも相手が同じ刑務所に入っているので、四か月に一度はいっしょに通っていた。ぜんぜん頭になかった。

「そういえば訊いてない」

こういう田舎で育つと、いくつか学ぶことがある。人生の最初の部分をいっきに謳歌した後は、あらゆるものが時間に食われていく。機械は錆《さ》びるし、動物は老いて羽や毛が抜けていくし、植物は枯れていく。父さんを見ていても、年に一度ぐらいはそれを感じる。年ごとにどんどんやせて、腱が硬くこわばり、浮き出てくる。インディアンらしい頬骨もどんどん険しくなってくる。でも母さんが病気になってからは、痛みにも同じ作用があるんだとわかった。痛みは人を食いつくし、骨と皮と細った血管だけにしてしまう。人間を内側から貪《むさぼ》り食って、異様に膨張させてしまう。母さんの足はまるで毛布の下に仕掛けられた水風船だ。

「訊いてみるといいよ」

母さんはたぶん横向きになろうとしているんだろう。体に力がこもっている。でもけっきょく顔を横に向けて壁を見るだけだ。

「扇風機をつけてちょうだい」母さんに言われて、あたしは父さんの椅子を後ろに引き、窓に立てかけてあるボックス型扇風機のスイッチを入れる。悲しげな音をたてて空気が部屋を通り抜け、母さんがふたたびあたしのほうを向く。

「不思議に思っているんでしょう」と、母さんが言いかけてとまる。薄い唇。いちばん目につくのがそこだ。母さんの唇。いつもあんなにふっくらとしてやわらかかったのに。とくにあたしが子どものころ、こめかみにキスしてくれたときとか。あるいは肘に。手にも。お風呂あがりなんか、足の指にキスすることもあった。それがいまでは、落ちくぼんだ顔の中でそこだけ皮膚の色が違っているにすぎない。「どうして反対しないのか」

「ちょっとね」とあたしは答える。母さんは自分の足の指を見ている。

「父さんも頑固。あんたも頑固」

母さんの息が不規則にとぎれて、笑っているんだ、とあたしは気がつく。なんて弱々しい笑い。

「あんたたちときたら、年がら年じゅう大騒ぎ」

母さんがふたたび目を閉じる。髪がすっかり薄くなって、頭皮が透けて見える。色がなく、血管が青く浮き出て、でこぼこしていて、陶芸家が作った器みたいにいびつな形。

「あんたももう大人だからね」

あたしは腰を下ろして腕を組み、そのせいで胸が少し前に突き出る。すると胸が大きくなりはじめたころ、小さな岩のようにふくらんできたころの恐怖を思い出す。十歳のころだ。肉のしこりが裏切りのように思えてしかたがなかった。人生について嘘を吹きこまれていた気がした。聞いてないよ、あたしも大人になるなんて、みたいな。そんな体になるなんて。母さんみたいになるなんて。

「好きなものはしかたがない。気のすむようにするしかない」

そう言って母さんがあたしを見ると、その瞬間、目だけは完全にもとのままで、昔みたいに丸くて、たぶんもっと近くで見たら色も淡い茶色で、端のほうが潤いをおびている。そこだけは時間に貪り食われていない。

「行くんでしょう？」と母さんが言う。

あたしは悟る。母さんはギヴンの後を追うんだ。やっと来てくれたと思ったらあっという間に行ってしまった息子の後を。母さんは死ぬんだ。

高校の最終学年のとき、死ぬ直前の秋、ギヴンはひたすらフットボールに打ちこんでいた。地元チームや州立大学のスカウトマンが週末ごとにギヴンの試合を見学に来た。ギヴンは背が高かったし、筋肉も発達していて、ひとたびあの豚皮のボールを手にしたら、足が地面に触れる間もなかった。でもそんなふうに真剣にフットボールと向き合う一方で、練習や試合を離れたところでは人づきあいもよかった。チームメイトに関しても、白人も黒人も自分にとっては兄弟も同然だ、と前に父さんに話していた。毎週金曜の夜にはチームで戦場に向かうようなもので、全員で一丸となって実力以上の力、本来持てる以上の力を発揮するんだ、と。父さんは自分の靴に視線を落とし、地面に茶色い液体を吐いた。ギヴンは白人のチームメイトとキルでパーティーをするんだと言い、父さんはやめておけと警告した。〈いいか、向こうがおまえを見て違いを感じるんだ。おまえの目にどう映るかの問題ではない。向こうの目にどう映るかだ〉。父さんはそう言って、ぐちゃぐちゃになった嚙みタバコを丸ごと吐き出した。ギヴンはあきれ顔で目をぐるりと回し、そのとき父さんと二人で修理していた七七年型のノーヴァア、自分が運転することになるその車の開いたフードの下に身を屈めて、わかったよ父さん、と言い、それからあたしを見上げてウインクした。あたしは父さんに家に入っていろと言われなくてとりあえずほっとしていたし、二人に工具を渡したり、水を汲んできたり、作業のようすを眺めたりして満足していた。家にいたら母さんがまた薬草のことをあれこれ教えてくるかもしれないので、そういう状況は避けたかった。〈ハーブ療法というのよ〉とあたしが七つになったときに母さんは言った。〈あんたも覚えようね〉と。あたしはヘンリー伯父さんか双子のどっちか、誰でもいいから通りの向こうからやってきて、緑の中にぱっと現れてくれたらいいのに、そうしたらもっと別のおしゃべりができるのに、と思っていた。

ギヴンは父さんの警告を無視した。その冬遅く、二月に、白人の子たちとキルへハンティングに出かけることになり、お金を貯めて、けっこういい値のする弓と矢を買った。マイケルのいとこがライフルで雄ジカを仕留めるより先に自分が弓で倒すんだと言って、賭けをした。マイケルのいとこというのは、ちびで、片目の視線が定まらなくて、制服みたいに年がら年じゅうビールTシャツとカウボーイブーツという格好で、三十を過ぎても高校生とデートしたりつるんだりしていそうなやつだった。ギヴンは父さんといっしょに練習した。宿題もそっちのけで何時間も裏庭で弓を射ていた。そうやって体を弓のようにぴんと張り、延々と弓を引き続けていたので、五十メートル先の二本の松のあいだに張ったカンバスのどまん中を射抜けるようになるころには、父さんみたいに背筋をぴんと伸ばして歩くようになっていた。あるどんより曇った寒い冬の夜明けに、ギヴンは賭けに勝った。理由のひとつは、ギヴンの腕がすごかったから。そしてもうひとつは、ギヴンを除く全員が、それまでともにフットボールをプレイして、ロッカールームで取っ組み合って、スタジアムのフィールドで倒れる寸前までともに汗をかいてきた全員が、ギヴンの負けを見越して朝からオレンジジュースを飲む勢いでビールをあおっていたからだ。

当時のあたしはまだマイケルのことは知らなかった。学校で何度か見かけたことがあるぐらいで、櫛を通したことのないブロンドの巻き毛は、いつ見ても編みかけのマットのようだった。肘も手も脚も灰色だった。その朝、マイケルは早起きするのがいやでハンティングには参加せず、話を聞いたのは、お昼に伯父さんが息子を連れてビッグ・ジョゼフを訪ねてきたときのことだった。いとこは完全に酔いの醒めた状態で、毒を食らったネズミが冬の寒さを逃れようと壁にもぐりこんで息絶えたとか、そういう最悪のにおいを嗅いだような顔をしていた。〈こいつがニガーを撃ちやがった〉。このくそったれが、負けてかっとなった勢いでニガーを撃ちやがった〉。マイケルの伯父さんはそう言って、長年保安官をやっていたビッグ・ジョゼフに〈どうすればいい?〉と指示を仰いだ。マイケルのお母さんは警察に連絡するべきだと言った。でもビッグ・ジョゼフはそれを無視した。みんなで森に分け入って約一時間後、松葉の中にじっと横たわるギヴンの長い体が見つかった。体の下にどす黒い血が溜まっていた。そこらじゅうにビールの缶が散らばっていた。目の悪いいとこが狙いを定めて撃ったとき、銃声が響くと同時に逃げ出した連中が放り出していった空き缶だ。光にさらされたゴキブリみたいに、そいつらはあっというまに散り散りになった。伯父さんは息子の顔に平手を見舞った。一発、二発。〈この大ばかやろう。昔とはわけが違うんだからな〉。するといとこは両手を上げてぼそりと言った。〈だってあいつが負けるはずだったんだよ〉。百メートルほど離れたところに雄ジカが横向きに倒れていて、首に一本、おなかに一本、矢が刺さっていた。ギヴンと同様、冷たく硬くなり、血が凝固していた。

〈ハンティング中の事故だ〉と、家に戻ってみんなでテーブルを囲んだところで、ビッグ・ジョゼフが受話器を片手に全員に告げた。それからいとこの父親が、息子と同じくらいちびだけれど目はまともなその父親が、警察に電話した。〈ハンティング中の事故です〉と、冷え冷えとした真昼の日差しがカーテンの隙間から差しこむ中で、伯父さんは受話器に向かって言った。〈ハンティング中の事故です〉と、どんよりした目のいとこは法廷で証言した。陶器の皿みたいに硬くこわばった表情で、いいほうの目は弁護士の後ろに座っているビッグ・ジョゼフをじっと見ていたけれど、悪いほうの目は、州の検察官の後ろに並んで座る父さんとあたしと母さんのほうをさまよっていた。その検察官は司法取引に応じて、いとこはパーチマンでの三年の刑期と二年の保護観察を言い渡された。もしかしてそのいとこの悪いほうの目が発するハミングか何か、さまよう視線にこめられた良心の呵責《かしやく》か何かが、母さんには聞こえていたんだろうか。わからないけれど、そいつを通り越して遠くを見つめる母さんの目からは、ずっと涙があふれていた。

ギヴンが死んで一年後、母さんはギヴンのために木を植えた。〈命日ごとに一本ずつ〉と言うその声は、痛みのせいでうわずっていた。〈あたしが長生きしたら、ここはそのうち森になる〉と母さんは言った。〈ささやく森になって、風や花粉や朽ちたカブトムシのことを語るだろう〉。それから黙って地面の穴に木を挿し入れ、まわりの土を叩きはじめた。その拳を通じて母さんの声が聞こえてきた。〈マリー＝テレーズに教えたあの人――あの人ならきっと見えただろうに。まるで白人のように白かったあのおばあさん、ヴァンジーおばさん。あの人には死者が見えた。マリー＝テレーズにはそういう力はなかった。あたしもそう〉。母さんは赤くなった拳を地面に叩きつけた。〈夢の中なら見えるのに。もう一度ギヴンが見える夢。ブーツを履いたあの子がドアから入ってくる。だけど次の瞬間には目が覚めて、そうするとあたしにはもう見えない〉。そして母さんは泣きだした。〈そこにいることはわかっているのに。薄いヴェールのすぐ向こうに〉。流れる涙がとまるまで、母さんはずっとそうやって膝をついていた。それから座り直して顔をぬぐうと、顔じゅうに土と血がこびりついた。

三年前にクスリをやって、そのとき初めてギヴンが見えた。クスリはそれが初めてというわけではなかったけれど、マイケルが刑務所に入ったばかりで、回数が増えはじめて、二日にいっぺんはテーブルに顔を近づけ、粉を細長く並べて吸いこむようになっていた。いけないことはわかっていた。だって妊娠していたから。それでも我慢できなかった。コカインが鼻を昇っていっきに脳天に達すると、マイケルが行ってしまった悲しみと絶望が燃えてなくなる感じがした。初めてギヴンが現れたそのとき、あたしはキルでパーティーに参加していた。そこへギヴンが、胸にも首にも穴のあいていない状態で、もとのまんまの長い手脚で、いつものように歩いて入ってきた。だけど顔は笑っていなかった。ギヴンはシャツを着ていなくて、首と顔は走ってきた後みたいに赤いのに、胸は石のようにぴくりとも動かなかった。おそらくマイケルのいとこに撃たれた後のように。あたしは母さんの小さな森のことを思い出した。命日がくるたびに母さんが新たに植えて、らせん状に広がっていく十本の木。あたしは歯茎が痛くなるほど奥歯を噛んで、じっとギヴンを見つめた。貪るように見入った。ギヴンはあたしに何か言おうとしていて、けれどもあたしには聞こえないようだと察して、だんだんいらだってきた。それでいきなりテーブルにのったかと思うと、あたしの真正面、コカインがのっている鏡の真上に座った。もう一度吸おうと思ったらギヴンの膝に顔をのせることになるので、お互い無言で見つめ合い、かといって頭がおかしくなったと友達に思われるのはいやなので、あたしは反応を見せないようにしていた。友達はカントリーミュージックに合わせて歌ったり、十代の子みたいに隅のほうで感傷的なキスに浸ったり、腕を組んで千鳥足で外の暗がりに出ていったりしていた。あたしを見つめるギヴンの顔は、お互いまだ子どもだったころ、ギヴンが父さんに買ってもらった新品の釣り竿をあたしが壊したときとおんなじだった——あたしを殺しかねない顔。われに返ったあたしは飛ぶ勢いで車に戻った。どうしようもなく手が震えて、イグニションにキーを挿すのもままならなかった。ギヴンも乗りこんできて助手席に座るなり、こっちを振り返って石のような表情で見つめた。〈やめるから〉とあたしは言った。〈もうやらないって誓うから〉。ギヴンは家までついてきた。朝日が和らいで空の端のほうを照らしながら昇る中、あたしはギヴンを助手席に残して車を降りた。そのまま母さんの部屋に忍びこんで寝顔を見つめた。それから祭壇の埃を払った。部屋の隅に母さんのロザリオを首にかけたマリア像があって、それに寄り添うように青っぽいグレーのろうそくと川原の石、山芋の根、乾燥させた猫のしっぽが三本置いてあった。そういうわけで、ギヴンもどきが初めて見えたそのとき、けっきょく母さんにはひと言も話さなかった。

本当ならマイケルの実家に電話を一本入れるだけで用は足りる。受話器を上げて、番号をダイヤルして、向こうのお母さんが出てくれることを祈るだけ。そうしたらそれがあたしたちの五度目の会話になる。〈もしもしラドナーさん明日マイケルが出所することをご存知かどうか知りませんけど迎えはあたしと子どもたちとミスティで行くのでだいじょうぶですご心配なくそれでは〉。だけどもしビッグ・ジョゼフが出て、向こうが黙っているあいだあたしも電話のこっち側で黙って息だけ吐いていて、そのまま切られるなんていうことになったら最悪だ。まあその場合でもあたしがもう一度かけ直せば、向こうはお母さんを電話に出すだろうけれど。たとえそれがいたずら電話でも、集金の電話でも、間違い電話でも、息子の子を産んだ黒人のシングルマザーからの電話でも。だけどあたしはどっちも気が進まない。マイケルのお母さんとしどろもどろで話すのも、ビッグ・ジョゼフの重い沈黙に耐えるのも。だからこうして服を詰めたかばんと大量の水とおしりふきと寝袋を車のトランクに積みこんで、キルを目指して北へ走る。向こうの家の長い私道の手前にある郵便受けに、短いメモ書きを投函するために。息継ぎなしの短いメモを。電話で話せば早口になることを。句読点のない、レオニ、とサインしたメモを。

マイケルが話しかけてきたのはそれが初めてだった。ギヴンが死んで一年たったころ、学校の昼休みにあたしが芝生に座っていると、マイケルが隣に座るなり、あたしの腕に触れて言った。〈おれのいとこが大ばかやろうで、ごめん〉。てっきりそれだけだと思っていた。謝って、あとは二度と話しかけてくることもないだろうと。でも違った。二、三週間が過ぎたころ、いっしょに釣りに行かないかと誘われた。あたしは行くと答え、ふつうに玄関から家を出た。もはやこそこそ出かける必要もなかった。親はどちらも嘆きに包まれ、クモの糸に絡《から》め取られて、何も見えなくなっていたから。初めてのデートのとき、あたしたちはそれぞれの釣り竿を手に、砂浜から突き出た桟橋を目指した。あたしはギヴンの釣り竿を、捧げ物みたいに掲げ持っていた。あたしたちはお互いの家族のこと、彼の父親のことを話した。〈おれのおやじは古くてさ――考え方が古いんだ〉と彼は言った。続きは聞くまでもなかった。〈おれが君とここにいると知ったら、かんかんになって怒るだろうな。夜が明ける前に君にキスするつもりだと知ったら〉。ようするに〈おやじにとって黒人はニガーなんだ〉ということ。そこであたしは彼の父親の敵意という現実を飲みこんで、それが全身を通過するのを待った。だって〈父親と息子は別〉と思ったから。そして桟橋の先にあるあずまやのまだらな影の中でマイケルを見上げたとき、本当はそこに、ビッグ・ジョゼフの面影が見えたから。マイケルの長い首と腕、引きしまった筋肉質の上半身、整った肋骨を見ていたら、歳月とともに彼が丸みをおびて父親と同じになっていくさまが思い浮かんだ。やがては彼も脂肪をまとい、家が地面になじむように、大きな体になじんでいくんだろう。だからあたしは自分に言い聞かせなくてはならなかった。〈二人は別〉。マイケルの体が二本の釣り竿越しに迫ってきて、彼の目の色が嵐の前の巨大な雲のようにめまぐるしく変わった。暗いブルーから水のようなグレーに、そして古き良きサマーグリーンに。マイケルの身長はあたしを抱き寄せるとちょうどあたしの頭にあごがのる高さで、あたしはその下にすっぽり収まった。まるで彼のものみたいに。だって唇を重ねてほしかった。なぜなら学校の標識の陰に座っていたあのとき、芝生の向こうから近づいてくる姿が目に留まった最初の瞬間から、彼はあたしを見ていたから。ミルクを入れないコーヒー色の肌と、黒い目と、プラム色の唇の内側にいるあたしを見ていたから。傷だらけだったあたしに気づいて、癒やしてくれたから。

マイケルの両親は丘の上の平屋のカントリーハウスに住んでいる。板壁は白で、雨戸はグリーン。かなり大きい。私道には新しいピックアップトラックが二台とまっていて、ぴかぴかの車体が日差しをはじいて角という角から火花を散らしている。一台は赤、もう一台は白。馬が三頭、家のそばの仕切り囲いの中でぶらぶら歩いている。数羽のめんどりが前庭をつっ切ってピックアップトラックの下をくぐり、家の裏に姿を消す。あたしは道路脇に車を寄せて、郵便受けの近くにとめる。そのあたりは草の生えた路肩が狭いうえに側溝の深さが腰までありそうなので、しかたなく車を降りて歩いていく。幅寄せしてメモをさっと投函するというわけにはいかない。このところ雨が降っていなかったので、溝を迂回して郵便受けに向かう際に、乾いた芝生がパキパキ鳴る。道路にほかの車は見当たらない。マイケルの実家はキルの中でもそうとう奥まったところにあり、道が行きどまりになった先のだだっ広い野原には、家とトレーラーのほかは何もない。

郵便受けの扉を下に引いて開けようとしたそのとき、ブーンと小さな音がして、だんだん大きくなり、ハミングになって、唸り声になったかと思うと、デッキにスチールボルトを埋めこんだ巨大な芝刈機が男を乗せて家の横手からまわってくる。そうとう豪華なやつで、トラクターなみの大きさだ。あたしの車と同じくらいの値段のやつ。あたしは郵便受けにメモを入れる。男は広い芝地の北側の境界を目指した後、左に折れたかと思うと、まっすぐに道路に向かってくる。くっきりと長い線を描きながら、上から下へ刈っていくつもりにちがいない。

あたしは車のドアに手を伸ばして取っ手を引く。金属がこすれてキイと鳴る。

「くそっ」

男が顔を上げる。あたしは車に乗りこむ。

芝刈機がスピードを上げる。あたしはキーを回す。エンジンが不規則な音をたててとまる。もう一度キーを回してダッシュボードに視線を落とす。ちゃんと見ていればエンジンがかかるとでもいうように。あるいはちゃんと祈れば。

「くそっ、くそっ、くそっ」

もう一度キーを回す。エンジンが唸って回りだす。男はすでにビッグ・ジョゼフだとわかる距離にいて、上から下への計画を断念したとみえ、庭を斜めに突っ切ってあたしと郵便受けのほうへ向かってくる。指で何かを示しているのでそっちを見ると、郵便受けのそばの木に警告が打ちつけてある。立入禁止。

芝刈機が加速する。

「こんちくしょう！」

ギアを発進位置に入れて道路の後方を確認すると、車が一台向かってくる。グレーのＳＵＶだ。

肩に恐怖がこみ上げ、ごぼごぼと喉を昇ってきて、息ができない。何が怖いのか自分でもわからない。あいつにできることなんて、せいぜい罵《ののし》るぐらいでしょう？　ほかに何ができるというの？　べつにあいつの私道にいるわけではない。道の路肩は郡のもの。それでも弾丸の勢いで向かってくる芝刈機と、木の警告を示したときのあいつの形相、そのスパニッシュオークの枝が四方八方に伸びて道路まで張り出してくるさま、おびただしい量のダークグリーンの葉と黒い枝、そしてこっちに突進してくるあいつの姿に、あたしは暴力の気配を感じずにはいられない。あたしはアクセルを踏みこんで道路に飛び出す。後ろの車が横滑りしてクラクションを鳴らしても、そんなことにはかまっていられない。ギアがウィーンと唸って切り替わる。あたしはすばやくUターンして加速する。グレーのSUVが私道に乗り入れ、運転手が窓から腕を出して振り回し、ビッグ・ジョゼフが木の下をくぐって、たったいまあたしが逃げてきた郵便受けのそばに芝刈機をとめ、エンジンを響かせたまま郵便受けのほうへ歩いていく。そして今度は芝刈機のシートから何かを取りはずしている。ストラップで留めてあったライフルだ。森をうろつくイノシシ用だけれど、いまは違う。あたし用だ。

　ビッグ・ジョセフのそばを走り過ぎる際に、あたしは窓から左腕を突き出す。その手を拳に丸める。中指を突き立てる。頭の中にギヴンの最後の写真が思い浮かぶ。十八歳の誕生日に写した写真。キッチン・カウンターにもたれて立つギヴンに、ギヴンの好きなスイートポテトとペカンのケーキをあたしが差し出し、ろうそくを消させようとしているところ。ギヴンは胸の前で腕を組み、黒い顔の中で白い歯が笑っている。あたしたちはみんな笑っている。急に加速したせいでタイヤが空回りしてゴムが焼け、煙が立ち昇る。それを吸ってビッグ・ジョゼフが喘息《ぜんそく》の発作でも起こせばいいのに。むせて息ができなくなればいいのに。

第3章　ジョジョ

朝食には冷たいヤギ肉にグレービーソースをかけたのと米を食べた。誕生日から二日たつのに肉はまだ鍋に半分も残っている。今朝は目を覚ますとレオニがぼくの上をまたいでいた。片方の肩に袋をかけて、ケイラをつかんでいるところだった。「起きて」と言いながらぼくのほうは見ていなくて、起こされてぐずっているケイラを見て顔をしかめていた。ぼくは起きて歯を磨いて、バスケットパンツとTシャツに着替えて、自分の袋を車に運んだ。袋といってもレオニのはかばんで、少しくたびれて端のほうがほつれてはいるものの、綿とカンバス生地でできている。ぼくのは店でもらったビニール袋だ。これまで泊まり用のかばんが必要になったことがないので、買ってもらったこともない。北にある刑務所までいっしょに出かけるのは今回が初めてだ。本当は、ヤギは電子レンジで温めてから食べるつもりだった。小さな茶色の電子レンジは内側のほうろうがペンキみたいにめくれていて、父さんは食べ物に癌が漏れ出すと言ってそれでは何も温めないんだけれど、レオニが半額を負担してまで買い替えるということにはたぶんならない。電子レンジにヤギを入れようとしたらレオニが通りかかって、「時間ないから」と言ってきたので、しかたなく誕生日の残りは発泡スチロールのボウルに入れてそのまま食べた。それから忍び足で母さんの部屋に入って、眠っている母さんにキスをしたら、母さんが〈あたしの子どもたち〉とつぶやいて、眠ったままぴくりと動いた。それからぼくは家を出て車へ向かった。

父さんは先に出て待っていた。服を着たまま眠ったみたいに、糊のきいたカーキ色のズボンに半袖のボタンシャツを着ていて、着ている本人と同じく全部茶色と灰色だった。それは空の色ともおそろいで、空には雲が低くたれこめ、銀色の水切りボウルにたまった水が漏れだしたような小雨が降っていた。レオニがバックシートにかばんを放り投げ、ずかずかと家の中に戻っていった。ミスティはラジオのつまみをいじっていて、車にはすでにエンジンがかかっていた。父さんが険しい顔で振り返ったので、ぼくは立ちどまって足をもぞもぞ動かし、下を向いた。ぼくのバスケットシューズはマイケルのだったやつだ。レオニのベッドの下に放置されているのを見つけて、デザインも古いし、ぼくには二、三センチ大きいけれど、かまわなかった。だってジョーダンだ。だから履くことにした。

「向こうはもっと降っているかもしれん」

ぼくはうなずいた。

「タイヤの交換のしかたは覚えているか？　オイルと冷却液の確認のしかたも？」

ぼくはもう一度うなずいた。十歳のときに全部父さんに教わった。

「ならいい」

行きたくない、ケイラと家にいたい、と言いたかったし、もし父さんがそんな不機嫌そうな顔をしていなければ、口元から額までしわを彫ったようなしかめ面をしていなければ、そのときちょうどレオニがケイラを連れて出てこなければ、実際にそう言っていただろう。日がまだ灰色のうちに起こされて、ケイラは目をこすりながら泣いていた。午前七時。そんなわけで、ぼくは自分に言えることを言うしかなかった。

「だいじょうぶだよ、父さん」

すると一瞬だけ、次の言葉を言うまでの短いあいだだけ、父さんの険しい表情が和らいだ。

「よろしく頼んだぞ」

「わかったよ」

レオニがケイラを後部座席のチャイルドシートに乗せ、バックルを留めて体を起こした。

「ほら、行くよ」

ぼくは父さんに近づいてハグした。ハグなんて最後にしたのがいつかも思い出せないぐらいだったけれど、なんとなく大事なことのような気がして、父さんに腕をまわして胸と胸を合わせた。一回、二回、と父さんの背中を指先で軽く叩いてから離した。〈ぼくの父さんはこの人だ〉とぼくは思った。〈ぼくの父さんはこの人だ〉

父さんはぼくの肩に両手を置いてぎゅっと握り、それからぼくの鼻を見て、耳を見て、髪を見て、ぼくが後ろに下がると、最後に目を見た。

「おまえは男だ。いいな？」ぼくはうなずいた。父さんが肩をもう一度ぎゅっと握って、ぼくが履いているマイケルの置き忘れのシューズに視線を落とした。父さんの作業ブーツと並べると、なんだかゴムっぽくてばかみたいに見えた。地面は砂と草に覆われて、私道の部分だけレオニの車に踏まれてすり減っていた。空が全員に重くのしかかり、しだいに強まる春の雨の下で、動物たちもひっそりと押し黙っていた。目の前にいる生き物は父さんだけ、肩を張り背筋を伸ばして立つ父さんだけで、そのとき父さんの訴えかけるような目だけが、無言でぼくに告げていた。〈愛しているからな、ぼうず。愛している〉

雨はすっかり本降りになり、滝のように落ちてきて車を叩いている。ケイラは眠っている。片手に飲み終えてぺしゃんこになったカプリサンのアルミパックを、もう片方の手にチートスの棒を握って、顔にはチートスのオレンジ色がべっとりついている。茶色っぽいブロンドの縮れ毛はぼさぼさだ。ミスティはラジオの曲に合わせてハミングしている。髪は鳥の巣の形にまとめてあって、一部がほどけて小枝みたいに飛び出し、うなじにたれている。汗のせいで髪の色が濃く見える。車の中は蒸し暑く、ぼくが見ているあいだにもミスティのうなじはじっとり汗ばみ、汗の粒が雨だれのように流れてシャツの中に消えていく。先へ進むにつれて気温が上がり、ミスティのシャツの大きく開いた襟ぐりがさらに引っぱられて、ブラの上のほうがのぞいている。なるほど、身長がこれぐらいになると、バックシートに座ったまま斜め後方から見えるんだ、とぼくは気がつく。ブラは蛍光ブルーだ。窓が曇りはじめている。

「暑くない？」ミスティが車の小物入れから紙を取り出してぱたぱたあおぐ。たぶんレオニの偽造車両保険証だ。郡の警官に車をとめられたときに保険に入っているふりができるよう、ミスティは二十ドルで証書のコピーを用意して、依頼人の名前を記入している。

「ちょっとね」とレオニが答える。

「暑いの苦手なんだよね。アレルギーが出ちゃってさ」

「ミシシッピ育ちが何言ってんのよ」

「だめなものはだめなのよ」

「生まれる州をまちがえたね」

ミスティの髪は根元のほうだけ黒っぽくて、あとは全部ブロンドだ。肩にそばかすが散っている。

「アラスカにでも引っ越すかな」とミスティが言う。

ここまではずっと脇道を走ってきた。さっきぼくが後ろの席に乗ったときに、レオニが「これ読んで」と言って道路地図を膝に投げてよこした。地図にはルートがペンで示してあり、その線がからまり合った二車線ハイウェイを北上していて、レオニの指が州内を行ったり来たりした痕がところどころでにじんでいる。黒のインクで描いてあるので、文字や数字が隠れて道路の名前が読みづらい。だけど刑務所の名前は見える。父さんがいたところ、パーチマン。その〈渇いた男《パーチトマン》〉、死ぬほど水がほしかった男、町と刑務所の名前の由来になった男はいったい何者だったんだろう、とぼくはときどき考える。見かけは父さんみたいな感じだろうか。頭の先から足の先までまっすぐで、肌は赤みがかった茶色。それともぼくみたいな中間色。あるいはマイケルみたいなミルク色。喉がひび割れて死ぬ前に、どんな言葉を口にしたんだろう。

「あたしも」とレオニが言う。ゆうべキッチンで縮毛矯正をして流しですすいでいるときには、ミスティの髪みたいにまっすぐでほっそりしていた。その二、三週間前にはミスティのところで毛先だけ彼女と同じブロンドに染めていたので、排水溝にぐにゃりとたれ下がったオレンジっぽいブロンドの髪は、ぜんぜん本人の髪のようには見えなかった。水道の水が頭皮に当たってひいひい言っているといると思ったら、化学やけどをしていて、あとで見たら十セント玉サイズのかさぶたになっていた。その髪が早くも縮れてふくらみはじめている。

「ぼくは好きだけどな」ぼくが言っても二人は無視。でも本当だ。暑いのは嫌いではない。ハイウエイが森を突っ切って、くねくねしながら丘を越え、着実に北へ向かっていくのもいい。道の両側から木の枝が張り出してくる感じも。このあたりの松は幹も太いし背も高い。海岸のほうでは強風にあおられるので、もっと細くて華奢《きゃしゃ》だ。それでもみんなおかまいなしに、嵐から家を守るためとか小遣い稼ぎのためとか言って、切っていく。森の中ではなんでもありだ。

「ちょっととまるよ」とレオニが言う。

「なんで？」

「ガソリン。喉も渇いたし」

「ぼくも」とぼくは訴える。

レオニは小さなガソリンスタンドの前の狭い砂利場に車を入れると、今朝車に乗ったときにミスティから受け取った三十ドルをそのままぼくに渡して、何も聞こえなかったみたいにぼくを見る。

「ガソリン二十五ドル分。それとあたしのコーラ。おつりは返して」

「ぼくのもいい？」ぼくはもうひと押ししてみる。黒く甘い液体が喉を焼く感触が思い浮かぶ。つばを飲み下すと喉がマジックテープみたいにくっつく。きっと〈渇いた男〉もこんな感じだったにちがいない。

「おつりは返して」

ぼくはどこへも行きたくない。このままミスティのシャツを見ていたい。彼女のブラがまたしても鮮やかなブルーの輝きを放つ。写真でしか見たことのないブルー。メキシコ湾沖の深い海の色。

マイケルが働いていた沖合の石油プラットフォームの写真みたいなブルー。マイケルの周囲に広がる水の平原はさながら生き物のようで、空といっしょに巨大なブルーのボウルを形成していた。

店の中はどんよりした春の外より薄暗い。カウンターの向こうに座っている女はミスティより美人だ。髪は黒の縮れ毛、唇はエアコンのせいでピンクっぽい紫色、Uを逆さにした形。肌の色はぼくと同じで、ミスティより肉づきがいい。ぼくの肋骨の内側で鞭がピシッとはね、切れた電線が火花を噴いたような衝撃が走る。

「いらっしゃい」店員はぼそりと言って携帯ゲームに戻る。すべての壁に金属製の棚が並び、すべての棚に埃が積もっている。ぼくは前にも来たことがあるみたいな態度で、ほしいものは決まっているし置いてある場所もわかっているみたいな態度で、ほの暗い奥のほうへ歩いていく。一人前の男ならこうするだろう、父さんならこうするだろう、というような態度で。目が焼けるように熱い。すると、前方にある飲み物のショーケースが目に留まる。ぼくはガラスをじっと見つめ、渇いて閉じたぼくの喉、日照りで干上がった岩場の流れのように渇いた喉を、冷えた飲み物がしゅわしゅわっと潤していく感覚を想像する。唾液がペーストみたいにねっとりしている。店員を振り返ると彼女もこっちを見ているので、ぼくはいちばん大きいコーラをつかみ、それ以外の何かをポケットに忍ばせるなんてことは試さない。そのままカウンターのほうへ歩いていく。

「一ドル三十セント」と店員が言ったそのとき、パチッと裂ける音がして雷がドーンと響きわたり、空の水がいっきにトタン屋根に落ちてきて、ぼくは彼女の声を聞き取ろうと前に身をのり出す。いろんな音がいっせいに転げ落ちてくる。彼女のシャツの中は見えなかったけれど、外に出て雨の中に立つあいだも、ぼくはそのことを考えている。頭を守るみたいにシャツの後ろを引っぱってかぶせても、けっきょく全身ずぶ濡れだ。ガソリンのむっとするにおいが濡れた地面のにおいと混ざり合い、額をつたう雨が視界を奪いつつ鼻から流れ落ちていく。息もできない気がしてくる。それからはたと気づいて上を向き、息をとめて喉に雨粒をつたわせる。飲み下すと、ひんやりした薄いナイフで切りつけられるような感覚がする。一回。二回。三回。ガソリンの注入はなかなか終わらない。まぶたが雨に押されて、マッサージされている気分だ。何かのささやきが聞こえるような気がする。シューッという響きの言葉。でも続いて給油終了の合図がピンと鳴り、ノズルがたわんで、ささやきは消える。車の中は密閉されていて暖かい。ケイラはいびきをかいている。

「そこまで喉が渇いてたなら、なんか飲み物買ってあげたのに」とミスティが言う。ぼくは肩をすぼめ、レオニが車を出す。シャツを脱ぐと濡れたタオルみたいに重い。それを床においてから、身を屈めて袋の中をひっかきまわし、別のシャツを取り出す。着替えながらふと気づくと、ミスティが助手席の日よけの裏に貼ってある鏡に向かい、口紅を直しながらぼくを見ている。彼女の唇が渇いたピンク色からつやつやのピーチ色に変わる。自分が見ているのをぼくに悟られていることに気づいて、ミスティがウインクする。ぼくはぶるっと身震いする。

母さんがその話をしたのは、ぼくが十一歳のときだった。そのころにはもうかなりぐあいが悪くなっていて、昼間も数時間ぐらいベッドで横になり、薄い毛布を腰に巻いて眠ったりはっと目覚めたりしていた。そのようすはまるで、暑さを避けて納屋《なや》や差し掛け小屋にひそんでいるうちの動物たちのようだった。だけどその日は眠っていなかった。

「ジョジョ」と呼ぶ声は、投げる力が足りなくて風にさらわれた釣り糸のようだった。それでも鉛のおもりはぼくの胸に着水し、ぼくは裏手のドアへ、外で仕事している父さんのところへ向かおうとしていた足をぴたりととめて、母さんの部屋に入っていった。

「どうしたの、母さん？」

「おちびちゃんは？」

「眠ってるよ」

母さんがつばを飲み下すさまが痛そうだったので、ぼくは水をわたした。

「座って」と母さんに言われ、ぼくはベッドのそばに椅子を引き寄せた。母さんが目を覚ましているのがうれしかった。ところが母さんは自分のそばから大きな薄い本を取り出すなり、世にも気まずい挿絵、だらりとたれたペニスとスターフルーツみたいな卵巣の図がのっているページを開いて、人体のしくみと性について説明しはじめた。母さんがコンドームについて語りだしたときには、ぼくはもうベッドの下にもぐりこんで死んでしまいたかった。母さんが話し終えて本を置いた時点でも、ぼくに見えないように壁際に置いてくれたにもかかわらず、ぼくはまだ顔も首も背中も燃えるように熱かった。

「こっちを向いて」と母さんが言った。

新たなしわ、癌になってからできたしわが、鼻から口の両側に向かって伸びていた。母さんは力なく笑った。

「気まずかったよね」

ぼくはうなずいた。恥ずかしくて息がつまりそうだった。

「でもあんたもどんどん大人になることだし、知っておかないとね。あんたのママにも同じ話をしたのよ」母さんの目がぼくを通り越して後ろのほう、戸口のほうに向かったので、てっきり父さんかと思って、あるいはケイラが昼寝のとちゅうで目を覚ましてぐずりながらふらふら歩いてきたのかと思ってぼくも振り返ると、そこには誰の姿もなく、キッチンから差しこんでくる明かりを受けて、ドアマットがきらきらしているだけだった。「あんたの伯父さんのギヴンにもね。あんたより赤くなっていたよ」

　あり得ない。

「父さんはひとつのことをまっすぐに話すのが苦手だから。わかるでしょう？　最初のほうだけ話して結末は言わずじまいだったり。肝心な部分がとちゅうで抜けていたり。なんの前置きもなくいきなり話しはじめたり。昔からそう」

　ぼくはうなずいた。

「だから話の全体を知ろうと思ったら、父さんから聞いた話を自分でつなぎ合わせるしかなかった。父さんの話をまとまりごとに、パズルのピースみたいにつなぎ合わせるの。つき合いはじめたばかりのころは、それこそ大変だったわよ。何年か向こうにいたことは知っていたのよ。北のほう、パーチマンに。本当は聞いてはいけなかったんだけれど、話は耳に入ってきたからね。父さんが逮捕されたときには、あたしはまだほんの五つで、それでも酒場で喧嘩騒ぎがあったことや、父さんとスタッグがその後いなくなったことは聞いていたから。そんなわけで、父さんは向こうへ行って何年かして戻ってきて、実家で母親の面倒を見ながら仕事をしていたのよ。そしてさらに何年か過ぎたころ、今度はうちの親に頼まれて、家回りのちょっとしたことをあれこれ手伝いに来るようになったの。さんざん用を引き受けていたのに、あたしには自己紹介もなし。あたしが十九で、父さんが二十九のころよ。ところがあるとき、あたしと父さんが表のポーチに座っていると、スタッグの声が聞こえてきてね。道の向こうから、歌いながら近づいてきたのよ。すると父さんがこう言ったの。〈男というのは、体の内側にそいつを突き動かす何かが存在するんだ。内なる水の流れみたいなもの、自分ではどうすることもできないものが。大人になればなるほど、つくづくそう思う。スタッグの中には、黒くて深くて底も見えないような水が流れているのさ〉。そのときスタッグは笑っていたんだけれど、父さんはさらにこう言ったの。〈パーチマンで、おれは自分の中にも同じものが流れていることを学んだよ、フィロメーヌ〉とね。何日かしてわかったんだけれど、ようするに父さんは、成長するというのは、そういう流れにどう対処すればいいかを学ぶことなんだと言いたかったのよ。どんなときに踏みとどまって、どんなときに錨《いかり》を下ろして、どんなときに身をまかせるか。それはセックスみたいに単純なことの場合もあれば、恋愛のように複雑なことの場合もあるし、兄弟を守るためにいっしょに刑務所へ行くことの場合もある」ボックス型の扇風機がブーンと唸った。「あたしの言っていること、わかるかな、ジョジョ?」

「うん、母さん」とぼくは答えた。本当はわからなかった。でも母さんがもういいというので、裏庭に出てうろうろして、父さんがブタに残飯をやっているところを見つけた。「もう一度聞かせてよ、父さん」とぼくは頼んだ。「何があったのか、刑務所にいたときに」父さんがぴたりととまり、バケツの描いていたなめらかな弧ががくんと途切れて、父さんの話が始まった。

前に話した十二歳の子ども、リッチーのことか? 連中はあいつを長い列に並ばせた。日が昇ってから沈むまで、おれたちはずっと畑に出て鍬を振るい、実を摘んで、種を植え、草を抜いた。そういう状況に追いこまれるとな、人間というのはものが考えられなくなる。感じることしかできなくなる。もう動きたくない、とかな。胃が焼けつくのを感じてはじめて、腹が減っていることにも気がつく。頭の中に綿がぎっしりつまっている感じがしてはじめて、眠いんだと気がつく。喉が締めつけられ、両腕と両脚を炎が駆けのぼって、心臓が胸を激しく打ちつけるのを感じてはじめて、ああ、自分はここから逃げ出したいんだと気がつく。だがな、逃げるなんていうのはあり得ない。なにしろおれたちはシューターの銃の下で働くガンマンだ。長い列——おれたちにとってはそれが世界のすべてだった。畑の端から端まで男たちがつながって、その両側をシューターたちが悠々と歩き、現場監督がラバに乗って、音頭取りが太陽に向かって吠えたてる。いわゆる労働歌だ。漁の網を投げるときに歌うようなな。おれたちは捕まってもがく側だ。むかしおれのばあさんから、そのまたひいばあさんの話を聞いたことがある。そのひいばあさんは海を渡ってきたそうだ。さらわれて、売り飛ばされてな。ひいばあさんの村ではみんな恐怖を食べていた、と話していたそうだ。恐怖のせいで食べているものが口の中で砂に変わった、と。海岸へ向かう死の行進のことは誰もが知っていた。船にまつわる話、男も女も積みこまれるという話も、村まで伝わっていた。船に乗って海へ出た者はさらに恐ろしい目にあう、沖のほうで沈むんだ、と耳にした者もあった。船が水平線を越えるときにはそんなふうに見えたからな。沖へ進んでいくにつれ、少しずつ海に沈んでいくみたいに。ひいばあさんは、夜には絶対に出歩かなかったそうだ。昼間でさえ家の物陰にひそんでいた。それでもやつらはやってきて、ひいばあさんを捕まえた。まっ昼間に家からさらっていったんだ。そしてここへ連れてきた。それでひいばあさんは、船は海に沈むのではなく、白い幽霊たちによって先へと進められていたことを知ったわけだ。そして船が港に着くまでに、ほかにもいろいろ恐ろしいことを学んだ。自分の皮膚が成長しながら鎖を覆っていくこと。口輪に合わせて口が変形すること。まばゆい灼熱の空の下で、自分が動物にされてしまったこと。家族は同じ空の下の遠いどこか、別の世界にいること。それがどういうことだか、動物にされるというのがどういうことだか、おれにもわかった。ところがだ、その長い列にリッチーが並ぶようになって、状況が変わったんだ。気がつくとおれは、ふたたびものを考えるようになっていた。あいつのことが気がかりでしかたがなかった。においを見失ったアリみたいに列から遅れてはみ出しているのを、目の端でちらちらうかがっていた。

一時間ほどして、車の中がこれだけ蒸しているのではシャツもこれ以上は乾かないだろうと思ったそのとき、ふとそれが目に留まった。小さな袋、二個でも片手に収まりそうな袋が、服の中に紛れている。卵の黄身の中心にある針先サイズの血の染みみたいに。命であったかもしれないけれど、そうはならなかった命。触るとすべすべしていて、温かくてやわらかい。革のような感触。丈夫な革紐で縛ってある。顔を上げると、ミスティは前の座席で居眠りしていて、頭が前に倒れてがばっと起きたかと思うと、すぐにまた前に傾く。レオニは両方の手をハンドルにのせ、ラジオの音楽に合わせて指でとんとん叩いている。カントリーミュージック、ぼくの嫌いなやつだ。かれこれ二時間以上走っているので、海岸地域でやっている黒人音楽は少なくとも一時間前から入ってこない。レオニがうなじの髪を押さえるように片手でなでつけ、それからまたハンドルを指でとんとん叩く。ぼくはドアのほうを向いて身を屈め、自分をついたてにして、ちょっとしたスペースをつくる。そして革紐を引っぱる。結び目がほどけたところで、そっと袋を開く。

白い羽根。ぼくの小指より小さくて、先端が青く、一本だけ黒い筋が入っている。それから白いキャンディのかけらみたいなもの、と思ったけれど、つまんで顔に近づけてみたら、動物の歯か何からしい。噛み合わせ部分の溝に黒い筋が入っていて、犬歯みたいに尖っている。歯の持ち主がどういう生き物だったにせよ、そいつは血の味を知っていた、硬い筋肉のちぎり方を知っていた、ということだ。それから小さな灰色の川原の石。小さいけれど、完璧な半球形をしている。袋の奥に人差し指をつっこんでさらに探り、中身を取り出してみると、紙だ。指の爪みたいに細く丸まっている。青いインクで、震えがちな斜めの文字で、〈肌身につけておくこと〉と書いてある。

父さんか母さんの字だ。カトリックの壁かけカレンダーに書いてある字を物心ついてからずっと見ているからまちがいない。冷蔵庫の隣にある食器棚の内側にも、レオニから始まる大事な名前と電話番号のリストが鋲で留めてある。レオニが忙しかったりいなかったりでサインができないときには、学校の許可証や成績表にも名前を書いてもらう。そして母さんがこの何週間かずっと寝たきりでペンも持てないことを考えると、これを書いたのは父さんということになる。羽根と歯と石を集めたのも、革の袋を縫ったのも、〈肌身につけておくこと〉とぼくに伝えているのも、父さんということになる。

両膝が前の座席にこすれる。しかたがない。ぼくもそれなりに大きくなったわけで、レオニのハッチバックの後部座席では狭すぎる。レオニがバックミラー越しにこっちを見る。

「何度も蹴らないでよ」

ぼくは両手をお椀の形にして伏せ、膝の上で小山になっている父さんからの贈り物を覆い隠す。

「わざとじゃないよ」

「ごめんなさい、でしょう？」

前にレオニが出かけたときにも、父さんはこういうことをしたんだろうか。レオニがまだ寝ている時間、朝の九時とか十時より前にこっそり家を抜け出して、レオニの身の安全を守ってくれそうなこまごましたものを車の中にそっと隠し入れたんだろうか。自分はいっしょに行けないので、代わりにレオニを見守ってくれそうなものを。ミシシッピ北部へ向かうレオニを保護してくれそうなものを。学校の友達の中にも向こうに親戚の住んでいるやつが何人かいる。クラークスデールとか、グリーンウッドの近くとか。そいつらのせりふはこうだ。〈おまえら、こっちはひどいもんだと思ってるだろう〉。そしてそれを言うときのしかめ面。ようするにこういうことだ。〈向こうはどんなかって？　デルタのほう？　もっと最悪さ〉

先へ進むにつれて両側の木がまばらになってきたかと思うと、いきなり看板が現れる。子宮の中に胎児がいる絵。赤と黄色のおたまじゃくし。肌も血管もすごく薄くて、グミのように光が透けて見える。〈命を守ろう〉と書いてある。ぼくは羽根と石と歯を袋にしまう。父さんの伝言もネズミのストローぐらいに細く丸めて袋に入れ、口を閉じて紐で結び、バスケットパンツのゴムの部分についている小さな四角いポケットに入れる。レオニはもうこっちのことは見ていない。

「ごめん」とぼくは言う。

レオニはふんと鼻を鳴らす。

ミシシッピ北部について友達の言わんとしていたことがわかるような気がする。

リッチーの話は、部分によっては何度も聞いている。少なくとも最初の部分は数えきれないほど何度も聞いた。まん中の部分、アウトロー・ヒーローのキニー・ワグナーと悪役のホッグジョーの話は二回だけ。結末は一度も聞いたことがない。たまに思いたって書き留めようとすると、なんだかちぐはぐで下手な詩のようになってしまう。〈馬の訓練〉と書いた次の行に〈膝の切り傷〉とか。話に飽きてしまうこともある。最初のころは、夜に二人で起きているときにリビングで話すだけだった。ところが何か月かすると、父さんはほかのことをしているときでも何かしらリッチーのことを話すようになった。赤インゲンと米を食べているときでも、お昼を食べた後でポーチに座ってつまようじで歯をほじくっているときでも。午後にリビングでテレビの前に座って西部劇を見ているときも、画面に映ったカウボーイの言葉をさえぎって、〈あれは殺人だった、大量殺人だった〉と、いきなりパーチマンの話を始めるしまつだ。父さんがベルト通しに結わえてある小さな袋のことを話したときには、外は寒くて、父さんはリビングのストーブで使う薪《まき》を割っていた。その週末、ぼくらはガスを使い果たしていた。母さんはかぎ針編みの毛布からキルトやシーツに至るまで家じゅうの布をかき集めてかぶり、それでも両手をあごの下に入れてもみながら、〈骨が〉とうめいていた。そしてその手は一時間おきにぼくがローションを塗っていたにもかかわらず、かさかさに乾いて白くなっていた。〈なんて寒いんだろう〉と言いながら、口の中にサイコロでも入っているみたいに歯がカタカタ鳴っていた。

「すべてのものには力が宿っている」

そう言って父さんは斧を振るった。

「おれのひいじいさんが教えてくれた」

丸太が割れた。

「すべてのものには魂が宿っている、とな。木にも、月にも、太陽にも、動物にも。いちばん重要なのは太陽だ。だから名前が与えられている。アバだ。だがバランスを保つにはすべてが必要だ。すべてのものに宿るすべての魂がな。そうしてはじめて作物は育ち、動物も育ち、肥え太って食べ物になる」

父さんは次の丸太を切り株にのせた。ぼくは耳が冷たくて、帽子があればよかったと思いながら、両手に息を吹きかけた。

「ひいじいさんはこんなふうに説明していた。太陽ばかりで雨が不足すれば作物は枯れてしまう。雨が多すぎれば、土の中で腐ってしまう」

父さんはふたたび斧を振り下ろした。

「必要なのは魂のバランスだ。人間の体もおんなじだ」

薪が地面に落ちた。

「こんなふうに。おれには力がある。木を割ることができる。だがもしイノシシの力を分けてもらえたら、イノシシの牙を腰にぶらさげ、そいつの魂を少しだけ分けてもらえたなら、あるいは、もしかしたら」と言って、父さんはふんっと息を吐いた。「こういうことがもっと上手にできるかもしれない。ほんの少し楽になるかもしれない。もっと力が湧くかもしれない」

父さんは次の薪を割った。

「ただしけっして手に負えないほどの力ではない。イノシシが分けてくれる力というのは限られているし、おれがもらえる力も限られている。余らせてもしかたがない。余った分は腐るのみだ。与えすぎてももらいすぎても、バランスは壊れる」父さんは地面に斧を休めた。「次の薪を」

ぼくは薪の山から一本取ってきて切り株にのせ、バランスをとった。そしてさっと手を離したところへ父さんが斧を振るい、すぱっとまん中に通した。

「あるいはキツツキも、何かを分けてくれるかもしれない。羽根が一本あれば、もっとうまく狙いが定まるかもしれない」

刃を間近に感じて指がうずいた。斧はぼくの手のぎりぎりそばを通っていた。

「その袋にはそういうものが入ってるの？」とぼくは尋ねた。四つか五つのころにその小袋に気づいて何が入っているのか尋ねたときには、父さんは絶対に教えてくれなかった。

父さんは笑みを浮かべた。

「厳密にはそうではないが、まあ、似たようなものだ」

次の薪が割れたとき、ぼくは父さんを見上げてやれやれと首を振った。膝の野球ボールに、背骨のバットに、頭のグローブに、衝撃を感じた。父さんの中にはいったいどんな力が流れているのか、そういう力がいったいどこから湧いてくるのか、驚かずにはいられなかった。

レオニの車の中で、ぼくはシートに頭をもたれ、父さんがくれた小袋を指でさすりながら考える。バランスを図るためのあれこれが入ったこういう袋を、父さんはこれまでにも誰かにあげたことがあるんだろうか。スタッグじいさんとか、母さんとか、ギヴン伯父さんとか。あるいはリッチーとか？　すると父さんの声が聞こえてきた。

リッチーの体は仕事向きではなかった。というより、何向きでもなかった。あまりに子どもだったからな。鋤の扱い方も知らないし、腕の筋肉も未熟だし、地面の耕し方もさっぱりで、ちょうどいい力で摘むということを知らないから、綿の実を二つに引きちぎって、白い房の片割れを小さく残してしまう。おまえとは違っていた。おまえはもう肉がつきはじめているし、肩幅も広がって、脚も長くなりかけている。おれとおんなじだ。おれのおやじもそうだった。まあ、血筋だな。だがあいつの父親が何者だったにせよ、やせて筋力がなかったことはまちがいない。背も低かったかもしれないな。そんなふうに仕事が下手だったものだから、おれはなんとか助けてやろうとした。あいつが鍬を振るそばで、あいつの列を耕して溝をもう少し深くしてやったり。収穫のときには手を伸ばしてあいつの株をきれいにしてやったり。草を抜いてやったり。もちろん自分の分もだ。しばらくのあいだ、何か月かは、それでうまくいっていた。おれはあいつの力になってやれたし、あいつもぶたれずにすんでいた。おれはそれこそ必死に働いて、体が寝床に触れる前に眠っていたよ。倒れながら眠っていたようなものだ。地面だけを見て、空のことは見ないふりをしていた。上からのしかかってくるあの果てしない広がりのことを考えると、胸の内に恐怖がたまって、ふくれあがったヒキガエルみたいにゲコゲコ鳴きだすからな。ところがある日曜、おれたちが服にせっけんをつけて洗濯板でこすっていると――せっけんをつけても悪臭がほんの少しましになるだけで、けっしていいにおいになるわけではなかったが――キニー・ワグナーが犬を引きつれて馬で通りかかったんだ。

キニーというのは囚人で、犬の訓練を担当していた男だ。その当時からすでに伝説の存在だった。おれもキニーのことは知っていた。おれたち全員が知っていた。歌になって歌われていたぐらいだからな。テネシーの山間《やまあい》でも、デルタの低地でも、はるか海岸に至るまで。酒の密売に、乱闘に、盗みに、殺人。おれがそれまで出会った中で、いちばん本物の貫禄というものを漂わせていた。一度はパーチマンからも逃げているし、守りの固いことで知られるテネシーの刑務所からも脱獄していたんだが、それでもそいつは犬の世話をまかされていた。ぶちのめした役人の数も、ひとりや二人ではなかったがな。むしろそれが理由で、南部の貧しい白人のあいだでは人気があった。法をコケにした、法の裏をかいた、というのでな。西部よりも恐ろしい無法の南部の無法者、旧約聖書の時代さながらの土地でダビデのように敢然と立つ男、というわけだ。パーチマンができる一世紀前にはな、ジョジョ、法というのはそんなふうに執り行なわれていたものだ。目には目を、歯には歯を、手には手を、足には足を、と。おそらく看守部長もそいつには一目おいていたんだろう。ともかく、そのときキニーと手下の囚人たちは、犬ににおいを追わせる訓練に向かうところだった。ところが犬といっしょに走っていた男のひとりが脚を引きずっていてな。病気だったのか鞭で打たれたのか、おれには知る由《よし》もないが、背の低いその男がばったり倒れたかと思うと、自由になった犬たちが、土埃まみれの顔とへこんだ腹をしたその男のそばを離れておれのほうに駆け寄ってきた。そして大きなウサギみたいに、おれのまわりでぴょんぴょん跳ねて吠えだしたんだ。舌をだらりとたらしてな。キニーは白人の大男で、身長は百九十センチ以上、体重はおそらく百三十五キロぐらいあったと思うが、そいつが声をたててからからと笑った。そして地面に膝をついている黒人にこう言った。〈おいニガー、きさまは面倒ばかりでなんの役にも立ちやしねえ〉。それからソーセージみたいなでかい指でおれを差して、〈おまえ、ほどよくやせてるな〉と言ったんだ。おれは絞っていたズボンをそいつに近いほうの紐に吊るした。なるべく時間をかけてゆっくりやった。なにしろキニーというのは、おれが逃げ出すことを期待するようなタイプのやつだったからな。いかにも白人らしい健康そうな巨体を見せつければ、こっちが恐れをなすと思っているわけだ。おれがキニーのもとへ向かうと、犬たちも耳をぱたぱたさせ、大きな目をぐるぐるさせてついてきた。まるで糞にまみれて喜ぶブタのようだった。〈こぞう、おまえ走れるか?〉とキニーは訊いた。おれはやつを見上げた。やつが乗っているのはこげ茶色の大きな馬で、少しだけ赤味をおびていた。毛皮のすぐ下をふつふつとたぎる血が見えるようだった。皮の内側で血の川が筋肉や骨とからみ合うさまが見えるようだった。おれは昔からそういう馬がほしかった。おれはキニーの命令に従ったとわかるていどに近づき、やつに蹴られないていどに距離をおいて、立ちどまった。〈はい〉とおれは答えた。キニーはまたしてもからからと笑ったが、その背後にはナイフがひそんでいた。なにしろやつは青い目をおれに向け、〈自分の分はわきまえているだろうな?〉と言ってライフルの銃口を向けてきたんだ。ひとつ目巨人、サイクロプスの黒い目だ。おれの分が何かについてはさておき、おれは〈イエス、サー〉と答えた。そう言ったことで少しばかり自己嫌悪に陥った。すると一匹の犬がおれの手をなめた。〈おまえが気に入ったようだな〉とキニーが言った。〈ちょうどもうひとり、犬担当の模範囚がほしかったところだ〉。おれは黙っていた。どういうわけかおれは昔から動物になつかれた。前におふくろが話していたんだが、おれがまだ赤ん坊だったころ、生まれてせいぜい一か月のころに、布にくるんでバスケットに入れたおれを裏の切り株に置いて家の中に戻ったというんだな。それから研ぎ石を持って出てきてみると、一頭のヤギがおれの顔と手をなめていたそうだ。まるで前から知っている子どものように。というわけで、おれはただ黙ってキニーの頭の上あたりを、もじゃもじゃのブロンドの髪を眺めていた。やつのほうはおれの首をじっと見ていたが、やがて〈来い〉と言うなり馬の向きを変え、腹を蹴って駆けだした。

いちど、逃げたガンマンを追って沼地に十キロ余り入りこみ、打ち捨てられた小屋にたどり着いたことがあった。おれの目の前で、キニーは二百メートル先を逃げていくガンマンの頭に弾をぶちこんだ。そいつの頭はこっぱみじんだったよ。その時点ですでに日が沈みかけていたので、おれたちは小川のそばで夜営することになった。雲が張り出して、いつにも増して暗く、蚊が霧のように群れていた。おれたちは火を起こし、キニーの下で仕事をしている囚人と犬たちはみんなそっちに身をのり出していた。おれとキニーのほかは全員だ。おれは蚊を防ぐために泥を塗っていた。煙が煮え立つように昇ってやつの顔はよく見えなかったが、闇の中でこっちを見ていることは気配でわかった。アーカンソーで女保安官につかまって今回またパーチマンに舞い戻るはめになった経緯を話していたのが、急にぴたりととまって、それで察した。〈女を痛めつけることはできねえし、あいつらもそこを心得ててよ〉と言って、やつはおれのほうをじっと見た。おれもまっすぐに見つめ返した。やつは言った。〈どんな人間にもそれなりの主義ってものがあるからな。それが命取りになるというわけだ〉と。おれはリッチーのことを、鍬をもって地面を這うあいつのことを考えた。〈どんな人間にもな〉とキニーは言って、嚙みタバコを火の中に吐き捨てた。

目を覚ましたら午前のなかばで、車はハイウェイを離れている。地図によるとハイウェイ49をずっとたどって北のほう、ミシシッピの中心部まで行って、それから一般道に出て刑務所へ行くことになっていて、刑務所の位置にレオニが黒で星印を描きこんである。どうやらもう地図は追っていないらしい。食料品店を通り過ぎ、肉屋を通り過ぎる。傾いた平屋根の建物の色褪せた看板に〈材木卸売り〉と書いてある。建物がまばらになり、木が増えて、一時停止の標識でとまったら、とうとうまわりには木しかなくなり、交差点を渡った先は道も舗装されずに石がごろごろしている。

「本当にこの道で合ってるの？」レオニがミスティに尋ねる。

「だいじょうぶだって」とミスティが答える。雨がやみ、霧が出て空気がぼやけている。ミスティが窓を下げて携帯電話を外にかざす。レオニの車がプスプス言いながら進む以外、あたりは静まり返っている。木々はそよとも動かず、ずいぶん背が高い。車の左側に並んだ幹は茶色く健康そうで、下草はそれほど生えていない。右側の森はどうやら最近焼けたらしい。幹がとちゅうまで黒くすすけて、明るいグリーンの下草が生い茂っている。びっくりするほどすべてが静かで、ぼくらはそれをかき乱す唯一の動物だ。

「くそみたいなところじゃん」とレオニが言う。

「電波さえ入ったら向こうに電話して、あんたを安心させてやれるのに。そうとう離れちゃったから」ミスティは携帯電話をシャツでふいてポケットに入れる。「前にビショップとも来たことあるし、ちゃんと目的地はわかってるよ」

「どこに向かってるの？」ぼくは前の座席に尋ねる。レオニが半分振り返ったので、ミスティに向かって顔をしかめたのが見える。でもレオニはそのまま前を向く。

「ちょっと寄り道。友達に会いに行くの」ミスティが振り返る。「そうしたらまた本来の道に戻るから」

カーブを曲がると森が開けて、ぼくらはいきなり何軒かの家に囲まれている。うちみたいに外壁に下見板を張っている家もあれば、断熱材だけで板を張っていない家もある。そのうち一軒はもう何年も走っていないだろうという雰囲気のキャンピングカーで、藤の枝が屋根を覆って壁にたれ落ちている。車にグリーンの生きた髪の毛が生えているみたいだ。ニワトリが群れて駆け回り、一匹の犬、青みがかった灰色の毛をしたピットブルが、口を開けてそいつらを追い回している。ニワトリが逃げて散っていく。男の子、たぶん四歳ぐらいの子が、壁板のない家のポーチの階段前で地べたに座り、棒で地面をつついている。ベビー用のつなぎ服をシャツみたいに着て、黄色いパンツをはいていて、靴は履いていない。レオニが車をとめてエンジンを切る前で、その子が片手で顔をふき、そのせいでミルク色の肌が黒くなる。

「ね、場所はわかってるって言ったでしょう」とミスティが言う。「クラクション鳴らしてくれる？」

「え？」

「クラクション。あんな犬がうろうろしてたら降りられないよ」

レオニがクラクションを鳴らすと、犬はニワトリを追うのをやめ、弧を描いて足早に車に近づいてきたかと思うと、タイヤのにおいをかいでおしっこをかけ、激しく吠えだす。ぼくにはわかる。そいつは〈出ていけ〉と言っているんだ。息を吸って、〈出ていけ！〉息を吸って、〈不法侵入者め、出ていけ！〉ケイラが目を覚まして泣きだす。

「はずしてあげて」レオニに言われて、ぼくはバックルをはずしてやる。

白人の男の子が棒を宙で振り回し、それから両手でつかんでライフルみたいに先端をこっちに向ける。ブロンドの髪が額に貼りつき、芋虫みたいに丸まって目の中に入っている。「パウワウ」とその子が言う。ぼくらに向けて撃ってくる。

レオニがエンジンのキーを回す。「やっぱやめとく――」

「やめない。エンジン切って。もう一回クラクション鳴らして」

レオニは譲歩する。車のエンジンは切らないかわりにクラクションをもう一発、長くてけたたましいのをぶちかまし、そのせいでケイラはますます泣いてぼくの胸に顔をうずめてくる。ぼくはなんとかなだめようとするんだけれど、犬は吠えるし、男の子は撃ってくるしで、妹にはぼくの声が聞こえない。松の林を切り拓いたその場所の静けさも、負けず劣らずうるさくのしかかってくる。もちろん実際にはそんなことはないんだけれど。できればこのままケイラをつれて車から飛び出したい。男の子と犬と偽の銃から走って逃げたい。二人で家まで歩いて帰りたい。どうやらぼくの心は抵抗したがっているようだ。

壁板のない家のドアから白人の女が出てきて、汚れた顔の男の子のそばを通り過ぎる。髪はどっちも赤みがかったブロンドで、巻き毛の感じもおんなじ。女のほうは長く腰まであって、鼻が赤く腫れているように見えるけれど、それを別にすればミスティより美人だ。その女もはだしで、足の指がピンク色。喉をこするような音をたてて咳をしながら車に近づいてくる。犬が駆け寄ってきても、女は無視。少なくとも犬はもう吠えていない。ミスティが車のドアを開け、枠にしがみついて上半身をのり出す。

「ヘイ、ビッチ!」と、ミスティが親愛のあいさつみたいに言う。女は笑いながら同時に咳をする。霧が朝露みたいにくっついて髪が白く見える。「行くよって言ったじゃん」とミスティ。男の子はいまも棒切れの銃でぼくたちを撃っていて、その顔を犬がなめている。ぼくは走って家に帰りたい。レオニが髪の中に指を入れ、右耳に沿って頭皮を掻いている。気が立っているときによくやる癖だ。〈そんなに掻いたら血が出るでしょう〉と前に母さんが言っていたけれど、たぶん本人は気づかずにやっているんだと思う。そうとう強く掻くので、カンバスに爪を這わせているような音がする。

ミスティにハグされているあいだに女は車の中をのぞいている。レオニもドアを開けて車を降り、ヘイとあいさつしているけれど、ケイラの泣き声でぼくにはほとんど聞こえない。レオニはまたしても頭を掻いている。男の子がコンクリートの階段をぴょんぴょん上って家の中に姿を消す。レオニが女のほうへ歩いていき、三人でしゃべりはじめたところで、ようやくその手は体の横にだらりとたれる。

ポーチには箱が山積みされ、家に入る通り道の分だけかろうじて隙間があいている。ポーチを抜けてリビングに入ると、そこにも箱が山積みされている。部屋の床はまん中が高く、薄暗い四隅に向かって斜めに下がっていく。ソファーが二つとリクライニングチェアがひとつあって、さっき鉄砲を撃っていた子がそこに座っている。いまはピクルス味のポプシクルを食べている。テレビがテレビ台ではなく箱の上にのっていて、リゾート建設のために島を買おうとしている人たちのリアリティ・ショーみたいなのをやっている。

「ここを通り抜けたところ」と、さっきの女が後に続くミスティとレオニに言う。レオニが片手を上げ、ぼくをリビングで制止する。

「あんたたちはここにいて」そう言ってケイラに顔を近づけ、人差し指で鼻に触れてにっこり笑う。ケイラの顔はまだ濡れているんだけれど、ぼくの首にしがみついてくんくん言いながら、銃を撃っていた子をじっと見て何か言いたそうにしているので、下ろしてやる。「本気だから」とレオニが釘を刺し、女とミスティの後を追ってキッチンに入る。キッチンは家じゅうでいちばん明るく、電球の山ほどついたシャンデリアが天井からぶら下がっている。リビングとの境にカーテンが下がっていて、女はそれを半分閉めたところで咳きこみ、ミスティとレオニにテーブルを示して座るようにうながす。女が冷蔵庫を開ける。ぼくはソファーのいちばん端に腰を下ろす。そこならアームチェアに座っている鉄砲撃ちの男の子と、三十センチほど離れた向かいにしゃがんで両手を膝にのせているケイラも見えるし、キッチンに座っている女たちのようすもカーテンの隙間からうかがえる。

「ハイ」とケイラが言う。一音ずつ長く伸ばすので、実際には長音が二つ、丘を上って下りてくる。朝いちばんにベビードールを手に取るときにも同じようにあいさつする。馬やブタやヤギにも。ニワトリにも。初めてレオニと顔を合わせるときにも。父さんにも。母さんにはあまり話しかけない。ぼくが母さんの部屋に連れていくと、母さんの動かない体を見て縮こまり、平静を装いつつぼくの胸と肩に体を押しつけてきて母さんから距離をおき、唇の前に指を立てて〈しーっ〉と言い、五分ぐらいたったところで〈いく〉と言う。ぼくには絶対に〈ハイ〉とは言わない。黙って起き上がるか、ぼくのところまで這ってきて、首に抱きついてにっこり笑う。

男の子は自分の飼い犬でも見るような目でケイラのことを見ている。ケイラがぴょんと跳ねて近づく。

「ハイ」とケイラがもう一度言う。男の子の顔にはイモムシみたいな鼻水がぶら下がっている。その子はリクライニングチェアの上でジャンプして立ち上がり、心を決めたらしく、にこっと笑う。すると全部の歯に銀がかぶせてあって、歯が腐ってこぼれ落ちるのを防いでいる。その子がトランポリンみたいに椅子の上で跳びはじめ、そばに積まれた箱の一部が振動する。

「そこにのぼるんじゃないよ、ケイラ」二人して落っこちるに決まっている。目に見えている。ケイラはぼくを無視して片脚を振り上げ、椅子によじのぼって、二人でおしゃべりしながらジャンプを始める。会話している。ぼくにも単語が聞こえてくる。〈いす、テレビ、キャンディ、みんないっちゃったね、とぼうよ〉。ぼくは片手を丸めて耳に当て、キッチンにいる女たちのほうを見ながら、口の動きで話が聞こえないか試してみる。

「眠ってたのよ。それで最初はおたくらが来たのも聞こえなかったの。こっちはみんな病気だわ」

「気候のせいでしょ」とミスティが言う。「寒くて凍るかと思ったら、次の日には二十七、八度だもん。ミシシッピの春って、ほんとに最悪」

女がうなずき、プラスチックのコップに入った何かを飲んで、咳を鎮める。

「フレッドは？」ミスティが尋ねる。

「家の裏。仕事してる」

「仕事はいまも順調？」

「おかげさまで大繁盛よ、ベイビー」と女が答えて、咳をする。

レオニは両手で落ち着きなくテーブルをいじっている。

「あったかくなればなるほどね」

「あたしもまだ必要ってことかな？」とミスティ。

女がうなずく。

「二人とも何か飲む？」女が尋ねる。

「何か冷たいのがあれば」とミスティが答える。女がスプライトを手渡す。そういえばぼくも喉がからからだったことを思い出すけれど、黙っている。レオニに殺される。

「だいじょうぶ、ありがとう」とレオニ。レオニがそう言ったとわかったのは、唇の動きを読んだのと、本人が首を振ったからだ。声そのものは小さくて聞こえない。

「冗談でしょう?」ミスティが訊く。

レオニは首を振る。「先を急がないと」

壁際には清涼飲料のケースが山積みされている。コカコーラにドクターペッパー、バークス、ファンタ。車の中から見たときには、まさかこの家にこれほど物があるなんて想像もしなかった。ぎっしり詰まっている。大量の食べ物と大量の品物と大量の箱——何ケースものスープ、何ケースものクラッカー、何ケースものトイレットペーパーとペーパータオル、箱に入ったままの電子レンジが三つ、炊飯器、ワッフルメーカー、ポット。食品の量がとにかくすごくて、箱の山がリビングの天井まで届いている。家電の量も半端ではなく、キッチンの照明に届いている。ぼくは喉が渇いておなかもぺこぺこだ。喉は握った拳で、胃は焼けた拳。それなのにテーブルにいるレオニは、ふだんならぼくらが勧められた食べ物をもらっても気にしないくせに、いつもならもらえるものはなんだって喜んでもらうくせに、いまはノーと答えている。いま、ぼくのおなかの中では今朝食べたヤギと白米がどろどろになって沈殿しているというのに。

女が胸の前で腕を組んで顔をしかめる。咳を体の中にとどめておこうとしているようだけれど、けっきょくつばといっしょに出てしまう。女が首を振る。その場に立ってレオニを見つめるさまを見れば、考えていることはわかる。〈無礼なやつ〉

もし父さんがこの場にいたとしても、この子を〈わんぱく〉とは呼ばないだろう。〈悪たれ〉とも呼ばない。ましてや〈ぼうず〉はあり得ない。父さんなら〈強者《つわもの》〉と呼ぶにちがいない。なにしろ実際にそうだから。ケイラとの追いかけっこに飽きたとみえ、その子は走るのをやめる。それからテレビの前にしゃがみ、四台あるゲーム機のひとつに電源を入れてゲームを始める。ゲームは「グランド・セフト・オート」で、どうやらプレイのしかたは知らないらしい。車で中央分離帯を越えて走ったり、あちこちの店につっこんだり、スポットライトの当たっているところで車を降りて駆けだしたりしている。ケイラは退屈している。歩いてぼくのところへ戻ってきて膝に上り、シャツをぎゅっとつかんで、ジュースとグラハムクラッカーがほしいと懸命に訴えはじめる。だからいまは女たちのほうは見えない。レオニが強引に勧められて飲んでいるコップの水も、ミスティとさっきの女がテーブルに身をのりだしてこそこそ話しているところも。指でテーブルに絵を描いているところも。

男の子がテレビに向かってわめいている。ビデオゲームがフリーズしている。

「こらっ！　こらっ！」いかにも鼻のつまっていそうな声で怒鳴る。

車が崖沿いの曲がりくねった道をそれてガードレールを飛び越え、そのまま宙でフリーズしている。赤い車のちょうどまん中を白い線が走り、車がまっぷたつに割れている。コントローラーのボタンを叩いても、ゲームはうんともすんとも言わない。

「カードを抜いて」と女がテーブルから怒鳴る。

「いやだ」

「最初からやりな」と女は言って、またミスティのほうに身をのり出す。

男の子がコントローラーをテレビに投げつける。コントローラーがテレビに命中してガチャンと床に落ちる。その子は背中を丸めてゲーム機をいじり、ボタンを押すんだけれど、なんの変化も起こらない。

「いまのところからやりたいんだよ！」子どもが怒鳴る。

女は無視。

ケイラがぼくの膝から跳び下りて身を屈め、自分の拳を二つ合わせたぐらいの青いビニールボールを床から拾って遊びはじめる。

「カードを抜いても、やった分は消えないよ。保存されてるから」とぼくは言う。

なぜ知っているかというと、ぼく自身は持っていないんだけれど、マイケルがうちで暮らしていたころにマイケルのでやったことがあるからだ。だからいちおう仕組みは知っている。そのゲーム機はマイケルが出ていくときに持っていってしまったけれど。男の子はぼくを無視する。喉の奥で泣き声と唸り声の中間みたいな音、ぶつぶつみたいなめそめそみたいな声をたてている。それからゲームセットの棚の前に来たその子は、立ち上がるわけでも、振り返ってまたケイラとボール遊びを始めるわけでもなく、床に転がっている別のボール、ぼくのところから見えるのは黒と緑と赤だけれど、それをつかんでこっちに転がすわけでもない。その子は立ち上がるなり、テレビにパンチを食らわせる。まず右手の拳で、続いて左の拳で。さらに腕を風車みたいにぐるぐる回して右の拳で殴りつけたので、小さな拳がそうとうな力でプラスチックにぶち当たり、いまにも割れそうな音がする。実際、ひびが入っている。またしても拳がぶつかると、今度は車から火花が散る。ただし爆発はしても、動くわけではない。白と黄色と赤の線が画面を貫通する。左で殴っても何も起こらない。ところがもう一度右で殴りつけると、ふたたび車が火花を散らす。でも動かない。

「ちょっと、何してんのよ？」女がキッチンから怒鳴る。テーブルから立ち上がりかけている。

「またぶっ壊すんじゃないよ！」

その子がまたしても左手でぶつ。何も起こらない。

「あたしいまなんて言った？」女が怒鳴る。今度は完全に立ち上がっている。男の子が床に屈んでティーボールのバットをつかみ、大きく振る。ガチャンと音がしてガラスとプラスチックが砕け、一瞬、車全体がまばゆい火花と化して、テレビが点滅した後、まっ暗になる。もはや何も映っていない。かわりに画面の前に女と男の子がいる。女がつかつかと歩いてきたときにケイラはぼくの膝に飛びのり、いまは両手でひしとシャツを握っている。女が男の子をテレビの前に追いつめる。男の子はバットを手に振り返り、女の左脚をバシッと殴る。

「このやろう！」女はなかば咳きこみ、なかば叫んで、子どもからバットを取りあげる。それから男の子の片腕をつかんで持ち上げ、もう一方の手でバットを握ってどやしつける。「何、やってんの、よ！」一語につきひと振りずつ。ひと振りするたびに男の子は逃げようとする。大声で叫ぶ。

「何、やってんの、よ！」

男の子の脚はバットでぶたれてあちこち赤くなっている。メリーゴーラウンドの馬みたいに女のまわりをぐるぐる回って、顔まで馬にそっくりだ。口をあけて、顔を歪めて、恐怖に引きつっている。女があんまり何度も叩くので、男の子はそのうち声も出なくなり、口だけあんぐり開いている。ぼくにはわかる。〈痛いよ、お願いだよ、もうやめて、お願いだよ〉と訴えているんだ。女が唐突にバットと男の子の腕を離し、バットがすとんと床に落ち、男の子がぐにゃりとうずくまる。

「お父さんが物置から戻ってくるまで待ってな。きっと殺されるよ」

レオニがリビングにやってきて、ケイラをぼくから抱き上げる。それからキッチンとの境でカーテンをめくって立っているミスティを振り返る。

「本当に、そろそろ先を急がないと」

「もうじき彼も戻るのに」と、女があえぎながら言う。

「お手洗いありますか？」ぼくは尋ねる。

「壊れてんのよ」と女が答える。汗をかいていて、顔に貼りついた髪を後ろに払う。「物置にあるのを使ってるんだけど、おしっこだったら、かまわないから外に出て庭でやって」

ぼくが外へ出るときには、男の子はさっきのリクライニングチェアまで這って戻り、丸くうずまって騒がしく泣いている。ぼくがドアを開けるのを見て、ケイラが手を伸ばす。だけどレオニがぎゅっと抱いてそのままキッチンへ連れていき、泣いている男の子と砕けたテレビから遠ざける。まるでケイラに害を及ぼすのはそのテレビだとでもいうように。女もすでにキッチンにいて、冷たい飲み物を飲みながら首を振っている。「あいつがやったの、これで二台目なんだけど」するとミスティが言う。「それだから避妊ってものがあるんでしょう」女が咳きこむ。

前庭はいまも靄《もや》に覆われ、がらんとしている。犬の姿は見当たらないけれど、車を目指して走るあいだもぼくの両手は焼けるように熱い。あの歯を想像するだけで恐怖に汗が噴き出し、体がちくちくする。何に追われることもなく車にたどり着く。ぼくは運転席側のドアを開け、それをついたてにして用を足す。レオニが踏めばいいのに、となかば本気で思う。ジッパーを上げてその場を離れ、ドアを閉めながら、まわりに並んだ家の住人はみんなどこにいるんだろうと不思議になる。さっきの家を振り返って閉じた玄関に目を凝《こ》らしても、こっそり裏にまわっても、何も出てこない。

小屋がある。茶色の壁に黒っぽいブリキの屋根。家とおんなじ防水の壁材が張ってあり、壁板はなし。アルミホイルで目隠しされた窓の隙間から明かりがもれている。中で誰かがカントリーミュージックを聞いていて、隙間に目を当てると、上半身はだかの、髭《ひげ》を生やした男が見える。マイケルみたいにタトゥーが彫ってあり、こっちの男はさらに頭も剃りあげている。テーブルがいくつかあってガラスのビーカーとチューブが並び、床には二十リットルサイズのバケツと一リットルサイズの清涼飲料の空容器が散らばっている。前にも見たことがある、とぼくは思い当たる。このにおいは知っている。うちの裏の森にマイケルが差し掛け小屋を作ったときも、見た目もにおいもこんな感じだった。マイケルとレオニの喧嘩の原因、マイケルが出ていった原因、マイケルが刑務所に入ることになった原因。男は調理にいそしみ、どこかのシェフみたいに手慣れたようすで動いているけれど、ここには食べ物などない。胃が焼けるように熱い。忍び足で家の表に向かいながら、ポケットに入っている父さんのお守り袋を指でいじっていると、もしかしてこの歯はアライグマの歯で、だからぼくは素早く静かに歩けるようになって、こうしてあの犬に感づかれることなく正面に戻って家の中に入れるのかもしれない、という気がしてくる。

十五分後にそこを出るときには、ぼくはもう不安も感じていないし、汗もかいていない。ミスティは紙袋の入ったビニール袋など持ち歩いていないふりをして、腕を定規のようにぴんと伸ばしているけれど、歩くたびに袋がまとわりついてガサガサと鳴る。レオニはきょろきょろとあちこちに目を向けているくせに、ミスティのほうだけは絶対に見ない。ケイラをぼくに渡そうとはせず、自分でチャイルドシートに下ろしてバックルを締める。そうして物をどっさり溜めこんだ家がぐるりと並ぶ侘《わび》しい場所を後にするあいだ、ミスティは前に屈んで車のマットをごそごそいじり、さっきの袋は姿を消す。ぼくはあの家から盗んできたクラッカーの袋とジュース二本を自分のビニール袋に忍ばせる。松の木が半分焼けたところを抜けて舗装道路に戻り、ハイウェイにのると同時に、レオニがラジオをつけて過去最大に音量を上げる。ぼくは盗んだボトルを開けてジュースを飲み下し、もう一方のボトルの半分をケイラのベビーマグに注ぎ分ける。クラッカーを一枚ケイラに渡し、自分の口にも一枚すべらせる。そんなふうにしてぼくらは食べる。ぼくもひとつ、ケイラもひとつ。ぼくはクラッカーを舌の上で粉状にし、どろどろにしてから、音をたてないように嚙んで飲み下す。それ以外のことも全部音をたてずにこっそりやる。前の二人はどちらも後ろのことは気にしていない。食べ物も、飲み物も、いまだかつて味わったことがないほどおいしい。

第4章　レオニ

ジョジョの誕生日の夜にミスティが言った。〈これを引き受けたら旅費が浮くよ〉。そしてこうも言った。〈あんたとマイケルの頭金にだって足りるかもしれないし。自分たちの住むところが手に入るかも。問題は双方の親だっていつも言ってるじゃん。あんたの親とは同居してるから、彼のところはくそだから、って〉。ミスティがその話を持ち出すと、ギヴンはいよいよ固まって石のように動かなくなった。ミスティのキッチンの狭い窓から、木々の梢《こずえ》の色が変わっていくさまが見えた。なめらかな暗い灰色からオレンジ色へ、ごく淡いオレンジからピンク色、あたしの口の中の色へ。〈あたしがビショップのところへ行くのにどうやって旅費をまかなってると思ってた？　チップで？〉ミスティは首を振ってふんと鼻を鳴らした。〈チャンスは活かすべきだよ〉

　車に戻ってミスティが床下のポケットに包みを隠すのを見守るあいだ、何度もその言葉が聞こえてくる。〈チャンスは活かすべきだよ〉。心さえ決めれば結果はついてくる、みたいな。もちろん彼女の場合はあたしより簡単だったにちがいない。〈チャンスは活かすべき〉というミスティの言い方に、あたしはびんたを張りたくなった。そのそばかす、ピンク色の薄い唇、ブロンドの髪、あくまでも白いなめらかな肌。どれだけ楽ちんだっただろう、これまでの人生ずっと、この世のすべてを味方につけて。

　刑務所送りになる前に、マイケルはあたしの車の底にポケットを取りつけた。車をジャッキで持ち上げて、溶接工具をもって下にもぐり、車の床にほぼ完璧な正方形の穴をあけて、ヒンジのついた別の金属パーツを中に入れ、ヒンジを締めて、それからまた床を元どおりに溶接した。〈ツー・ドアなんだよ〉と言ってあたしに二回キスをした。〈ひとつは入れる用、もうひとつは捨てる用。必要な場合に備えてね〉。そのころには石油の掘削基地の仕事を辞めて半年が過ぎ、二人でうちの実家に戻らざるを得なくなっていた。マイケルの貯金も、それに離職手当ても、底をついていた。マイケルは〈ディープウォーター・ホライズン〉で溶接工として働いていた。それが爆発事故を起こし、離職手当てと悪夢をもらって帰ってきた。その際にあたしは彼を説得し、新しいアパートメントでいっしょに眠れるよう、フルサイズのベッドを買わせた。〈そうしたらどこに引っ越してもぴったりくっついて眠れるでしょう〉と言って。だから彼が眠りの中で何かを蹴るたび、びくっとしたりぶつぶつ言ったりして何かから逃れようと腕を投げ出すたびに、あたしは目を覚ました。事故の発生後、あたしは家でジョジョといっしょに何日もＣＮＮのニュースを見て過ごした。原油がものすごい勢いで海に噴出するのを眺めながら、ひたすら後ろめたさを感じていた。あたしが見たいのはそれではない、くそみたいなペリカンなんかどうでもいい、と思ってしまう後ろめたさ。あたしが見たいのはマイケルの顔、マイケルの肩、マイケルの指だけ。あたしが心配なのはマイケルだけなんだ、という後ろめたさ。マイケルからは事故発生のニュースが流れてわりと早くに電話があって、無事だから、と言われたけれど、その声はずいぶん小さく、回線の雑音に邪魔されて、なんだか実感が伴わなかった。〈全員知っているやつなんだ——十一人とも。いっしょに寝起きしていたんだ〉と彼は言った。マイケルが帰ってきてあたしは幸せだった。でも彼は違った。〈この先いったいどうすりゃいいんだ？〉と言って、引き割りとうもろこしを二口だけ食べて、残りはそのまま皿の上でしなびていった。〈答えはいっしょに考えよう〉とあたしは言った。マイケルがやせはじめたときには、悪夢のせいだと思っていた。頬骨が水中の岩みたいに飛び出してきたときには、お金のことが心配でストレスがたまっているんだろうと思っていた。背骨が皮膚の下からせり上がって、関節が一列に飛び出てきたときには、嘆きのせい、そして次の溶接の仕事が見つからないせいだろうと思っていた。ミシシッピでも、アラバマでも、フロリダでも、ルイジアナでも、メキシコ湾でも。でも後から本当のことを知った。後になってから、あたし抜きで、全部ひとりで考えたんだとわかった。

「そんなにぴりぴりすることないって」とミスティが言う。

「べつにぴりぴりしてないから」

「あたしは初めてってわけじゃないんだし」

「わかってる」

「ビショップとつき合う前からよ」

ミスティは友達のところでもらった清涼飲料をちびちび飲んでいる。友達はカーロッタという名前だった。その旦那で、調合して袋をくれたのはフレッド。

「初めて請け負ったのはソニーに、前の彼氏に面会に行ったとき」

「さっきの二人ともそのとき知り合ったの？」

「そう。あたしだって初めてのときは死ぬほどびびってたよ。いまのあんたみたいにね。だけどその後は回を重ねるごとに平気なった」

バックミラーをのぞくと、ミケイラが青いボールをくわえていて、口のまわりで泡を吹きながらジョジョに向かって突き出している。ジョジョはなんとかやめさせようとなだめていて、思い切り顔を近づけ、声を落として真面目な口調で諭している。「だめだよ、ケイラ、そんなの口に入れたら。ばっちいよ。しかも床に落ちてたやつだろう」ミケイラはにこにこしながらジョジョの手にボールを吐き出し、両手をたたいてくり返す。「ばっちい、これ、ばっちい」ジョジョはミケイラに気を取られているように見えるけれど、じつは違う。そうやって身をのり出す感じといい、「あそこの床はばっちかっただろう」と同じ言葉をくり返すところといい、何かある。そしてあたしははたと気がつく。本人は聞いていないふりをしているけれど、ジョジョはあたしたちの会話を聞いているんだ。その点についてはミスティを迎えに行ったときに打ち合わせずみだ。名指しは避けること。袋の中身、あたしたちがこっそり北へ運ぼうとしているもの、それを匂わせるような言葉はいっさい使わないこと。メタドンとか、クリスタルとか、クランクとか。たちの悪いバーの客みたいに避けて、遠回しに話すこと。ぐでんぐでんに酔っ払ってそれ以上飲ませられない客、アルコールが発酵したような甘ったるいにおいとディーゼルのにおいをぷんぷんさせながら、あたしがそばを通るたびに腕をつかんで〈もう一杯くれよ、かわいい顔した黒んぼの淫売ねえちゃんよお〉とか、くそみたいなことを言ってくる客を避けるように。それでもどうしても話題にせざるを得ないときには、別の名前で呼ぶこと。ジョジョが興味をなくすような、最高に気まずいものの名前で。

「万一呼びとめられてそのタンポンが見つかったら、ミスティ、あんたのこと殺すから」

これでジョジョも聞く気をなくすだろう。意味不明だろうとかまわない。ジョジョも男だ。生理なんていうのは体に関する話題の中でもいちばん無視したい話のはずだ。腎石とか、にきびとか、できものとか。癌とか。

「ジョジョ、地図をよこして」

やっぱりそうだ。ジョジョはあたしに言われてびくっとし、それからごそごそ地図を探して、後ろから差し出しながらバックミラーであたしの目を探っている。ジョジョの茶色い目があたしの黒い目を探り当てられずにいると、ミスティが代わりにそれを受け取る。バックシートの奥に戻ってからも、ジョジョはずっと床を見ている。ミケイラが「ジョジョ」と呼ぶ。そこでジョジョはふたたびミケイラに顔を近づける。

「いまどのへん?」

「探してるところ」ミスティがもごもごと答える。

あたしは道路標識を探す。さっきカーロッタとフレッドのところに寄ったのが、フォレスト郡北部のハティズバーグのすぐ北だった。

「メンデンホール。いまメンデンホールだ」とミスティが言う。前方の信号が赤なので、スピードを落とす。ミスティは地図を見ていない。

「なんでわかるの?」

ミスティが指差すほうを見ると、看板がある。〈メンデンホール〉と書いてある。〈ミシシッピで最も美しい裁判所のある町〉

「見てみたい」

信号が青に変わる。あたしはアクセルを踏む。

「あたしはべつに」

「なんで？　ほんとにきれいかもよ」

バックシートでジョジョが何かを噛んでいるみたいに口をもぐもぐさせている。ミケイラから視線を上げてあたしのほうを見る。あたしの目とおんなじぐらい黒い。あたしがその年のころにはもっと小柄だった。もっとひょろりとして、骨や関節も華奢だった。この子はギヴンに似ている。でも冗談はいっさい言わない。ときどき、ミケイラと遊んでいるときとか、母さんの部屋で母さんの手をさすったり寝返りを手伝ったりするときとか、ジョジョがおなかを空《す》かせた女の子に見えることがある。

「きっと大きな柱とかがあるんだよ。南軍大統領の家より大きいかも」とミスティ。

「却下」とあたしは言って、その話題を終わりにする。

最初のころ、マイケルは刑務所での暴力沙汰についてはいっさい書いてこなかった。鍵のかかった薄暗い部屋の片隅で真夜中に起こるようなこと。誰かが刺されたとか、首を吊ったとか、クスリをやりすぎたとか、ボコられたとか。でもあたしはちゃんと話してほしいと伝えた。〈どんなことが起きているのか教えてくれないと、最悪のことを想像してしまう〉と手紙に書いた。そうしたら次の手紙で、誰かがシャワーの最中に襲われて全身が黒と紫になるまでめった打ちにされたことを書いてきた。その次の手紙では、相部屋の男が女の看守にちょっかいを出すようになり、刑務所内でいかにこそこそセックスしているかを書いてきた。ネズミやリスみたいに背中を丸めて、いかに子作りに励んでいるか。そして次の手紙では、五歳の女の子を誘拐し、トレーラーの駐車場で絞め殺して有罪判決を受けた十八歳の少年が、看守たちにボコられたときのことを書いてきた。最初は悲鳴が聞こえていたのに、そのうち何も聞こえなくなって、後から人づてに、独房に戻ってから出血多量でブタみたいに死んだと聞いた、と書いてあった。〈それが〉とミスティに言ってやりたい。〈あんたの見たいきれいな裁判所だよ〉と。だけどあたしは言わない。目の前に黒々と延びる巨大な紐のような道路をひたすら見つめ、マイケルが釈放を知らせる直前に送ってきた手紙のことを考える。〈ここは人間のいる場所ではない。黒も白も関係ない。ここは死人のための場所だ〉

ミケイラの調子がよくない。あの家を出てから最初の一時間ぐらいは静かだったのに、そのうち咳が始まって、咳の終わりの部分が喉にからんで息をつまらせるようになった。この三十分ほどはずっと泣いて、シートベルトから逃れようともがいている。ペーパーナプキンをわしづかみにしてジョジョに渡すと、バックミラーをのぞくたびに、ジョジョが顔をしかめてミケイラのほうに身をのり出し、よだれのたれた口をふいてやっているのが見える。ナプキンはあっというまにぐしょぐしょになる。今日はこの後ずっと移動して、刑務所の隣の町に住んでいるマイケルとビショップの弁護士の家に泊まる予定だ。さっきからずっとミケイラの泣き声を聞いているせいで、頭を締めつけられる感じがする。しかもどんどんきつくなる。息ができない。するとまたしても咳きこんでいるので振り返ると、胸元がオレンジと薄紫に染まっている。もこもこのチートスが全部吐き出されている。消化されてびちょびちょだ。大事にちびちび食べていたハムサンドも全部。ハムはもはや黄色っぽいピンクではない。ジョジョはナプキンを両手に持ったまま凍りついている。怯《おび》えた顔。ミケイラがいよいよ大声で泣きだす。

「ちょっととまるよ」と言って、あたしは車を路肩に寄せる。

「最悪」とミスティが言って、ブヨでも払うみたいに口の前で片手を振る。「においでこっちまで吐きそう」

あたしはその横面をひっぱたいてやりたい。胃酸のにおい、狭い車の中で鼻をつくその強烈なにおいを嗅いでいると、確かにあたしもむかむかしてくるけれど、それでも怒鳴りつけてやりたい。〈なんなのよ、ふだんあれだけ酔っ払いに囲まれて働いてるくせに、たったこれだけのゲロが耐えられないわけ?〉だけどあたしは怒鳴らない。車を路肩に寄せてジョジョからナプキンを引ったくり、飛び散った汚物をふいていると、胃の中で吐き気が裏返って宙返りを打つ。子どもがトランポリンで跳ねているみたいだ。ジョジョはもう怯えていない。ミケイラの胸を流れ落ちる汚物に両手をつっこんでシートベルトのバックルをはずしている。ミケイラは体を必死につっぱっていたのを少し休んで、それからまた小さな胸でベルトを押し、前にのり出してありがとうの泣きを放ち、今度はこっちもはずして、自由にして、と膝のバックルを引っぱる。そして眉間にしわを寄せたジョジョが最後のバックルをはずしてミケイラを引っぱり出した次の瞬間、あたしがとめるまもなく、「ジョジョ」と鋭く呼んで制するまもなく、ミケイラがジョジョの胸に勢いよくぶつかって、小さな腕をまたしてもジョジョの首に巻きつけ、全身ぴったり重なって、体を震わせながらしくしく泣く。ジョジョがミケイラにささやきかける。「だいじょうぶだよ、ケイラ、だいじょうぶ、ジョジョがいるよ、ジョジョがいるから、ほらもうつかまえた、しーっ」

「そろそろ平気?」ミスティがバックシートを振り返り、安いハンバーガーの包み紙でも放るみたいに声をかける。

「もううんざり」と、あたしはこぼす。何がうんざりなのか自分でもよくわからない。運転にうんざりなのか、永遠に延びていく道にうんざりなのか、どこまで行っても、どれだけ走っても、マイケルがつねに向こう側にしかいないことにうんざりなのか。あるいは心のどこかで、ミケイラにあたしのところに飛びこんできてほしいと思っているからか。オレンジ色の吐瀉物をあたしのシャツにすりつけながら、日に焼けた小さな体であたしの体を求め、いつも必ずあたしを求めてほしいからか。か細い肋骨をはさんで心臓を重ね合い、息を吐いて息を吸って、同じ周期で血を通わせたいからか。ジョジョではなくあたしに助けを求めて、あたしの胸に顔をうずめてほしいからか。あるいはジョジョがあたしのほうなど見向きもせずに、自分の腕の中の小さな体、その小さな人間を慰めようと、そのことしか頭になくて、それに引きかえあたしはあれもこれも気になってしかたがないからか。いまこの瞬間でさえ、あたしが思う相手はころころ変わる。

あたしはミケイラのシートに残っているべとべとをふいて、使ったナプキンをアスファルトに放り捨てる。それからおしりふきを何枚か取ってシート全体をごしごしやっていると、胃液のにおいといっしょにフラワーソープの香りが立ち昇る。

「少しましになった」とミスティが言う。車の窓から身をのり出し、さっきまでぱたぱた振っていた手で、いまはマスクみたいに鼻を覆っている。

次のガソリンスタンドがひどく遠くに感じられる。雲間から太陽がのぞいて頭上を直接照らしつける。

ガソリンスタンドの駐車場に入ると、木造建物の正面ポーチに店員が座ってタバコを吸っている。

肌の色が汚れた壁板とちょうど同じくらいの茶色で、背景とほぼ一体化している。あたしが行くと、ドアを開けていっしょに中までついてくる。銀色のベルを連ねた紐がドアに渡されていてジャラジャラ鳴る。

「スローな日だね」と言って女がカウンターの内側に入る。ひどくやせていて、ほとんど母さんと同じくらいがりがりで、前開きの制服のシャツが洗濯紐に吊るしたシーツに見える。

「そうだね」とあたしは答え、店の奥にあるドリンク用の冷蔵庫へ向かう。パワーエイドのボトルを二本持ってカウンターに置く。女が笑うと、前歯が二本欠けている。それに、引っかいたような傷が額をくねくね横切っている。前歯はたんに虫歯だったのか、それとも額の傷をつけた誰かがへし折ったのか。

ミスティが電波を求めて駐車場をうろうろしながら、携帯電話を頭の上にかざしている。車のドアは全開で、ジョジョは後部座席に横向きに座り、その上にミケイラがよじ上って、ジョジョの首に顔をこすりつけてくんくん言っている。その背中をジョジョがさすり、二人の髪がそのまま頭の形になっている。あたしは片方のボトルの半分をミケイラのベビーマグのひとつに移して、両手を差し出す。

「ミケイラをちょうだい」

「ケイラ、行って」とジョジョが言う。あたしには目もくれず、じっとりした外の風景にも車通りのない道路にも目をくれず、ミケイラだけを見ている。ミケイラが泣きだし、ジョジョの上着をぎゅっとつかんで、小さな関節が白くなる。あたしが膝に抱いて前の席に座ると、ミケイラは自分の胸にあごをくっつけてしくしく泣く。目をつぶり、握った両手をあごの下につっこんで。

「ミケイラ」とあたしは言う。「ほら、ベイビー。何か飲まなきゃ」ジョジョは開いたドアの内側に立って上から見下ろし、両手をポケットにつっこんでミケイラを見守っている。ミケイラはあたしの言うことを聞こうとしない。しゃくりあげてえんえん泣いている。「ミケイラ、ベイビー」

あたしがマグの吸い口をミケイラの口に入れると、ミケイラは歯を食いしばってそれを遮《さえぎ》り、ぷいと横を向く。じっとさせようと思って強くつかむと、あたしの指の下でミルクのような小さな筋肉が水風船みたいにぐにゃりとへこむ。そうやって格闘するあいだも、ミケイラは立ったり座ったりえびぞりになったり身をよじったりしながら、ひたすら二つの言葉をくり返す。

「いや。ジョジョがいい」

もうたくさん。

「いいかげんにしなさい、ミケイラ！　この子にこれ飲ませてくれる？」あたしは頼む。

ジョジョがうなずく時点で、あたしはすでにミケイラを差し出している。そうやってミケイラを渡してしまうと、なんと腕の軽いこと。

ミケイラはマグの四分の一ほど飲んだところでジョジョの肩にどさりともたれ、ジョジョの首に片腕をまわしてさすっている。十五分待って、そろそろまた道に戻ろうかとミスティが運転席に座ってシートベルトを締めたちょうどそのとき、ミケイラがまたしても吐く。蛍光ブルー、パワーエイドの色だ。

「はずしたほうがいいかもね」とあたしはミスティに言う。ミスティは目をぐるりと回してシートベルトをはずし、駐車場の日陰でブロックに腰を下ろしてタバコを吸う。「あと一分だけ待って」

お願いだからこれ以上車の中で吐かないでほしい。あたしが前で身動きできないあいだに後ろで吐かないでほしい。そうなるとまた道端に車をとめてふくはめになる。駐車場のアスファルトから雨の蒸気といっしょに熱気が立ち昇ってくる。ジョジョが横向きに座って地面に足を下ろす。ミケイラはジョジョにべったり貼りついている。

「横になろうか、ケイラ?」とジョジョが言う。「横になったら楽になるかもしれないよ」

ジョジョが脇の下に両手を入れ、自分から引きはがしてシートにのせようとしても、ミケイラはひっつき虫みたいに頑固に貼りついている。両手と両脚をいばらのようにからめてしがみついている。ジョジョは諦めて背中をさすってやる。

「かわいそうに、気持ちが悪いんだね」ジョジョが言うと、ミケイラは泣きだす。そうやってジョジョがミケイラの背中をさすり、ミケイラがジョジョの背中をさするあいだ、あたしはただそばにつっ立って、自分の子どもたちが慰め合う姿を眺めている。何かしたくて両手がむずむずする。手を伸ばして二人に触れてもいいんだけれど、やめておく。ジョジョは動揺しているようにも見えるし、ひたすら耐えているようにも見えるし、自分もいまにも泣きだしそうにも見える。タバコが必要だ。あたしもミスティと並んでコンクリートブロックに腰を下ろし、タバコに火をつける。メントールのおかげで力が湧いてくる。背骨にサンドバッグが積み上がっていく。よし、行ける。体の内側にニコチンがたまって湖の波みたいに穏やかに打ち寄せてくるのを待ってから、いざ、車に戻る。

「もっと飲ませて」とあたしはジョジョに言う。

三十分後、ミケイラがそれを吐く。あたしは十五分待って、もう一度ジョジョに言う。「飲ませて」ミケイラはずっとくんくん泣いていて、ジョジョが手にしたマグを見てたじろいでいる。それでもジョジョは言われたとおりにする。二十分後、ミケイラがまたしても吐く。惨めなようすでジョジョにしがみつき、あたしがさらなるイオン水を手にドアの内側に立つのを見て、目をぱちぱちさせている。「飲ませて」とあたしがくり返しても、ジョジョは聞こえなかったみたいに、耳が隠れるほど肩をいからせてその場に座っている。あたしの我慢が切れそうなのを知っているみたいに。あたしが殴ってやりたいと感じているのを知っているみたいに。「ジョジョ」とあたしはくり返す。ジョジョはびくっとして無視する。ミケイラが鼻水まみれの鼻とよだれまみれの口をジョジョの肩にすりつける。「ジョジョ、いや」とミケイラが言う。店員がポーチに出てくる。彼女のタバコにはすでに火がついている。

「だいじょうぶ？」店員が訊いてくる。

「吐き気どめみたいなのってあるかな？　子ども用の」

店員が首を振ると、ストレートにした髪がこめかみのあたりで跳ね上がり、触覚みたいにゆらゆらと波打つ。

「いや、うちのオーナーはそういうのは置かないのよ。必要最低限のものだけ、とか言ってね。実際には、車酔いでペプトビスモルを買いにくる客はびっくりするほど多いんだけど」

ガソリンスタンドの敷地の端に草むらがあって、花が咲いている。白と黄色と紫の花が、松の木の向こうで風に揺れてうなずいている。あたしはジョジョに寄りかかっているミケイラのうなじを手のひらでなでる。ジョジョは車のトランクに座って膝を細かくゆすりながら、眉間にしわを寄せてあたしとミスティを見ている。

「ちょっと待ってて」と言ってあたしは車のそばを離れ、松の木に沿って歩いていく。

母さんがいつも言っていた。注意深く目を凝らせば、必要なものはきっとこの世のどこかに見つかる。母さんはあたしが七つになると森へ散歩に連れ出し、植物を指で示して掘り起こし、葉っぱをむしって、それぞれにどんな効能や危険があるかを語って聞かせた。木立の上では風が動いていたけれど、下のほうではあたしと母さん以外、ほぼすべてが静まり返っていた。そんな中で母さんは言った。〈そこにあるのはハナウド。若い葉っぱはセロリみたいに料理に使うこともできるけれど、根っこはもっと役に立つのよ。煎じて飲めば風邪やインフルエンザに使えるし、湿布に使えば打ち身や関節炎や腫れ物の症状を和らげて治すことができるの〉。母さんは散歩のときにいつも持ち歩く小さなショベルで根っこのまわりを掘り、葉っぱをつかんで株ごと引き抜き、半分に折ってから、胸に下げた袋に入れた。それからまた地面を探して、別の植物が見つかるとこう言った。〈これはアオゲイトウ。薬としてはほとんど役に立たないけれど、料理には使える。ホウレンソウみたいにね。ビタミンが豊富で、体にいいの。父さんはお米といっしょに炒めたのが好きなのよ。父さんの母さんは、パンを作るときによく種を挽いて入れていたんだって。あたしは試したことないけれど〉。その日の収穫を手にして家に戻る道すがら、母さんはあたしに問題を出した。大きくなるにつれて覚えるのも楽になり、木の根をよけて歩きながら、あたしはすぐに答えてみせた。〈ケアリタソウ、調味料として料理に混ぜると虫下しになる〉といったぐあいに。それでも全部覚えるのは難しかった。毎日のように母さんは植物を指差した。とくに女のために使えるものが多かった。母さんのことを聞きつけ、腕と知識を求めて訪ねてくるのはたいてい女たちだったから。母さんは言っていた。〈この葉っぱでお茶を作ると痙攣《けいれん》に効くのを覚えているでしょう？　でもそうすると、生理が早くなる場合があるの〉。あたしはよそ見をして松の木を眺めながら、こんなことをするより座ってテレビを見ていたいよ、森の中を母さんとてくてく歩いて生理の話なんかするよりも、と思っていた。けれどもいま、こうして伐採地を歩きながら乳液の出るトウワタはないかと木立のあいだをのぞいていると、もっとちゃんと聞いておけばよかったと思えてならない。ピンクに近い紫色の花だったことしか覚えていない。それに、確かにトウワタはこういう土地に自生して、春に花が咲くんだけれど、白いつぶつぶのついた産毛のある葉っぱはどこにも見当たらない。

　自分の体が何かゆゆしき事態に陥っていると気づいたとき、自分を裏切って癌になったとわかったとき、母さんはまず植物を使って自分で治そうとした。その当時、春の朝に帰宅すると母さんのベッドは空っぽだった。森に出かけて、ヤマゴボウの重い苗を掘り起こし、ゆっくりと引きずって帰ってきた。そのたびに母さんはこう言った。〈だいじょうぶ、これで治るから〉。あたしは苗の束を受け取って母さんの腰に腕をまわし、いっしょに階段を上って家に入り、キッチンの椅子に座らせた。あたしはいつも前の晩の興奮を引きずっていたから、その植物を切って、洗って、煎じて、ピッチャーに何杯分ものお茶を作って母さんに飲ませるあいだ、ハイな気分が調子はずれの歌みたいにトリルしながら血の中を駆けめぐっていた。だけどそれは癌を治してくれなかった。母さんの体は月日とともに壊れていき、ついにはベッドに横たわり、寝たきりになって、あたしは母さんの教えをごっそり忘れた。母さんの教えを流し去り、かわりに真実を取りこむために。どんなに目を凝らしても、この世は必要なものを与えてくれないこともある。おあずけを食らうこともある。

　もしもこの世が正しい場所なら、生きている者のための場所なら、マイケルのような人間が刑務所送りにならずにすむ場所なら、野イチゴもきっと見つかるだろう。トウワタが見つからなければ、母さんなら野イチゴを探すにちがいない。マイケルの弁護士の家で葉っぱを煎じればいい。今日はそこに泊まって、マイケルのことは明日の朝迎えに行くことになっている。少しだけ砂糖を入れて、食紅も少し加えて、あたしが子どものころに胃を壊すと母さんがいつもそう言ったように、ジュースだよと言って。

だけどこの世はそういう場所ではない。道路脇に野イチゴは見当たらない。このあたりはいわゆる沼地ではない。それでもこの世という場所は、もしかしたら小さな子どもには、ちょっとぐらい幸運を授けてくれるのかもしれない。ときにはちょっとした慈悲を見せてくれるのかもしれない。なぜなら車の窓から腕を振って「ちょっと、戻ってきなさいよ」と怒鳴るミスティを残し、ガソリンスタンドが見えなくなるまで道路脇を歩いてきたら、目の前にブラックベリーが自生している。母さんはいつも、これが胃の不調に効くと言っていた。ただし大人にしか使えない、と。それでもほかに何もなければ、お茶にして子どもにあげてもいい、たくさんはだめよ、と言っていたのを覚えている。葉っぱを煎じる。それとも蔓だっけ？　根っこだっけ？　降りそそぐ熱気がすさまじくて、あたしはうまく思い出せない。春の終わりの寒さが恋しい。

ようするにこの世はこういうところ。この世が与えてくれるのは、ブラックベリーと曖昧な記憶と胃の中に何もとどめておけない子ども。あたしは道端に膝をつき、刺《とげ》のある茎をなるべく地面に近いところでつかんで引っぱる。蔓が刺さって皮膚がやぶれ、血が出て小さな点になってにじむ。手のひらが焼けつく。〈世の中とはそういうもの〉。十二で生理がきたときに母さんが言った。〈生きているあいだは道化にして、死んだら聖人にして奉る。そしてとことんいじめ抜く〉。言葉は辛辣だったけれど、それを言う母さんの顔には希望が見てとれた。母さんは、ハーブ療法について伝えられるだけ伝えたら、神の摂理によって秩序立てられた世界、すべてに霊魂の宿る世界について、自分の知っている地図さえきちんと伝えたら、あたしがうまく歩んでいけると思っていた。だけど若いころのあたしは母さんに腹を立てていた。ハーブの手ほどきと見当違いな希望が気にくわなかったから。そして後には、母さんに癌の呪いをかけたこの世を、母さんの体を絞って力を奪い、乾いたぼろきれみたいに分解させていくこの世を、それでも善きものと信じているから。

あたしはしゃがんだ姿勢から膝をついて背中をそらす。ほてった血管のように真昼の風景がどくどくと脈を打っている。目をぬぐうと顔じゅうに土がこびりつき、何も見えなくなる。

第5章　ジョジョ

ケイラに必要なのは食べ物だ。ずっと泣いているようすを見ればわかる。道に戻ってからはずっとうずくまっていたかと思うと急に背中をのけぞらせ、チャイルドシートの背に頭を打ちつけて泣きわめいている。たぶん胃がどうにかなっているんだろう。胃に何か入れてやらないと、このままではらちが明かない。少しでも楽になればと、チャイルドシートから下ろして膝にのせてみたけれど、ぜんぜんだめだ。わめき声はいくらか和らぎ、甲高い声も少しはトーンダウンして、痛みの切っ先も多少は鈍ったように感じるけれど、ケイラはいまもぼくの胸に頭を叩きつけている。ぼくの骨、肋骨と肋骨が合わさる硬い部分にぶつかる小さな頭蓋骨がなんともはかなく感じられて、陶器の器みたいにあっさり砕けてしまいそうだ。レオニが採ってきたブラックベリーは前の座席のあいだに置いてあり、一分ごと、一マイルごとに葉っぱがしおれ、根っこが紐のようにだらりとして、土がぼろぼろこぼれていく。ケイラはいまも泣いたり唸ったりをくり返している。あれをケイラに与えないでほしい。レオニはそうしなければと思っているんだろうけれど、レオニは母さんではないし、父さんでもない。これまでただの一度も何かを治したり育てたりしたことなどないし、やり方だってわかっていない。

ぼくが六つのとき、レオニが熱帯魚のベタを買ってくれたことがあった。その前にぼくがさんざん同じ話をくり返していたからだ。学校の教室にある水槽のこと、ベタのこと、赤と紫と青と緑の筋の入ったベタが水槽の中でのんびり泳いでいること、一瞬鮮やかに光って、それからまたくすんだ色に戻ること。ある日曜日、週末にずっと出かけていた後で、レオニがそれを持って帰ってきた。レオニの顔を見るのは金曜以来で、砂糖と牛乳を買ってくると母さんに言ったきり戻っていなかった。帰ってきたときには肌がかさかさで、口の両側がむけていて、髪がもじゃもじゃの後光みたいにつっ立って、湿った干し草の匂いがした。魚はグリーン、松葉の色で、尾びれの下のほうに赤土色の縞もようが入っていた。一日じゅうぶくぶく泡を吹いていたので、ぼくはバビー・バブルと名前をつけ、水槽に顔を近づけて、レオニが持ち帰ったサンプルサイズの餌をそいつがカリカリかじる音を聞いていた。そんなふうに水槽に顔を近づけていれば、いつかそのうちカリカリではなく、水面にシュワシュワ昇ってくる泡の中から小さな言葉がはじけ出てくるかもしれない、と想像しつつ。〈大きな顔。光。愛〉と。だけどサンプルサイズの餌がなくなって、レオニに同じものを買ってきてと頼んでも、レオニは買ってくると言いながらいつも忘れて、何度もそのくり返しで、けっきょくある日こう言った。〈古くなったパンでもあげときゃいいのよ〉。でも古いパンだと肝心のカリカリが聞こえないと思ったので、ぼくはしつこくせがみ続け、バビーはだんだんやせ細って、泡もどんどん小さくなって、ある日とうとうキッチンに入ったら水面に浮いていて、目が白く濁って、脂肪みたいなぬるぬるした膜に覆われていて、泡の中にはなんの声も入ってなかった。

レオニの手にかかると生き物は死んでしまう。

車の外では木立がだんだんまばらになり、徐々にようすが変わってくる。幹が太く短くなり、緑が増えて、葉っぱも松のようなダークグリーンの尖った葉ではなく、ずいぶん丸くて輪郭がぼんやりしている。野原と野原のあいだ、泥っぽい緑の中に、背の低いほかの植物といっしょに並んで立っている。空が暗くなってくる。あたりの森や野原も暗くなってくる。ぼくはケイラの耳に口を当て、物語を語って聞かせる。

「向こうに木が並んでるだろう？」ケイラがうーんと唸る。「あそこの木の下をよく見たらさ、地面に穴があいてるんだよ」ケイラがうめく。「その穴に、ウサギが住んでるんだ。で、そいつらのなかに小さなウサギがいてさ。いちばんちっこいやつ。毛は茶色で、小さな歯はガムみたいにまっ白」ケイラが一瞬だけ静かになる。「名前はケイラっていうんだ。ケイラとおんなじ。そのウサギがさ、何をすると思う？」ケイラは肩をすぼめてから、ふたたびぼくに寄りかかる。「その子は穴掘りの名人なんだよ。誰よりも速く深く掘れるんだ。ある日のこと、外が暗くなって、大きな嵐がやってきて、ウサギ一家の穴に水が入ってきてさ、だからケイラは掘りはじめたんだ。どんどん掘った。もっと掘った。それでどうしたと思う？」ケイラがひっくと息をつまらせ、前を向いてぼくのシャツに口をうずめ、さらに息を吸う。ぼくはその背中をまるくさする。そうすれば痛みであれ、締めつけるような感覚であれ、ケイラを苦しめているものをこすり落としてやれるとでもいうように。「その子は掘って掘りまくって、トンネルはどんどん長くなった。ケイラが掘ってるところまではもう水も来ないんだけど、それでももっと掘り続けてたら、とうとう地上にポンと出ちゃったんだ。そうしたらどうなったと思う？」ケイラがぼくの腕に爪を食いこませ、少しだけ起き上がって窓の外をのぞき、薄暗い野原、根元にウサギの穴があるまばらな木のほうを指差す。「くらい」と言って、またどさりとぼくに寄りかかる。「そうだね。それでさ、小さなウサギの目の前には灰色の納屋があって、太ったブタと赤い馬と母さんと父さんがいたんだ。その子はぼくたちの家までずーっと掘っていったんだよ。そんなわけで母さんと父さんに会ったその子は、二人のことが好きになってさ、そのままいることに決めたんだ。だからぼくたちが家に戻ったら、その子が待ってるんだよ。その子に会いたいと思わない？」ぼくは尋ねる。だけどケイラは眠っている。ケイラの体がぴくりとし、ケイラが何を夢見ているかぼくにもわかると一瞬だけ想像しかけて、すぐにやめる。ケイラは汗と吐瀉物のつんとしたにおいがする。だけど髪は、前に母さんがつけてやっていたオイルのココナッツの香りがする。いまはぼくがそれをつけてやり、小さなポニーテールに結わえてやる。頭の両側にひとつずつ、二つの小さなコットンボール。ぼくはケイラが湿った地面の中にいる場面、ウサギのサイズになって穴を掘る場面を、自分の頭の中から締め出す。そんな夢のことは知りたくない。

車がハイウェイを離れて脇道へ出るころには空は紺色になり、黒いシーツを肩にまとってぼくらに背を向ける。世界が縮んで、車が放つヘッドライトの光だけになる。闇の中に延びる一対の円錐《えんすい》。車は老いた動物のように脚を引きずり、森の中の次なる小集落を目指す。生き物というのは必ず持って生まれた習性に従うものだ、と父さんは言う。泥の中に根を張るとか、野を駆けるとか、空を飛ぶとか。どんなに飼い慣らされても野生の本能は残るものだ、と。ケイラはとても動物的だ。寄生虫に苦しむネコみたいにぼくの腕に抱かれている。ようやくどこかの敷地に入って森が拓けると、そこは何か違っている。数軒の家が肩を寄せ合っていたフォレスト郡のあそことは雰囲気が違う。

家は一軒しかないし、なにしろ大きい。正面にいくつも窓が並んで、すべての窓から温かみのある黄色い明かりがもれている。レオニが車をとめる。ミスティが降りてぼくたちに手を振り、ついてくるように合図する。ぼくは眠っているケイラを抱いてポーチへ向かう。ケイラはいびきをかいて、口で息をしている。家の塗装は近くで見ると細長くはがれて、茶色っぽいグレーの下地が細字のマーカーで描いたみたいにのぞいている。窓は少し曇っていて、ぼくの魚が死んでいたときの水のようだ。正面階段の両側に藤の木が植えてある。根っこが地中に深くめりこみ、大の男のむきむきの腕ぐらい太くて、それが手すりをくねくねつたってポーチの正面全体に分厚いカーテンを織り上げている。さあ、動物のお出ましだ。ミスティがドアをノックする。

「どうぞ」と男の歌うような声がして、奥で音楽が鳴っている。

ずいぶん大きな男だ。キッチンでスパゲッティ用の麺をゆでている。口の中にどっとよだれが湧く。ここまでの空腹は初めてだ。

「いいにおいだろう？」と言いながら男が近づいてくる。はずむような歩き方。爪先立ちのようだ。白い長袖を着ているけれど、袖は肘までまくっている。糸のほつれた襟ぐりが、表のポーチにそっくりだ。胸にはグリーンのペンキを散らしたようなもようが広がっている。キッチンもグリーン。緑色のキッチンなんて初めて見た。するとソースのにおいが漂ってくる。コンロにのった鍋の中でソースがはじけ、男がそれをかき混ぜる。はねたソースが男の腕をつたうと、男はそれをぺろりとなめる。お湯に入れた麺がゆっくりと沈み、底のほうがやわらかくなるにつれ、鍋の縁から消えていく。男が毛むくじゃらの腕をなめるのを見て、ぼくは顔をしかめる。髪は後ろに集めて小さなポニーテールに結わえてあり、ケイラのみたいに短く突き出している。「みんな腹ぺこだろうと思ってね」ここまで白い白人は初めて見た。

「大正解」とミスティが答えて男をハグすると、ペンキの散ったシャツに向かって話しかけたみたいになる。「おちびちゃんのぐあいが悪くて、予定より時間がかかっちゃったのよ」

「そうそう、おじょうちゃんがいるんだった！」レオニはしいっと言いたそうな顔をするけれど、言わない。「おやまあ――」と、男は言いかけてとまる。「べとべとだ」レオニは一発見舞いたそうな顔になる。〈あの強情な顔〉と父さんが言う顔。「お兄さんもぐあいがよくないのかな？」ぼくはすでに彼のことが気に入りはじめている。こっちを見るときになんとなく悲しそうな顔になるのが不可解だけれど。

「いいえ」とレオニが答える。胸の前で腕を組んでいる。「おなかはとくに空いてません」

「なにをばかな」と男が言う。

「レオニ」とミスティが言ってレオニを見る。口では言わないけれど言外に何かを訴える、そういうまなざし。レオニの眉も、唇も、こくりとうなずいて切り揃えた長い前髪が目にふりかかることの意味も、ぼくには読めない。だけどミスティが何を訴えたにせよ、レオニはそれを理解してうなずいたわけだ。

「やっぱり食べます」と言ってレオニが咳払いをする。「ちょっとコンロをお借りしてもいいですか？　調理したいものがあって」

「もちろんだとも、おじょうさん、もちろん」

近くに来ると、男はしばらく風呂に入っていないみたいなにおいがする。かび臭いわけではなく、甘いにおいなんだけれど違和感があるというか、甘い酒を暑いところに放置していたら酸化しかけている、みたいなにおい。

「言葉が悪くて申し訳ないけど、アル、くっそ腹ぺこ」と言って、ミスティがにっこり笑う。

リビングに座ったときにもケイラはまだ眠っていて、熱い吐息をぼくのシャツに小さくぷっと吐いている。部屋は天井が高く、全部の壁に本棚がある。テレビはなし。そのかわりキッチンにラジオがあって、ミスティはそこでカウンターの椅子に座り、アルが広口のガラス容器に注ぎ分けたワインをグラスに注いで飲んでいる。音楽が、ヴァイオリンとチェロだけの曲が、嵐の前のメキシコ湾の海みたいに部屋じゅうに満ちてきたかと思うと、引いていく。車に草を取りにいったレオニが戻ってきたと思ったら、板張りの床に敷かれた赤とオレンジと白の絨毯《じゅうたん》のほつれた縁に足を取られ、そのひょうしにシャツの中からぽとりと袋が落ちて、しわくちゃの茶色い紙袋の中身がすべり出す。ガラスのかけらがぎっしり詰まった透明なパック。前にも見たことがある。ぼくはその正体を知っている。アルはミスティがしゃべった何かに対して笑っている。レオニはぼくを見ることなくそれを拾って紙袋に戻し、カウンターに身を屈めてミスティのほうに押しやる。ミスティがそれをアルに渡すと、受け取ったアルはそのままぽんと放って、マジシャンのように消してしまう。

アルはマイケルの弁護士だ。

「その子はちょうど彼ぐらいの年なんだけれどね」と言ってアルはぼくを指差し、袖を押し上げて顔をしかめる。「連中はその子が学校で草を売っていると思ったわけだよ」

ミスティが飲み物をぐいと飲む。

「で、そいつらがその子に何をしたと思う?」

ミスティが肩をすぼめる。

「同級生二人といっしょに校長室に連れていったんだ。その子の友達だよ。それでお互いにズボンを下ろさせて、脱がせて、調べたというわけだ」

ミスティが首を振り、顔のまわりで髪が揺れる。「ひっどい話」

「というより完全な違法行為だよ。無料弁護なんだけれどね。おそらく学校側は裁判所からちょっとしたお咎めを受けて終わりなんだろうけれど、ぼくとしては引き受けないわけにはいかなくてさ」と言ってアルは肩をすぼめ、飲み物を飲む。「モラル宇宙の弧は長いが、正義に向かって伸びている、ってね」

ミスティがなんのことか理解しているふうにうなずく。いまは髪を下ろしていて、派手にうなずいたり首を振ったりするたびに背中でのんびり揺れるさまが、スパニッシュモスみたいでかわいらしい。さっきシャツの襟ぐりを引っぱったせいで肩がはだけ、そこにリビングの照明が反射して、光る球体と化している。家じゅうの明かりがついている。ミスティの髪は、飲めば飲むほどさらに揺れる。

「せめて自分にできることぐらいはね」と言ってアルはにっこり笑い、ミスティの肩に触れ、カップに入ったワインを口元に運ぶ。「どう？　いけるだろう？　さっきも言ったけれど、今年は当たり年なんだ」

「で、あたしの彼氏はどうなってるの？」ミスティがアルのほうに身をのり出し、眉を上げてにっこり笑う。

「オーケー、オーケー」と言いながらアルは背中をそらして逃れ、声をたてて笑ってからふたたびミスティのほうに戻り、ビショップの釈放に向けてやっているあれこれについて手ぶりを交えながら説明する。

レオニはベビーマグを手に、ぼくといっしょにソファーに座っている。三十分ぐらいかけてブラックベリーを刻んだ後、根っこと葉っぱを別々の鍋で煎じていた。そのあいだにぼくは背中を丸めて皿に向かい、スパゲッティをほとんど噛まずに口の中につっこんだ。レオニは煎じたものを冷ましてカウンターの前で腕を組み、顔をしかめてぶつぶつ独り言を言っていたかと思うと、一方の鍋から半分、もう一方の鍋から半分、ケイラのマグに注いだ。灰色だった。ぼくは最後のひと口を口につっこみ、皿をゆすいで、なんだかすえたにおいのする食洗器に入れながら、レオニがアルに砂糖と食品用の着色料はあるかと訊くのを見ていた。両方あった。レオニは砂糖をスプーンに何杯かと着色料を何滴かマグに入れ、泥色のクールエイドみたいになるまでシェイクした。そしていま、ケイラのそばに座り、ソファーで手脚を広げて眠っているケイラに鼻をすり寄せて起こそうとしている。レオニが起きてと言って耳や首にキスするたびに、ケイラは片手を伸ばしてレオニの首に巻き、いっしょに横になろう、いっしょに眠ろう、と誘うように引き寄せる。起こさないで、というように。

ぼくは怖くてたまらない。

「ほら、ミケイラ」と言って、レオニがケイラを引っぱり起こす。ケイラは目を開け、さっきレオニがパックを渡したときのようにがくりと体を前に倒し、くんくん言ってふたたび横になろうとする。「喉渇いたでしょう」とレオニがささやき、ケイラの前にマグを差し出す。「ほら、飲んで」「いや」と言って、ケイラがマグを振り払う。マグがレオニの手から飛んで、部屋の反対側に転がっていく。

「飲みたくないんだよ」とぼくは言う。

「飲みたいかどうかの問題じゃない」レオニがじろりとぼくをにらむ。「飲まなきゃなんないの」

レオニに言ってやりたい。〈おまえは自分が何をしてるかわかってないんだ〉。そして、〈おまえは母さんとは違うんだ〉と。だけど言わない。体の内側では不安がぶくぶく煮立って鍋のお湯みたいにいまにも吹きこぼれそうなのに、レオニがぶつかもしれないことを思うと、言葉は喉に貼りついたまま出てこない。もっと小さかったころ、八歳とか九歳ぐらいのころには、ぼくもずいぶん言い返した。人前でも。そうしたらあるとき平手で顔をはたかれて、それ以来、口答えをするたびにはたかれるようになった。しかもどんどん力がこもってきて、平手なのに拳で殴られたような感じがした。体がねじれて、思わず顔に手を当てるぐらい。ウォルマートの通路のまん中で尻もちをついたこともある。それでぼくはやめにした。だからといって植物から薬を作るなんてレオニには無理だし、ケイラがどうなるか気が気でない。二年前、ぼくがおなかをやられてソファーから起き上がってトイレに行くのもひと苦労というときに、母さんがレオニに、森から何かの植物を採ってきて根っこでお茶を作るように言ったことがあった。レオニは言われたとおりにした。母さんの言ったことだからぼくも信用して、ゴムみたいな味がしたけれど、それを飲んだ。そうしたら摘んできた草が違ったのか、作り方が違ったのか、ぼくはますます悲惨なことになった。そのじゃりじゃりした苦いやつの残りを、レオニは裏の階段脇に捨てた。何日かたって、レオニに飲まされた正体不明の何かとおなかの虫がようやく体外に出てから見てみたら、階段のそばでのら猫が死に、赤く腫れて腐りかけていた。レオニが地面の水たまりに捨てた何かを飲んだにちがいない。

レオニがマグを持ち上げてケイラの唇に当てる。

「喉渇いたよね、ほら」訊いているのではなく、命令だ。ケイラは咳をしてマグをつかむ。ぼくは脇がちくちくしてきて汗が噴き出す。ベビーマグをもぎ取ってケイラがやったように放り投げたい、部屋の向こうに転がしたい、ゆるく巻かれたレオニの腕からケイラを奪いたい、と思うんだけれど、どれもやらない。するとケイラが飲み口を吸うなりマグを上に向けて飲みはじめ、ぼくは知らないうちに始めていた勝負に負けたような気持ちになる。

「寝れば治るって」とミスティが声をかける。「きっと車酔いだよ。心配ないって」

ケイラは喉が渇いていたんだろう。すでに半分飲み終え、なおも飲み口を強く吸って、唇を瓶の口みたいに尖らせている。飲み終えるとマグを床にガチャンと落とし、ソファーを這ってぼくの膝にのってくる。ぼくの片手をつかんでお話をねだる。そこでぼくは顔を近づける。

「キッチンにもっといいヴィンテージがあるんだけれど」とアルが言って、レオニを見る。「なんなら今夜みんなで試してみないかい？」

「あたしは賛成」とミスティ。

「どうしよう」とレオニ。ぼくの膝にいるケイラを見ている。ケイラはぼくがさっさと話を始めないのでぐずりかけている。車の中で吐く前にやっていたように、体をよじってわめいている。「この子のぐあいもよくないし」

「だから、きっと車酔いだって。寝かせておけばよくなるよ」とミスティ。「だいじょうぶだって」

そして一度に二つのことを言おうとするように、レオニのことをじっと見る。ひとつは口で、もうひとつは目で。「今日は一日運転してたんだからさ。少し休んでくつろいだほうがいいよ」

レオニの反応はまだ読めない。片手を伸ばしてケイラの髪をなでつける。だけど髪はすぐにはねて戻る。ケイラが背中をそらして逃れる。

「そうかもね」レオニが答える。

「あたしだって子どものころは何度車の窓から吐いたことか。数えきれないよ。その子もだいじょうぶだって」とミスティ。

今度はミスティの言ったことが腑に落ちたらしく、レオニが背中を起こす。ぼくたちのあいだに壁ができる。

「マイケルも乗り物酔いがひどいんだよね。バックシートに乗るだけで吐きそうになる」そこで合点がいったようだ。「体質を受け継いだのかも」

「ね？」ミスティがうなずく。アルもうなずく。全員がうなずいて立ち上がり、キッチンへ向かう。ぼくはケイラを抱いて、さっきアルが教えてくれた寝室へ向かう。ツインベッドが二つある。ケイラのシャツを脱がせると、すっぱいにおいがする。続きのバスルームにあったタオルを濡らし、せっけんをつけて体をふいてやる。熱い。小さな足まで熱い。そうとう熱い。パンツ以外全部脱がせて、ぼくもいっしょにベッドに横になると、ケイラが小さな腕をぼくの肩にまわしてきたので、毎朝いっしょに起きるときみたいに抱き寄せる。「ジョージョー」とケイラが言う。

キッチンの音楽がやんで大人たちが裏のポーチに出ていく音が聞こえるまで、ぼくはそうやって横になっている。グラスを合わせる音はなし。つまりワインはなしだ。おそらくレオニが持ってきた透明なパックを開けているんだろう。ぼくは横になったままぎりぎりまで待ってから、ケイラをバスルームに運び、喉に指をつっこんで、胃の中身を吐き出させる。ケイラは抵抗してぼくの腕を叩き、ぼくの手に向かって泣きわめく。だけど言葉では何も言わない。ぼくはそれを三回くり返す。そのたびに吐瀉物がぼくの手をつたう。しかもケイラの小さな体と同じくらい熱い。甘いにおいのするまっ赤なやつが、三回。しまいにはぼくも泣いていて、ケイラは叫んでいる。それから明かりを消して寝室に戻り、自分のシャツでケイラをふいて、いっしょにベッドに寝そべる。そうするあいだも、レオニが部屋に入ってきてバスルームのあの赤い吐瀉物を見つけたら、レオニがケイラに飲ませたやつを吐かせたとばれたら、と気が気でない。だけど誰も戻ってこない。ケイラは鼻をすりながら眠りに落ち、眠りながらしゃっくりをしている。そこでぼくはせっけんと水で吐瀉物をきれいに洗い流し、バスルームをもとのとおりに白くする。そのあいだもずっと、ぼくの心臓は自分でも聞こえるぐらいバクバク鳴っている。なぜならケイラがなんと言っていたか、ぼくにはわかっていたからだ。ぼくにはわかっていた。

〈だいすきなのに、ジョジョ。なんでこんなことするのよ、ジョジョジョ？　ジョジョ！　おにいちゃん、おにいちゃん〉

ぼくには聞こえた。

眠ろうとするんだけれど、何時間も眠れない。ただ横になり、ケイラの寝息を聞いているだけ。家の外、闇に包まれた木立の奥のどこか遠くで犬が吠えている。短く乾いた声。怒って牙をむいているような声。その背後にあるのは恐怖だ。小さいころ、ぼくは子犬がほしかった。父さんにせがんだら、パーチマンから戻って以来、犬はどうしてもだめだったと言われた。釈放後に飼ってみたことはあるけれど、どの犬も、雑種も猟犬も、一年とたたないうちに死んでしまった、と。パーチマンにいたころ、脱獄者の追跡に使う犬の世話をするようになってからは、寝ても覚めても、食べているあいだも、犬の糞のにおいしかしなかった、と話していた。耳にするのも犬の声だけで、キャンキャン、ワンワン、グルルル――獲物を引き裂きたくてうずうずしていた、と。リッチーを犬に慣れさせ、畑から解放してやろうとしたけれど、だめだった、とも話していた。ぼくは目を閉じ、部屋の隅にある背もたれの高い椅子に父さんが座っているところを想像する。父さんは背筋をぴんと伸ばし、木の根っこみたいな手をして、ぼくが眠りにつくまで続きを話してくれる。

ある日のこと、太陽があんまり激しく照りつけるので、体がねじれて表と裏がひっくり返り、ただもう焼かれるしかない、そういうきつい日のことだった。ここはわけが違う。ここはいつも海風が吹いて、おかげで暑さも和らぐだろう。だが向こうにはそれがない。ひたすら畑が広がるのみで、木も低いし、葉も足りないし、ほどよい木陰などどこにもなくて、何もかもが太陽の重みでへし曲げられる。男も、女も、ラバも、神の下ですべてが頭《こうべ》をたれていた。あいつが鍬を折ったのも、そういう日だった。

おそらく意図的ではなかったはずだ。なにしろあいつはただのやせっぽちで、前にも話したと思うが、背もおまえより小さかったし、だから石にぶつけたとか、変な向きに体重をかけたとか、そういうことだったんだろう。おれはキニーに言われて畑で犬を走らせ、嗅覚の訓練をしていた。それでちょうどリッチーの持ち場をぐるぐる回っているときに、あいつが二つに折れた鍬を持ち、柄のほうを引きずりながら歩いていくのを見かけたんだ。細い線があいつの後を追って並木のほうへ向かっていた。ドライバーという、一日の作業ペースを決める男、現場監督のような役割のその男も、リッチーを見ていた。ラバにまたがってあいつの背中をじっと見ながら、どんどん怒りをつのらせているようだった。ヘビが獲物に襲いかかる前に伸びたり縮んだりするみたいにな。おれは反対側からまわりこんでリッチーに近づき、声をひそめて言ってやった。

「おい、ちゃんと持てよ。ドライバーが見ているぞ」

「どうせぶたれるんだ」と言いつつも、リッチーは鍬の柄を持ち上げた。

「誰に言われた？」

「あいつにさ」

リッチーはへっちゃらみたいなそぶりで歩いていたが、目のまわりがびくびくしていた。パーチマンに入ったばかりのころにもそういう目をして、ぶたれるのなんて慣れっこだ、母親にベルトのバックルでぶたれるのもほかの男にやられるのもおんなじだ、なんて言っていたが、あいつが鞭に耐えられないことはわかっていた。相手がブラック・アニーでは、耐えられるわけがない。

案の定だった。日が沈んでから、夕食後に、看守部長が収容棟の端に杭のようなものを打ちこんであいつを縛りつけた。まだ空に日があるんじゃないかと思うほど暑い中で、あいつは手脚を広げて地面にうつ伏せにされ、杭に手と足をくくられていた。鞭が宙でピシッと鳴って背中に振り下ろされると、あいつは子犬みたいな声をあげてな。大声でキャンキャン叫んでいた。ずっとそれのくり返しだ。何度も何度も。鞭が振り下ろされるたびに、ただキャンキャン叫んで、地面から背中をそらして、空でも見ようとしているみたいに首をひねるんだ。溺れかけた犬みたいにわめきながら。縄を解かれたときには背中は血まみれで、深く裂けた傷が七本、さばかれた魚みたいに口を開いていた。看守部長に手当てしてやれと言われて、おれが傷をきれいにしてやるあいだ、あいつはそこに伸びたまま、地面に顔をつっこんで吐いていたよ。おれもやめろとは言わなかった。看守部長は一日だけ休みをくれはしたが、畑に戻されたときにも鞭の痕はぜんぜん治ったなどというものではなく、シャツに血と汁が滲んでいた。

薄暗い部屋の中で父さんの声が本当に聞こえてきそうな気がする。さっきケイラが吐く音をごまかすためと吐瀉物を洗い流すためにお湯を流していたせいで、部屋には湿気がこもっている。父さんが体の位置を変えて、肘に寄りかかり、闇の中から煙のように声が立ち昇ってくる。ケイラの額から髪を払ってやると、汗をかいている。リッチーが鞭でぶたれた話をするとき、父さんは必ずキニーのことも話す。父さんのボスだった猟犬担当の男で、そいつはリッチーが背中の皮をはがれた翌日に脱獄を図った。

その日、キニー・ワグナーは最後の脱獄を決行した。一九四八年のことだ。備品からくすねたマシンガンを持って、パーチマンの正面ゲートから歩いて出ていったんだ。刑務所長はかんかんさ。「あん畜生に三度目に逃げられた刑務所長ということになってみろ、とんだ笑い者だ」と言ってな。「おまえも職を失いたくなければ、とっとと行って捕まえてこい。犬を使え」と看守部長に命令した。

看守部長がこっちを振り返ったので、おれは群れの中から最高のやつらを選んだ。アックスにレッドにシャンクにムーン。全部キニーがつけた名前だ。おれはそいつらの鎖を解いて追跡を開始した。ところが犬というのは、自分に餌をくれた人間のことは追いかけようとしないんだな。最初に自分に触れた男、自分を育ててくれた男のことは。あの重苦しい空の下、犬たちはなんにもない田舎《いなか》をとぼとぼ歩き、やせた木と木のあいだをこそこそ歩くだけだった。キニーの行った道は明らかだったから、おれも犬についてはいくんだが、けっきょく遅れをとるばかりで、その日の終わりには看守部長のところに戻って、犬は自分の主人のことは追いませんでしたと報告するしかなかった。

翌日にはその看守部長のほかに別の看守部長が二人と、何人かのシューターがついてきたが、結果は同じだった。なにしろ犬たちは、あいつのにおいを父親のにおいだと思っているからな。眠るときにはあいつのことを、あの大きな赤い手と灰色の口を夢に見るんだ。凶暴な気分になるわけがない。あいつの汗まみれの体臭が、犬たちにとっては母犬の耳のにおいみたいに愛しいんだからな。

たぶんレオニは一睡もしていない。ゆうべは一度もこっちの部屋に来なかったし、キッチンでは今朝もアルのステレオが鳴っていて、三人ともひどくしわくちゃだ。服も、髪も、顔も。レオニは自分の向かいの無人の椅子をじっと見ていて、ぼくがケイラを抱き、ケイラがぼくの肩に頭をのせて、二人でキッチンに入るところも見ていない。いつもならケイラは〈ドッグ〉とねだるか（朝食にはホットドッグがお気に入りだ）、外を指して〈とうさん〉と言いながらぼくの手を引っぱっているところだ。だけど今朝はぼくの頬、目の真下あたりを触ってくるので目を覚ましたら、ひどく真面目な顔つきで、ぜんぜん笑っていなかった。小さな手は燃えている木の枝みたいに熱を発し、赤黒くなっていた。こうしてキッチンに入るいまも、ケイラの息が小さくはあはあと首に当たる。ぼくが背中をさすっていると、ようやくレオニがこっちに気づく。

「コンロにオートミールがのってるよ」とレオニが言う。三人ともコーヒーを飲んでいる。ブラックの濃いやつ。「その後も吐いた？」

「ううん」とぼくは答える。レオニはまた無人の椅子に視線を戻す。「でも体が熱いんだ」

レオニはうなずくものの、こっちは見ない。椅子を見ている。何かぎょっとするようなことでも言われたみたいに両方の眉を上げているけれど、アルとミスティは互いに身をのり出してぼそぼそしゃべっているだけで、レオニはそれに参加しているわけではない。鍋のもとへ行って中をのぞくと、オートミールは表面が乾いて、鍋の縁では焦げてかりかりに、まん中では冷めてゼリー状になっている。

「それじゃあそろそろあんたの彼氏のところに行くとしようか」とミスティが言って、全員が立ち上がる。

「でもこの子たち、まだ食べていないよ」とアルが言う。「おなかが空いているだろうに」

「空いてません」とぼくは言う。口の中は噛み古したガムみたいな味がする。胃のきりきりは刑務所に向かう道すがら、くすねた食べ物でも食べてなだめることになるだろう。ケイラも食べられるようなら、こっそり食べさせよう。腕の中のケイラは焼けるように熱い。ぼくの首に触れている首も、ぼくの鎖骨を押してくる小さなあごも。脚はだらりとして、フックにぶら下がった死骸みたいに生気がない。

「よし、あんたたちのパパを迎えにいこう」とレオニが言う。

刑務所はすべてコンクリートの低い建物で構成され、敷地全体に有刺鉄線が縦横に張りめぐらされている。道路は引き続き前に向かってどこまでも延びているけれど、それがしばしのあいだだけ、ここに収容されている男たちのほうを指し示す。ほかにはなんの標識もない。敷地もがらんとしている。牛もブタもニワトリもいない。実りかけの作物はある。ベビープランツだ。でも小さいのは発育不良のせいで、だから大きくならないんだというふうにしか見えない。空ではおびただしい数の鳥が大きな弧を描いて旋回し、急降下したり羽ばたいたりしながらクラゲのように優雅に移動している。ケイラが耳元でくんくん言っているあいだも、車が〈ようこそパーチマンへ、コーク・イズ・イット!〉と書いてある古い木の標識を通過するあいだも、ぼくはずっと鳥の群れを眺めている。だけど駐車場に着いて車を降りるころには、鳥たちは北へ向きを変え、羽をひらひらさせながら地平線の彼方へ去ってしまう。鳥たちのおしゃべり、いっせいに呼び合う声が消えていくのを聞いていると、ぼくもそういう興奮を味わってみたくなる。空に舞い、スイングしながらブルーの中を突き進み、壮大な渡りを終えて帰還する――そんな喜びをぼくも感じてみたい。だけど実際に感じるのは胃の中の丸い塊、ハンマーの頭のようにずっしりと重い何かの塊だけだ。

刑務所の玄関にたどり着くと、レオニとミスティが名簿に名前を書き、ぼくたちは軽量ブロックの壁を黄色く塗った部屋に案内される。ミスティは守衛の後について部屋の反対側にあるドアを抜け、ぼくたちは低いベンチに囲まれたテーブルに向かって座る。マイケルを待つあいだにピクニックでも始めるのか、みたいな感じだけれど、もちろんここには食べ物も敷物もないし、頭の上に広がっているのは空ではなく、ぽつぽつと穴のあいた白い天井だ。部屋は暖かく、むしろ外より暖かいぐらいなのに、レオニは腕をさすっている。エアコンは入っていないようだ。レオニが体を前に倒して目をこすり、顔にかかった髪を後ろになでつけると、一瞬、そこに父さんの顔がある。父さんの平らな額、父さんの鼻、父さんの頬。ぼくの胃の中でハンマーがねじれる。するとレオニが顔をしかめ、髪がまた額にたれて、レオニはただのレオニに戻り、ケイラがまたしてもくんくん言いはじめて、ぼくはうちに帰りたくなる。

「ジュース」とケイラが言う。ぼくはレオニを見て、無言で尋ねる。眉を上げ、目を見開いて、顔をしかめる。レオニは首を振る。

「いまは無理」

レオニがケイラに片手を伸ばして首の後ろをそっとなでる。ケイラはいやと言ってぼくの胸に頭をぶつけ、シャツに鼻を叩きつけて、レオニの手を逃れようとする。ぼくはレオニのしかめ面に気を取られ、マイケルが二人の看守にはさまれてドアの前に現れたことにも気づかなかった。看守が立ちどまり、開くのを待ってマイケルを通すと、ドアがふたたびガチャンと閉じる。するといきなりマイケルが目の前に立っている。マイケルがここにいる。

「ベイビー」とマイケルが言う。ぼくやケイラではなく、レオニだけに向けられた言葉。どうしてわかるかというと、腕を下ろして振り返るのはレオニだから。立ち上がってぎこちなく歩いていくのも、マイケルが抱きしめるのも、レオニだからだ。まるでシーツがからまるみたいにマイケルの腕がレオニに巻きつき、強く強く抱きしめて、そのうち二人がひとつになり、二人ではなくひとりの人間が立っているように見えてくる。首まわりとか、腕や肩とか、マイケルはぼくが記憶していたよりも大きくなっている。逮捕されたころよりも太くなっている。二人は体を震わせ、ぼくには聞こえないぐらいの小さな声で話している。ひそひそささやきながら震える姿は、風に吹かれて揺れる木のようだ。

マイケルの出所手続きは思ったほど時間もかからない。たぶん書類のことは事前にすませてあったんだろう。ミスティはまだ別室でビショップと話しているけれど、マイケルが「これ以上一分たりともこんなところにはいられない。行こう」と言う。

そこでぼくたちは歩きだし、気がつくと弱々しい春の日差しの中に戻っている。レオニとマイケルはお互いの腰に腕をまわし、駐車場に戻るなり立ちどまってキスを始める。ウェットなキス。口を開けて、お互いの顔に舌をすべらせる。うちを出たときと見かけはずいぶん違うのに、中身はおんなじマイケルなんだ。首の中身も、手の中身も。その手はかつて母さんがビスケットをこねていたみたいにレオニの背中をもんでいる。ケイラが霧に覆われた畑を指差し、「ジョジョ」と言う。ぼくはケイラを抱いて駐車場の反対側、畑に近いほうへ歩いていく。

「何が見えるの、ケイラ？」

「とりがいっぱい」とケイラが答えて、咳をする。

畑を見渡しても鳥はどこにも見当たらない。ところが目を細めると一瞬だけ、腰を屈めた男たちが見える。延々と列になって地面から何かを摘んでいて、まるでカラスの大群がぺちゃくちゃしゃべりながら地面の虫を漁《あさ》っているみたいだ。その中のひとり、まわりのみんなより背の低いひとりが、まっすぐにぼくを見て立っている。

「ね、いるでしょ？」と言って、ケイラがぼくの肩に頭をのせる。まばたきをすると男たちの姿は消え、延々と続く畑の上を霧がひそひそと漂っているにすぎない。ふいに父さんの声が聞こえてくる。この場所についてよく話す物語の最後の部分だ。

リッチーが看守部長にぶたれた後で、おれはあいつに「背中はちゃんと清潔にしておくんだぞ」と言い聞かせた。清潔な布を手に入れて背中に当て、犬用の備品から新しいのをくすねて交換し、紐で胸に縛ってやった。あいつの皮膚は熱をもって汁が出ていたのでな。

「土だらけなんだよ、リヴ」とリッチーは訴えた。歯をがちがちいわせ、つっかえながら。「畑にいると、体じゅうどこもかしこもさ。背中だけじゃない。口の中も土だらけで何を食べても味がしないし、耳の中もで、音もほとんど聞こえない。鼻も喉も土だらけで、ほとんど息もできやしない」

するとと本当に呼吸が荒くなり、シューターもいるというのに小屋を飛び出していって地面に吐いたんだ。こいつはまだ子どもなんだ、歯茎からぽつぽつ大人の歯がのぞいているような年なんだ、とつくづく思い知らされたよ。

「夢を見るんだ」とあいつは言った。「大きな長い銀のスプーンで土を食べる夢。ところがそれを飲みこむと、気管のほう、肺のほうに入っていくんだ」と。「一日じゅう畑に出てると頭ががんがんしてきてさ、震えがとまらないんだよ」とも言っていた。

おれはあいつの細い背中に触れて、膿《うみ》が出るかどうか、裂けたところを押してみた。もしかして感染しているのか、そのせいで熱が出て悪寒がするのか、と思ってな。だが透明な汁が少し浸み出ただけだった。

「妙だな」とおれが言ったのは独り言だったんだが、あいつは地面に膝をつき、自分が吐いたものの上に身をのり出して、パトロール中のシューターが声をかけ合うのを聞きながら、何か訊かれたみたいに首を振っていた。右から左に、右から左に。そして言ったんだ。

「おれは帰る」

「とり、いるでしょ？」

「うん、ケイラ、いるね」ぼくは答える。

「でもみんないっちゃう」とケイラは言い、顔を近づけてぼくの顔を両手でこする。ぼくは一瞬、ケイラが何かとんでもないこと、何かの秘密、それこそ神のお告げでも口にするんじゃないかと思う。するとケイラは「おなか」と言う。「ジョジョ、おなかいたい」

ぼくは背中をさすってやる。

「まだちゃんとあいさつしていなかったな」声がしたので振り返ると、マイケルだ。ケイラを見ている。

「ハロー」とマイケル。

ケイラの体に力がこもり、小さな脚でぼくの体をぎゅっと締めて、ぼくの両耳を引っぱる。

「いや」とケイラ。

「きみのパパだよ、ミケイラ」とマイケルが言う。

ケイラがぼくの首に顔を押し当て、震えだす。細かな振動がぼくの内臓を通過する。マイケルが両手を下ろす。ぼくは肩をすぼめて、マイケルの顔の向こう、さっぱりと髭を剃った青白い顔、目の下が紫で額は日に焼けた顔の向こうに目を向ける。マイケルの目はケイラの目とおんなじだ。マイケルの後ろにはレオニがいて、いまは手を離し、腰をつかんでいる。マイケルが後ろに手を伸ばし、レオニをさする。

「慣れなきゃ無理だよ」とぼくは言う。
「そうだな」とマイケルが言う。

車に戻るとレオニが小さなクーラーボックスを取り出し、サンドイッチを配る。たぶんぼくとケイラが起きる前にあの弁護士が作ってくれたにちがいない。ナッツのたくさん入った茶色いパンのあいだに、においのきつい分厚いチーズとクリネックスみたいに薄いターキーのスライスがはさんである。あんまりがっついて食べたので、とちゅうで息が苦しくなり、大きなひと口が喉につっかえた状態でしゃっくりが始まる。レオニがぼくを見て顔をしかめる。でも口を開いたのはマイケルだ。

「落ち着けよ、息子」

なんてあっさり言うんだろう。〈息子〉。マイケルは運転席の背に腕を伸ばしてレオニのうなじを手で覆い、そっとなでたり握ったりしている。ぼくがまだ小さかったころ、ぼくが歩けるようになって、母さんもまだ歩けていたころ、二人で雑貨屋に行って通路を行ったり来たりするときに、母さんもぼくの首をそんなふうにつかんでいた。支払いのときにキャンディーがずらりと並んでいるのを見てぼくがはしゃぎすぎると、首をぎゅっと握られた。強くというわけではない。ここは店の中で白人も大勢いるんだから、行儀よくしないといけないんだ、とぼくに思い出させるていどの力で。そして母さんはぼくの後ろに立ち、ぼくといっしょにいて、ぼくのことを愛してくれた。そばにいてくれた。

しゃっくりさえしていなければマイケルをにらんでいるところだけれど、しゃっくりがひどくて息もできない。ぼくはリッチーのことを思い出し、土埃だらけの畑でリッチーもこんなふうに感じていたんだろうか、こんなふうに畑が地の果てまで広がって、この場所が永遠に続いていくような感じがしていたんだろうか、と想像する。とはいえ、どうにか食べ物を飲み下して息が少し楽になり、次のしゃっくりがこみ上げてきて体を揺さぶるのを感じながらも、やっぱりリッチーのほうがきつかっただろうということは察しがつく。

雨が降りだす。水筒の水をそっと撒《ま》くようなかすかな小雨で、空気が白くなり、すべてがぼんやりかすんで見える。サンドイッチをもうひとつ食べたい。マイケルはさっきまでミスティがいた席に座り、自分のサンドイッチをひと口分ずつゆっくりちぎって口に入れている。マイケルがうちで暮らすようになったときに父さんが言っていたことのひとつだ。〈マイクはずいぶん偉そうな食べ方をするな〉と母さんに言っていた。母さんは首を振って次のペカンを割り、実を取り出した。ぼくと母さんはポーチのブランコに並んで座っていた。ぼくはいまも腹ぺこなので、そのときのペカンの味が舌に甦る。まわりはざらざらして苦いけれど、実のほうはしっとりして甘い、あの感じ。ぼくのつまみ食いを知っていながら、母さんは見ないふりをして食べさせてくれた。弁護士からもらったサンドイッチは袋の中にあとひとつ。ミスティの分だ。ぼくはしかたなくつばを飲み下す。

「水ってある？」ぼくは尋ねる。

レオニがたぶん弁護士からもらったボトルを渡してくれる。プラスチックが分厚くて、正面に山の絵が描いてある。水はぬるくてぜんぜん冷えていないけれど、喉はからからだし、食べ物がつっかえているので気にならない。しゃっくりがとまる。

「ケイラも全部食べた？」レオニがぼくに尋ねる。

ケイラはチャイルドシートで眠っている。ケイラのシートはまん中に移動させた。マイケルがいるので、戻ってきたミスティはぼくたちといっしょに後ろに乗っている。ケイラは半分になったサンドイッチを手に持ち、指でぎゅっと握っている。頭は後ろにもたれていて、熱い。鼻に汗をかき、縮れた毛が紐のように細くなっている。ケイラの手からサンドイッチを引っぱってみると取れたので、噛んだ部分が少しじめっとしているけれど、ぼくはかまわず残りを食べる。

「ほぼ」とぼくは答える。

「ずいぶん顔色がよくなったじゃん」とレオニが言う。嘘だ。ずいぶんはよくなっていない。少しはよくなったかもしれないけれど、ずいぶんではない。「やっぱりブラックベリーは効くんだよ」

「どうかしたのかい？　ぐあいでも悪いのかい？」マイケルが尋ねる。手の動きをとめて、ぼくたちのほうを振り返る。ぼくは噛むのをやめる。ぼんやりした灰色の光の中、狭苦しい車の中で、マイケルの目が明るいグリーンに見える。木が新芽を吹くときの、あのグリーンだ。レオニはマイケルの手が離れて不服だったとみえ、シートに座ったままマイケルのほうに大きく身をのり出す。

「ちょっとしたウイルス性の胃炎か何かよ、たぶん。あるいは車酔いか。母さんの処方薬を煎じて飲ませたの。昨日よりよくなってる」

「だいじょうぶなのかい、ベイビー？」マイケルがケイラを見ているあいだに、ぼくはケイラのサンドイッチの最後のひとかけらを飲み下す。「おれにはまだ少し黄色っぽく見えるけど」

レオニが軽く笑ってケイラのほうを手で示す。

「そりゃあそうでしょう。あたしたちの子なんだから」と言ってレオニはまた笑う。確かに笑っているんだけれど、笑っているようには聞こえない。そこには喜びのかけらもなく、あるのは乾いた空気と草の生えない硬くて赤い粘土だけ。レオニは前に向き直ってぼくたち全員を無視し、虫が散ってべとべとしたフロントガラスの外に目を向ける。だからケイラがびくっとし、ぱちっと目を開いて吐く場面も、レオニは見ていない。茶色と黄色の固形物の混ざったやつが口から勢いよく飛び出して、フロントシートの後ろ全部と、ケイラの小さな脚全体と、赤と白のスマーフのキャラクターシャツに付着する。そしてケイラをチャイルドシートから抱き上げて膝にのせたので、ぼくにも。

「だいじょうぶだよ、ケイラ、だいじょうぶ」とぼく。

「なんか効くやつ飲ませたんじゃなかったの」とミスティ。

「ベイビー、だから顔色が悪いと言っただろう」とマイケル。

「なんなのよ、まったく」とレオニが言った次の瞬間、ドアの外に色の黒いやせた少年、不揃いな縮れ毛をした首の長い子どもが立っていて、まずケイラを、続いてぼくを見る。ケイラがわっと声を上げ、長く甲高い声で泣きだす。

「とりだ、さっきのとり」とケイラが言う。

そいつが窓から中をのぞきこみ、輪郭がぼやける。「おれも帰る」

第6章　リッチー

こいつはリヴァーの子だ。おれにはわかる。敷地に入ってきたとたん、車体のへこんだ小さな赤い車が急カーブを描いて駐車場に入ってきたとたんに、においがした。あたりの草がいっせいに叫んだり唸ったりする中でそのにおいを追っていたら、いまバックシートに座っている肌の黒い縮れ毛のこいつにたどり着いた。でもたとえこのにおい、川底にたまった葉っぱが分解されて泥になっていくにおい、湿地帯《バイユー》にたちこめる発酵したようなにおい、水と泥と死骸のにおい、カニや魚やヘビやエビの死骸が混ざり合ったあのどんよりしたにおいを漂わせていなくても、こいつがリヴァーの血を引いていることはひと目見ればわかっただろう。筋の通った鼻。沼の底みたいな黒い目。リヴァーにそっくりな、まっすぐに伸びた骨。イトスギみたいにどこまでもまっすぐだ。こいつは間違いなくリヴァーの子だ。

車に戻ったこいつの前に出ていったときにも、やっぱりリヴァーの子だと思った。ぐあいの悪そうな小さな金色の女の子を抱いている姿を見ればわかった。体を丸めて包みこもうとするように、自分の骨と肉を建物に変えて大人たちから匿《かくま》おうとするように、はるか頭上の空からも、草に覆われた墓だらけの大地からも守ろうとするように、その子を抱いている。こいつの守り方はリヴァーの守り方とおんなじだ。こいつに言ってやりたい。〈おまえ、無理だよ〉。だけど言わない。

かわりにおれは膝を抱えて車の床にしゃがみこむ。

はじめ、おれはどんより曇った若い松の林の中で目を覚ました。どういうわけで松葉の中でうずくまっていたのかは覚えていなかった。足元の松葉はイノシシの毛みたいにやわらかくて尖っていた。暑くも寒くもなかった。歩くと灰色のぬるま湯の中を泳いでいるようだった。同じ場所をぐるぐる巡った。どうしてそこにとどまっていたのか自分でもわからない。その若木の林のいちばんはずれ、そこから先は松の背が高くなり、幹が太く黒っぽくなって、刺のある緑の蔓がクモの巣みたいにからまっているところまで来ると、くるりと向きを変えて来た道を戻った。終わりのない一日の中で、木々の梢が揺れるのを眺めながら、自分がどうやってそこにたどり着いたのか思い出そうとした。そこへたどり着く前に、不気味な静けさに包まれたその場所にたどり着く前に、自分がいったい何者だったのか。だけど思い出せなかった。だから白いヘビが、おれの腕ぐらい太くて長いやつが、木の陰から這い出てくるのが見えたとき、そいつの前に膝をついた。

〈来たな〉とそいつは言った。

膝に松葉が食いこんだ。

〈ここから出たいか?〉とそいつは訊いた。

おれは肩をすぼめた。

〈おまえを連れ出すことはできる〉とそいつは言った。〈だがおまえ自身が望まなければだめだ〉

〈どこへ？〉とおれは訊いた。自分で自分の声に驚いた。

〈はるか上空へ〉とそいつは答えた。〈そして外へ〉

〈どうして？〉

〈おまえには見ておかなければならないものがある〉とそいつは言った。

それから白い鎌首をもたげてゆらゆら揺れたかと思うと、ゆっくりと、絵の具が水に溶けるみたいにそいつのウロコが一列ずつ黒くなって、ついには星と星のあいだに広がる宇宙の色になった。続いて体の両側から小さな手が突き出し、みるみる大きくなって、翼に、黒いウロコに覆われた二つの完璧な翼になった。さらに下腹を突き破って鉤爪《かぎづめ》のついた二本の足が伸びてきて、それが地面に食いこみ、しっぽが縮んで扇の形になった。鳥なんだけれど、鳥ではない。なにしろ羽毛がない。全身が真っ黒なウロコで覆われている。ウロコの鳥。角の生えたハゲワシだ。

そいつはぴょんと跳んで、いちばん若い松の木のてっぺんにのり、興奮したようすでガアガア鳴いた。しんとした中にどぎつい声が響きわたった。

〈さあ来い〉とそいつは言った。〈立つんだ〉

おれは立ち上がった。そいつのウロコが一枚はがれて、羽毛のようにはかなくふわふわと落ちてきた。

〈拾え。握るんだ〉とそいつは言った。〈そうすれば飛べる〉

おれはウロコを握りしめた。一セント玉くらいの大きさだった。手のひらがやけどしそうに熱かった。そしてつま先立ちになるやいなや、いきなり地面を離れていた。飛んでいたんだ。おれはウロコの鳥を追いかけた。上へ、上へ、そして外へ。白く泡立つ空の急流へ。

飛ぶというのは、ザアザア流れる川の流れにのって浮かんでいるみたいなものだった。鳥はおれの肩のあたりを飛んでいて、地平線にこびりついた目障《めざわ》りな染みのようだったかと思うと、おれの頭に冠みたいにのったりしていた。両手と両脚を広げると、体の中から笑いがこみ上げてきた。だけど笑いは喉のところでとまって消えた。思い出したんだ。おれは過去を思い出した。長く伸びた影の中、手脚を広げて地面にうつ伏せにされたおれのまわりに四人たちがしゃがんで、肩のそばに、まだ十代の若い男が立っていた。リヴァーだ。おれが鞭でぶたれ、泣きながら地面に吐いて、土が泥に変わっていくあいだ、リヴァーはずっとそこに立っていた。リヴァーがいるのは気配でわかった。おれが地面から解かれたら運んでくれることもわかっていた。おれはもう骨が針みたいにか細くなって、肺も何もかも使いものにならなくなった気がしていた。ところがリヴァーがおれを寝床まで運び、顔をのぞきこんできて、そのようすを見るうちに、おれの胸の中で何かやわらかいクラゲのようなものがぴくぴくしはじめたんだ。おれの心臓だった。おれにとってリヴァーは兄貴も同然だった。父親も同然だった。

おれは落下しはじめた。記憶のせいで地面に引き戻された。ウロコの鳥があわてて叫んだ。落ちたところは綿の木が延々と並ぶ畑の中で、男たちが腰を屈めて実を摘んでは、ヤドカリみたいにちょこまか動き回っているのが見えた。そのまわりを、銃を持った別の男たちがぐるぐる歩いているのも見えた。畑の端にごちゃごちゃと建物が集まり、そのまた向こうに別の畑があって、地の果てまで延々と続いていた。ウロコの鳥が男たちの頭に向かって急降下してきた。すると男たちが消えた。そこはおれが働いていたところだった。おれが鞭でぶたれたところ、リヴァーがおれをかばってくれたところ。ウロコの鳥が墜落してくちばしが黒い土に突き刺さり、おれは自分の名前を思い出した。リッチーだ。その場所も思い出した。パーチマン刑務所だ。そしてリヴァーの名前もすっかり思い出した。リヴァー・レッドだ。おれはふたたび落ちていった。波のように二手に分かれた地面の中へもぐっていった。奥のほうまでしっかりもぐった。大地の黒い手に抱かれるために。地上の男たちに見つからないように。記憶に見つからないように。それでもけっきょく記憶は戻った。ようするにおれはいったん存在しなくなり、それからまた存在するようになったというわけだ。手に握ったウロコが熱かった。眠って、目覚めて、起き上がって、刑務所の中をほっつき歩いた。バラックの中をのぞいて、男たちの頭上をふわふわ漂った。リヴァーを探した。でもいなかった。男たちは去ってては戻り、ふたたび去っていった。新たな連中がやってきた。おれは地面にもぐって眠り、ミルク色の光の中で目を覚ました。黒い顔が入れ替わっていくさまと大地の回転とで、時間の見当をつけた。そしてついにウロコの鳥が戻ってきて、おれを車へ導き、バックシートに座っているおれと似たような年の子ども、ジョジョに引き合わせたというわけだ。

ジョジョに話してやりたい。おまえに種を与えた男をおれは知っている、おまえが生まれる前のあいつを知っている、あいつがリヴァー・レッドと呼ばれていたころを知っている、と。囚人たちがあいつをリヴァーと呼んだのは、それが親にもらった名前だからだ。そしてあらゆるものをのり越えて走る姿が、川の流れようだったから。倒木をのり越え、切り株をまたぎ、嵐が吹いても、日が照っても。それに〈レッド〉とつけ加えられたのは、色のせいだ。肌の色が川岸の褐色粘土みたいに赤かったから。

ジョジョには知らないことが山ほどある。おれの話してやれることが山ほどある。リヴァーが語ったおれとパーチマンの話は、言うなれば蛾に食われてぼろぼろになったシャツだ。形はもとのまんまでも、細かい部分が穴あきだ。おれはその穴を繕《つくろ》ってやれる。そのシャツをまっさらにしてやれる。裾の部分、結末の部分は無理だとしても。少なくともリヴァーと犬に関することなら、おれの知っている部分を話してやれる。

キニーが逃げた後で、刑務所長と看守部長がリヴァーに犬の訓練をまかせると伝えたとき、リヴァーは軽く考えていた。べつにどっちでも、みたいな感じで。だけどリヴァーが犬の訓練をまかされたとき、おれは囚人たち、とくに古株のやつらが話しているのを耳にした。やつらはこう言っていた。犬の訓練はこれまでずっと白人の年長者がまかされてきた。自分たちが来たときから、覚えているかぎりずっとそうだった。そのうち何人かはキニーのように脱獄して捕まるか、殺人だかレイプだか暴力沙汰を引き起こし、けっきょくまたパーチマンに舞い戻るんだが、それでもやっぱり看守部長は犬の訓練を白人にまかせてきた。白人の中に少しでもできそうなやつがいれば、そいつが仕事をまかされた。たとえ逃亡のリスクがあったにせよ、パーチマンの内でも外でも非道のかぎりを尽くしていても、犬の紐を握るのは白人だった。ようするに犬をまかされるのがどんなに恐ろしく危険なやつでも、古株のやつらにとっては、リヴが自分たちを追う側にまわることのほうが頭にきたんだ。リヴが犬の世話をすることが気にくわなかったんだ。〈意味が違うからな〉とそいつらは言っていた。〈黒人が模範囚になって銃を持つのとはよ〉と。〈それだって十分に不自然だが、そこはパーチマンだからしかたがない〉。ようするに有色人種が犬をけしかけるという、その部分がよくなかったんだ。犬と黒人は昔からそりが合わなかった。いわば天敵だ。よだれをたらした犬がいれば、奴隷は走って逃げるし、囚人はなるべく近寄らない。

だけどリヴァーは動物の扱いを心得ていて、看守部長はそれを見抜いていた。犬にキニーを追わせることができなくてもかまわなかった。あの犬たちをけしかけられる人間が白人の中にはもういないことを看守部長は心得ていて、だから犬が鈍らないように訓練をさせようと思ったら、リヴにまかせるのがいちばんだったんだ。犬たちはリヴになついていた。リヴがそばに来ると、でれっとしてばかみたいになった。なんでおれが知っているかというと、リヴが上の連中にかけ合って、おれを畑から引き抜いて自分の手伝いをさせたからだ。おれが鞭でぶたれてそうとう参っているのを知っていたから。おれをひとりで放っておいて、背中の傷もなかなかくっつかない状態でやけでも起こしたら、そのうちとんでもないばかをしでかすかもしれないと考えたんだろう。〈おまえは抜け目がないからな〉とリヴは言った。〈ちびで、はしっこい〉。だからおれを畑で使うのはもったいない、と看守部長に訴えたんだ。

だけどおれはリヴァーのようにはいかなかった。たぶん心のどこかで犬を恐れ、嫌っていたからだろう。それを犬のほうでも知っていたんだ。相手がおれだと、気を許してばかな子犬みたいになることはなかった。しっぽをぴんと立て、背中をこわばらせ、じっとして動かなかった。朝まだ暗いうちにリヴの姿を見つけると、あいつらはぴょんぴょん跳ねて喜んだ。ところがおれを見つけると、石のように硬直するんだ。リヴァーがあいつらに両手を差しのべると、まるで司祭と信徒のようだった。犬たちは黙って静かに聞いていた。もちろん実際には、リヴァーは何もしゃべってなどいない。それでも青い夜明けの中でそんなふうにどちらも固まったようにじっとしている姿というのは、何かとても敬虔な感じがした。ところがおれがリヴに言われたとおりに手を差しのべ、においに馴れさせて言うことを聞かせようとすると、とたんにあいつらはわれに返って唸りだした。

〈根気だよ根気、リッチー。必ず馴れるから〉とリヴは言った。正直、おれは疑っていた。それでも、たとえ犬には嫌われていても、あいかわらず日がまだ空の縁で薄く輝いているうちに起き出して、一日じゅうあくせく水や餌を運んであの雑種どもを追いかけるんでも、それまでよりはよっぽどましだったし、心も軽くて、これならいいかな、と思えるぐらいだった。そういうことはジョジョも聞いていないはずだ。おれもリヴァーには一度も話したことがなかったから。そんなふうに走っていると、空気にひゅうっと運ばれている気分がした。そのまま風につまみ上げられ、宙に放り出されて、大便臭い犬小屋からも、傷痕だらけの畑からも、ガンマンやシューターや看守部長からも逃れて、空高く舞い上がれそうな気がした。そのまま風が連れ去ってくれそうな気が。夜に寝床に横になって、リヴァーが背中の傷をふいてくれるときには、まわりの闇がホタルでもいるみたいにぴかぴか光って見えた。それをおれは両手で捕まえ、両手いっぱいの金色の光を抱き寄せて、ごくりと飲みこんだ。

ジョジョに話してやろう。〈あそこは希望とは無縁の場所だった〉

ホッグジョーがパーチマンに戻ってからは、事態は悪くなる一方だった。そいつが〈ブタのあご《ホッグジョー》〉と呼ばれていたのは、白くてでかくて体重が百三十キロもあるブタみたいな野郎だったからだ。あごはがちがちの四角で、口は細長い線だった。人間を襲うブタのあごとおんなじだ。そいつは人を殺していた。みんな知っていた。一度はまんまと逃れたものの、誰かを撃ったか刺したか、別の暴力沙汰を引き起こして舞い戻ったんだ。白人の場合はそういうことでもなければ、パーチマンに舞い戻ることはなかった。たとえ脱獄しても、また誰かを殺《や》ったのでなければ。そんなふうにホッグジョーは何人も殺していたというのに、やつが戻ってくると刑務所長はそいつのほうをリヴァーのボスにして、犬の訓練をまかせたんだ。刑務所長はこう言った。「有色人種が犬の主人というのは不自然だからな。そもそも有色人種に主人役は無理なんだ。はなから素養がないからな」そしてこうも言った。「ニガーが得意なのは奴隷だけさ」

おれの心はもう軽くなくなった。犬を追って走っても、風と競争している気分にはなれなかった。闇の中でホタルがぴかぴか光る瞬間もなくなった。ホッグジョーは臭かった。残飯みたいなにおいがした。あいつがおれを見る目つきは——何か奇妙だった。それでもある日、犬と走る訓練をしているときに〈ちょっとこい、こぞう〉と言われるまでは、それがなんなのか気づかなかった。犬に木登りを教えるから森までついてこい、とあいつは言った。リヴァーを看守部長のもとへ使いにやり、おれと二人きりで訓練しようという魂胆だった。ホッグジョーはおれの背中に手を当てた。やけにそっと。ブタの足みたいな硬い手で、ずっとおれの肩をつかんでいた。ふだんはこっちの背中がひん曲がって膝が地面につきそうになるぐらい強くつかむくせに。その日、リヴァーはホッグジョーをじっとにらんで、おれの前に立ちはだかってこう言った。〈看守部長がこいつを呼んでいます〉。それからおれを見て、事務棟のほうに首を傾けて言ったんだ。〈行ってこい、ぼうず、さっさと〉。おれはくるりと向きを変え、全速力で駆けだした。向かう先は闇だった。翌朝リヴァーに起こされて、おまえはもう犬追い係じゃない、また畑に戻るんだ、と告げられた。

目の前のジョジョに話してやりたい。リヴァーがどれだけ何度もおれを助けようとがんばって、それでも助けられなかったか。ジョジョは金色の女の子を胸に抱き、自分の耳をいじらせながら、その子にささやきかけている。その声は、穏やかな入江に浮かぶ小船に打ち寄せる波のようだ。どうやらこいつの血には別のにおいも混じっているらしい。その点はリヴァーと違っている。川底の滋養豊かな黒い泥よりも強烈に立ち昇ってくる。海の塩だ。それが海水とともに燃えるにおい。血管を流れる血の中で、一定のリズムを刻んでいる。おれの姿がジョジョと女の子にだけ見えるのも、ひとつにはそれが理由にちがいない。おれはそのリズムのなすがまま、オールもエンジンもない船にのった漁師のようになすすべもないというのに、こいつは波にのって先へと進む。

だけどおれは何も言わない。車の床に散らばった紙くずとビニールくずのあいだに体を収めて、ウロコの鳥みたいにうずくまる。焼けたウロコを握りしめて、待つ。

においのせいで窓は全開だ。車の小物入れにつっこんであった紙ナプキンを全部使ってふいても、ミケイラはまだ絵の具を塗りたくったようなありさまだし、それをジョジョにもなすりつけて、ジョジョのほうもミケイラを離そうとしないものだから、ジョジョにくっついた吐瀉物もそのまんま。「ぼくはだいじょうぶ」とジョジョは言う。「ぼくはだいじょうぶ」と。でもずっとそう言っているということは、ようするにだいじょうぶではないということだ。あたしの中のマイケル以外のことを考えられる部分が、ジョジョの言っていることは嘘だと告げている。ミケイラのことが心配でたまらないから、ジョジョはぜんぜんだいじょうぶではない。ジョジョはさっきからずっとミスティのほうを見ている。ミスティはにおいのことで文句を言い（「このにおい、ぜったいに落ちないから」）、窓にもたれて首をなかば外に突き出している。きっとジョジョはさっきミスティが文句を言ったときと同じ顔で怒っているんだろうと思いつつバックミラーをのぞくと、違った。怒りではない。大きく見開いた目と見えなくなるほどすぼめた口には、怒りとは別の何かがある。

マイケルがドアをノックする。あたしたちがみんなでポーチに群れて吐瀉物と塩とムスクのにおいを発散させているところへ、アルがドアを開ける。

「やあ。あの連中がこんなに早く出してくれるとは驚きだよ！」とアルが言う。

今回も手には料理用のスプーンを持っていて、ハンドタオルをスカーフみたいに肩にかけている。彼のハウスキーパーに同情する。もし雇っているならだけれど。あの鍋は絶対に洗わないまま、ひたすらカウンターに積み上げているにちがいない。きっとオフィスにいるとき以外はいつでも料理をしているんだろう。

「ミケイラの調子がまだよくないのよ」ミスティが肩でみんなを押し分け、玄関の中に入る。

「それは困ったね」と言ってアルが後ろに下がったので、あたしたちも一列になって彼の前を通過する。ジョジョはいちばん最後だ。ミケイラはジョジョを離そうとしないし、ジョジョもミケイラを下ろそうとしない。

「廊下のクロゼットにきれいなタオルが入っているから」とアルが言う。「みんなシャワーを浴びるといい。ぼくはミスティをお借りして薬を買ってくるよ」ミスティがうなずく。ゲロまみれでない車で出かけられるのでほっとしたような顔をしている。「パントリーにパンとジンジャーエールもあるから」とアルが言う。「なんで昨日のうちに思いつかなかったんだろう？」アルがカーペットをじっと見つめ、それからぱっと見上げて顔にタオルを押し当てる。「そうだ、思い出したぞ」と言って、あたしとマイケルににっこり笑う。「お客さんとその手土産にくらくらきていたからだ。ね？」

マイケルが片手を差し出す。パーチマンで畑仕事をしていたせいで皮膚が硬くなっている。牛やニワトリの世話をしたり、菜園の手入れをしたり。囚人たちにまた土地を耕させるのはいいことだ、五体満足な男たちがこれだけ揃って暇を持て余しているのにデルタのこんないい土を遊ばせておくのはもったいない、というのが刑務所長の考えらしい。けれどもそれがマイケルのつぼにはまった。畑仕事は気に入っている、と手紙に書いてきた。いつか帰れることになったらいっしょに庭いじりをしたい。どこで暮らすことになっても、コンクリートに植木鉢を並べるだけでもいいから、と。〈土に両手をつっこんでいるあいだは何にも煩《わずら》わされずにすむ〉と書いてあった。〈指で神様と会話しているみたいだ〉と。アルの手は大きくやわらかそうで、その手でマイケルと握手をすると、マイケルの手がすっぽりと肉に包まれる。

「ありがとうございました。おれと家族のためにいろいろと」

アルは肩をすぼめて自分たちの手を見下ろし、ますます赤くなる。

「それが仕事だからね。その分たっぷりいただいているし。ありがとう」

ミスティとアルが出かけた後で、あたしはミケイラの服を脱がせ、ジョジョにもシャツを脱ぐように言って、全部まとめてアルの洗濯機に放りこむ。おしゃれな縦型洗濯機で、五分くらいボタンを押したりつまみをひねったりした末にようやく動きだす。ミケイラはバスタブに入っているあいだ、ずっと大声で叫んでいる。目できょろきょろとジョジョを追いながら。だからあたしはいけないぐらい力をこめて、引きしまった小さなおなかに、脚に、背中に、せっけんをごしごしこすりつける。髪の毛から塊を取りのぞき、顔にタオルを押し当て、べとべとしたのや硬くなったのや涙をふいて、またしてもいけないぐらい強く押す。とにかくむかつく。母さんはいつもオレンジ色のブレスレットを持ち歩いていた。オレンジ色の糸に小さなオレンジ色のビーズを編みこんで輪っかにしたやつで、それをスカートのポケットに入れて、あたしやギヴンが何かやらかしたとき、たとえばギヴンが生まれて初めて酔っぱらって帰ってきて、ポーチに並んだ母さんのハーブに片端からゲロをまき散らしたときとか、母さんが庭で育てていた何かの植物をあたしが雑草とまちがえて抜いたときなんかに、よく取り出して握り、祈っていた。〈聖テレサ、われらがカンデラリアの淑女よ〉と母さんはつぶやき、それから〈オヤ〉と続けた。あたしはフランス語はさっぱりで、ところどころ単語がわかるていどだけれど、たまに母さんが英語で言うことがあって、そういう場面に何度も居合わせるうちに、何を言っているのかだんだんわかるようになった。〈風と稲妻と嵐の女神オヤよ。われらが心を転覆させたまえ。汝《なんじ》の嵐の力をもって世界を清め、破壊し、汝のスカートの風をもって一新したまえ〉。あたしが意味を尋ねると、母さんは言った。〈怒ったときに相手を鞭打つだけでは意味がないということ。だから、真実を押し流してしまう心の嵐を吹き飛ばしてください、とお祈りするのよ〉

「聖テレサ」とあたしは唱える。「女神オヤよ」と言ってミケイラの髪をすすぐ。カップに入れた水をざばっと頭にかける。ミケイラが泣き叫ぶ。仕上げにタオルを巻いて、端のほうがお湯に浸かって重くなっていることにはかまわずに、そのままバスタブから抱き上げる。ミケイラが脚をばたばたさせる。あたしはぶん殴ってやりたくなる。〈無駄にこんな気持ちにさせないでください〉と心の中で念じる。〈真実を示してください〉。でも体をふいて、本人が暴れるのでローションは無視して、ジョジョを肩で押しのけて通り過ぎるあいだも、真実はさっぱり現れてくれない。ジョジョはシンクの鏡の前で胸をふいている。でもあたしにはわかっている。そうしながらもアオカケスの母鳥みたいにずっとこっちを見張っていて、あたしがミケイラに手を出したらいつでも飛んできてつつけるように身構えているんだ。あたしがぶち切れて、お湯と熱のせいでいまもじっとり湿ったミケイラのお尻をぶったりしたら、自分が代わりにぶたれる覚悟でいるんだ。ジョジョはいま、やせた子の背が伸びてもっとやせて引きしまるか、あるいはホルモンのせいで太っていく体とのつきあい方を学び直すか、ちょうど分かれ目の時期に差しかかっている。ジョジョの場合は両方だ。おなかまわりには脂肪がつきはじめているけれど、胸と腕と顔には見当たらない。シャツを着ていると、以前と変わらず細く見える。でも体をふくようすからして、本人は気にしているんだろう。あたしの知っていることを、本人はまだ知らないんだ。あと何年かして、背が伸びて筋肉がついてくれば、おなかの脂肪はしだいに溶けて、ジョジョの体は生まれ変わる。マイケルみたいに均整のとれたマシンになる。父さんみたいにすらりと高くなる。

「トイレットペーパー、もとに戻しておいて」あたしが言うと、ジョジョはぶたれたみたいにびくっとして、鏡のほうににじり寄る。八つ当たりするとすっきりする。小さい子はぶつわけにもいかないし、その分、別の誰かにぶつけると。永遠にあたしに足りないもの。母親失格《ネバー・ママ》。いつどんなときもただのレオニ。母さんに名前を呼ばれるたびに、そこにこもった失望の念が聞こえてくる。父さんもそうだし、ギヴンでさえ、子どものころからずっとそうだった。あたしはミケイラを、タオルにくるまれてえんえん泣いている赤ん坊を、ベッドにどさりと落としてふきはじめる。いまも脚をばたばたさせながら唸って、泣き叫んで、あげくの果てには「ジョジョ」と呼びはじめて、あたしはとにかく一発、あるいは二発ぐらい叩いて黙らせたいんだけれど、そうすると自分をとめられる自信がない。聖テレサ、助けてください、あたしはきっととめられない。あたしは震えているミケイラをそこに残したまま、ドアへ向かいながらバスルームを振り返る。ジョジョは両手を脇に差し入れ、フットボールのパッドみたいに腕を胸の前でクロスさせてこっちを見ている。あたしはジョジョに怒鳴りちらす。

「服を着せてやって。昼寝させて。この部屋から出ないで」

そしてドアをバタンと閉める。

急ぎ足で廊下を抜けると、ミルク色の光の中にマイケルが立っていて、あたしの怒りはみるみる愛情に変わっていく。あたしは言葉を失って立ちどまる。マイケルが部屋の四隅を回って肩をすぼめるあいだも、黙って見ていることしかできない。

「ここってテレビがないんだな」とマイケルが言う。「こんなでっかい古い屋敷に住んでいて、テレビがないなんてな」

あたしは笑いだす。昨日の家でテレビをぶっ壊していたあの悪たれがいっしょに部屋にいるみたいだ。悪さをやらかしてあの子が感じていたにちがいないぞくぞく感が、あたしの中を水のように流れていく。

「アルはそれよりいいもの持ってんのよ」

大きな暖炉は炉棚の縁が黒ずんで、塗装がヘビの皮みたいにぺろりとはがれたまま放置されている。棚の上にはふたつきの陶器の壺が三つと、さまざまな色合いのブルーが混ざり合った花瓶がひとつ。〈海のようだろう〉とゆうべアルが言っていた。〈海と言ってもきみたちの海ではないからね。まじめな話、どぶみたいな色のあれを湾と呼ぶのもまちがっている。ぼくが言いたいのは本当の海だ。ジャマイカやセントルシアやインドネシアやキプロスみたいな〉。侮辱の言葉をアルは笑顔で流し去り、炉棚の両端に置かれた大きいほうの二つの壺を指差した。〈ぼくの両親だよ〉。それからまん中の小さな壺を、すすっぽい棚の手前にずらして両腕で抱いた。〈そしてこれはぼくのベイビー、愛しのベイビー〉。アルが包みを取り出し、〈今夜は彼女もパーティーさ〉と言うと、ミスティは興奮して奇声をあげた。あたしが包みを取り出すと、マイケルは回れ右をして逃げ出しそうな顔になる。続いて――大好きなマカロニチーズを差し出されたかのような、いかにも食べたそうな顔になる。と思ったら、あたしの手をつかんで自分のほうに引き寄せ、あたしを包みこんで、こめかみに向かって大きく息を吐き、あたしの髪がはためく。五分後、あたしたちはハイになっている。

これはクスリのせい。でもやっぱり違うかも。マイケルは目と手と歯と舌だけになる。あたしの額に額をつけて下を向く。祈っている。声が小さくて何を言っているのか聞こえない、と思ったら感じる。「レオニ、ロニ、オニ、ああ」彼の声がそこにある、と思ったら消えて、そこに指が、と思ったら消えて、また戻ってきて、肌がむずむずしてじりじりして発火して焦げていく。最後にこれを経験したのはいつだったか。あたしの胸は空っぽだったのにもう満たされている。あんなに乾いて土埃だらけだった水路に、突然の春の大雨でどっと水が押し寄せる。洪水だ。言葉はなし。あたしのまわりで、あたしの中で、男が祈って、黙って、祈って、黙って、男といってもただの男ではなく、全身が炎に包まれ、手も口も燃えていて、下腹部はさながらくすぶる石炭だ。炎と水。すべてが洗い流される。生まれ変わる。祝福されて。そう、こんなふうに。そう、こんなふうに。

アルの家のひんやりした白いトイレで用を足し、子どもたちのようすに耳をそばだてる。何も聞こえない。リビングに戻ると、窓から差しこむ日差しを受けて空気中の埃が金色の火花を散らしている。何かがおかしい。マイケルがあたしに笑いかけ、自分の首の、あたしが吸いついたところをさする。「おまえ、痕を残しただろう」するとギヴンが、黒いシャツを着たギヴンもどきが、ソファーの端に深々と座っている。ギヴンもどきが自分とマイケルのあいだに座るよう、あたしに手招きする。軽いざわめきがあたしの体をひとめぐりして落ちていく。ソファーに座ると、マイケルが生身の温かい両手であたしの顔をつかんで唇を重ね、あたしはまたしても開いていく。言葉をなくし、言語をなくして、その感覚にわれを忘れる。求められ、必要とされ、触れられて、優しく抱かれる感覚。しかも相手もまさにそれを求めて必要とし、触れて、眺めている。これは奇跡だと思うから、あたしは目を閉じ、口元を下げて悲し気な顔でそこに座るギヴンもどきのことは無視して、マイケルのことを、生身のマイケルのことを考える。もうひとり子どもができたら、ミケイラよりもマイケルに似た子になるだろうか。もうひとり子どもができたら、あたしたち、やり直せるだろうか。

ギヴンもどきが消えていることを期待しつつマイケルから唇を離すと、ギヴンはソファーを離れて暖炉のそばに立っている。あたしの下にいるマイケルと同じぐらい本物らしく見えるのに、隣に置いてある壺みたいにぴくりとも動かない。マイケルが低く唸って片手で顔をぬぐう。首と胸が赤くなって、そばかすが腫れて、アリに咬まれた痕のようだ。

「シュガー・ベイビー、ぼくをいったいどうするつもりだ？」マイケルが言う。

なんと答えればいいのかわからない。なにしろギヴンもどきがじっと見つめてあたしの返事を待っている。だからあたしは何も言わずに首を振り、マイケルの首に顔をうずめてにおいを吸いこむ。心から生きている感じがする。心からここにいる感じがする。体を起こしながら、あたしはギヴンもどきがいなくなっていることを期待する。どこだか知らないけれど、ふだんあたしにまとわりついていないときにいるところへ、ハイになるとそれを呼び出してくる薄気味悪いあたしの脳細胞の片隅へ、あのむなしい幻影が帰ったことを期待する。だけどギヴンはいまもいて、今度は廊下で子どもたちの部屋の前に立ち、床に腰を下ろして壁にもたれる。そして両手で顔をこする。
「愛してる」とあたしが言うと、マイケルはあたしを包みこんでふたたびキスをする。ギヴンもどきが顔をしかめて首を振る。あたしの答えはまちがっている、とでも言うように。あたしは亡霊を無視してマイケルを見下ろす。子どもたちの部屋には目もくれない。そんなふうにミスティとアルが一時間半ほど出かけている残りの時間、あたしの視界の隅にはずっと、子どもたちの部屋の前に座ってあの子たちを見守るギヴンの姿がぼんやりと映っている。けれどもこうしてマイケルがあたしの背中と頭をなでているいまは、あたしにとって大事なのはそのことだけだ。

二人はひとつになって眠っている。ミケイラはジョジョに巻きついてジョジョの脇に頭をのせ、ジョジョの胸に片腕を、おなかに片脚をのせている。ジョジョはミケイラを自分のほうに抱き寄せて、片腕をミケイラの頭の下から首にまわし、もう片方の腕は二人分の体を横切ってミケイラの背中にぴったり当てている。ミケイラを守るその手は、さながら強固な外壁だ。二人の顔を眺めていると、二つの気持ちが同時に頭をもたげてくる。ふっくらとしたあどけない寝顔で向かい合って、それがあまりに穏やかで無防備なので、このままずっと寝かせてやりたいと思う気持ち。おそらくかつてはギヴンもあたしをこんなふうに抱いていたにちがいない。口と口を近づけて、二人で同じ空気を吸っていたにちがいない。だけどあたしの中の別の部分は、ジョジョを揺すってミケイラを起こしてやりたいと感じている。顔を近づけて大声で怒鳴ってやりたい。そうしたら二人はびっくりして起き上がり、空を渡る太陽とそれを追う植物のように向かい合う二人をあたしは見ないですむ。この子たちは互いに互いを照らす光だ。

「起きて」とあたしが言うと、ジョジョはミケイラを抱いたまま起き上がる。ギヴンもどきはずっとドアの外に座っていて、アルとミスティが戻ってくるといなくなった。ジョジョが肩を内にすぼめてミケイラをかばう。目を見開いて部屋を見渡し、ドレッサーのところでぴたりととまる。そのようすにギヴンの姿が重なり、あたしは奇妙な感覚に捕らわれる。「そろそろ行くよ」

「帰るの？」

車のトランクはぎゅうぎゅう詰めで、マイケルがふたに座ってようやく閉めた。後ろに三人乗るとなると、これまでシートにのせていた荷物を置くスペースがない。だからジョジョはだだをこねたけれど、アルがわざわざ道路まで持ってきてくれたサンドイッチも含め、全部トランクに詰めこんだ。ジョジョはいまもむくれていて、あたしはもうあと二分もすれば振り返ってバックシートに身をのり出し、ジョジョをひっぱたいてその表情を消し去っているだろう。浮き出た血管も、とがった口も、眉間のしわも、全部きれいに伸ばしてやりたい。ジョジョは仏頂面でミケイラに童謡を歌っている。ミケイラは両手を叩いて指を小さなクモみたいに動かし、退屈そうだったり夢中だったり、ころころ変わる。おしゃべりしながら五回に一回はジョジョの鼻をさわっている。ミスティはまだゲロのにおいがするとたっぷり一時間ほど文句をたれた後で眠っている。車はマイケルが運転している。だからあたしはマイケルを眺めて、しだいに強まる日差しが彼の肌に降り注ぐさまに見とれ、そうでなければ子どもたちを眺めている。

マイケルにサンドイッチを渡しに来たとき、アルはぐっしょり汗をかいていて、塩と生玉ねぎのにおいがした。サンドイッチはプラスチック製の小さなクーラーバッグに入っていて、横には〈シメイ〉とベルギービールのロゴが印刷されていた。「バッグまでいただくわけにはいきませんよ」とマイケルが言うと、「そう言わずに」とアルは言い張り、せわしなく息を吸ったり吐いたりしながら、林に、庭に、なだらかな傾斜の向こうに沈んでいく家に、きょろきょろと視線を走らせた。アルはまたしてもハイになっていた。「お務めを終えたお祝いさ」とアルは言い、あたしに向かってにっこり笑った。ひどい歯だった。汚れたバスタブみたいにまわりが全部黒ずんで、歯茎はまっ赤。〈この人歯磨きしないんだ〉と思った。男二人が握手をして、アルに渡された何かをマイケルが軽く握った。マイケルはそれをするりとポケットに入れた。

「おいで」とマイケルが言う。彼の腕はぬるま湯のような感触がする。耳の下で彼の血がどくどく鳴っている。森と野原をくねくね縫って道はひたすら南の湾を目指し、窓から差しこむ光がまわりでちらちら揺れている。ひとたび湾にぶつかると、道は海岸に沿って何キロも先まで伸びていく。どうせならまっすぐ海を突っ切っていけばいいのに、とあたしは思う。写真で見たことのある橋、海岸とフロリダキーズの島々をつなぐあの橋みたいに、この道がどこまでも延びるコンクリートの板で、世界中の青い荒波を越えて地球を一周してくれればいいのに。そうしたらあたしは永遠にこんなふうに寝そべって、マイケルの腕の細かい毛の感触を味わっていられるのに。子どもたちも静かで、いまはいないも同然で、マイケルの指があたしの腕に円と線を描いていて、どうやらそれは彼の名前で、あたしは自分のものだと言っている。世界はじゃらじゃらの金と宝石でできていて、それがぐるぐる回転しながらきらめいている。あたしはもう家に帰り着いたようなものだ。

こういう気分を心ゆくまで味わったことは一度もなかった。高校のときにはマイケルとつき合いはじめて一年足らずでジョジョを身ごもった。十七だった。その後はずっとジョジョとミケイラがそばにいて、あたしたちの距離をよけいに遠ざけていた。ときどきふっと思い出す。たいていはハイになっているときに、マイケルと二人きりだったときの感覚を。彼といるとあたしは嘆きの海から浮上して、あらゆることがはるかに生き生きして見えた。満天の星の下、あたしたちは野原にピックアップトラックをとめた。彼の実家の組立式プールでこっそり泳ぎ、ぼやけた水にもぐってキスをした。近くでシーフード・フェスティバルをやっているビーチに出かけたときには、カーニバルの乗り物が遠くでちかちか光り、悪趣味なザディコ音楽がラウドスピーカーから流れてくる中で、彼があたしをくるくる回して踊りまくって、脚がもつれて二人で砂に転ぶまで踊り続けた。

「あまり健全とは言えないね」初めてマイケルをうちに呼び、ソファーに座ってテレビを見た日、彼が帰った後で母さんが言った。父さんは家の中を素通りし、視線もあたしたちを素通りしていた。マイケルが帰ると母さんは料理を始めた。あたしはキッチンテーブルの椅子に座ってマニキュアを塗っていた。淡いパステルピンク、綿あめの色。自分の手に似合う気がして。マイケルがその色を見て、あたしの指を口に入れたくなったらいいなと思いながら。〈このお菓子、ちょっと食べちゃおうかな〉とか言って。

「あんたの耳にはあの子の声しか聞こえない。目にはあの子しか見えていない」と母さんは言った。

「ほかにもいろいろ見えてるよ」弁明しつつも、それが嘘なのはわかっていた。なにしろ朝目が覚めるとマイケルの笑い声に思いを馳《は》せ、タバコに火をつける前にくるりと回すしぐさや、キスの味のことを考えていたから。けれども続いてギヴンのことを思い出し、うしろめたさに捕らわれた。「あの子に何か言うときのあんたの目は、まるで子犬だよ。可愛がられるのを待っているペットの子犬」

「母さん、自分が子犬じゃないことぐらいわかってるよ」

「あんたはまさしく子犬だよ」

あたしは右手の指に息を吹きかけて顔の前で振り、キッチンの温かいにおいを吸いこんだ。コンロでは豆がぐつぐつ音を立て、とうもろこしパンが冷めるのを待っていた。マニキュアは胃が裏返りそうなにおいがしたけれど、ある意味あたしは好きだった。ジョジョを妊娠する前にシンナーを吸ったことがある。マイケルの友達には親がいつでも不在な子たちが大勢いたから、そういう子の庭の物置で、膝立ちになって試してみた。世界が傾いてぐるぐる回り、脳みそが飛び出して宙を飛んでいく感じがした。マイケルがあたしの肩をつかんで支え、それでようやく正気に返った。

「ようするに彼が気に入らないの？」あたしは訊いた。

母さんは強く息を吐き、木のテーブルをはさんで向かいに座った。それからあたしのマニキュアを塗ってないほうの手をつかんで裏返し、手のひらを上にして、軽く叩きながら話しはじめた。

「それは……あの子の生まれは、あの子がどこの子かは、本人の責任ではないからね」母さんは深く息を吸いこんだ。「あの一族の子だということは」母さんがまたしてもわなわなと息を吸い、顔にしわが浮かんだり消えたりするようすから、ギヴンのことを考えているんだとわかった。「あの子はごく普通の子。同年代のどの子とも変わらない。性に目覚めて物事を下の頭でしか考えない」

あんたの兄さんと変わらない、とは言わなかったけれど、そのひと言が母さんの頭の中にあるのはわかった。

「あたし、ばかなことはしてないよ」

「たとえいまはセックスはまだでも、じきにそうなる。ちゃんと自分を守るのよ」母さんの言うとおりだった。だけどあたしは聞く耳を持たなかった。十か月後、あたしは妊娠した。マイケルが買ってきた検査キットで試した後で、母さんにそれを見せて打ち明けた。土曜日に話した。土曜日なら父さんは仕事をしているし、父さんにはその場にいてほしくなかったから。外はとんでもない天気だった。春のはじめで、前の晩から午前にかけてずっと土砂降りの雨が降っていた。ときどき近くで雷が鳴り、そうするとあたしは喉が震えて、気管が閉じて、息をするのにも苦労した。あたしは昔から雷が怖くて、いつかきっと自分に命中するにちがいない、青い光の筋が宙を焦がしながら迫ってきてあたしに触れるにちがいない、槍のようにまっしぐらに向かってきて、立ちすくむあたしの脳天に尖った槍先が突き刺さるにちがいない、と思っていた。大人になってからも病的に怖くて、車に乗っているときや部屋の窓がガタガタ鳴るときには、自分が雷に追われているような気がしてくる。母さんはその日、父さんがリビングにジグザグに張った紐に植物を干していた。電気をおびた空気の中で植物が揺れ、母さんは軽く笑いながら何やらつぶやいていて、腕の内側のやわらかい部分に稲妻が反射して白く光ったり消えたりするさまが、子猫がおなかを見せているようだった。

「ほうらあの子がやって来た。もう何週間も歌っている」

「母さん？」

母さんは父さんが松の木で作った階段式の踏み台を下りた。踏み台のいちばん上には〈フィロメーヌ〉と母さんの名前が彫ってあり、煙が渦を巻いたような形をしていた。何年も前の母の日のプレゼントで、あたしはまだかなり小さかったので、名前のそばに小さな星の形、四本の線がまん中でクロスした形を削るぐらいしかできなくて、ギヴンはバラを彫ったんだけれど、泥の水たまりにしか見えなかった。だけどそれも全部母さんの足に踏まれてすり減り、すっかりなめらかになっていた。

「勇気を出して言いにくるのにどれだけ時間がかかるかと思っていたよ」と言って母さんは踏み台を小脇に抱え、片づけるのかと思いきや、キッチンへは行かずにそのままソファーに腰を下ろし、踏み台を膝にのせた。

「母さん？」雷が轟いた。首と脇のあたりが熱くなって、顔と胸に熱い油をはねかけられたような感じがした。あたしは自分もソファーに座った。

「妊娠したんでしょう」母さんが言った。「二週間前から気づいていたよ」

母さんは膝にのせた木の向こう側から手を伸ばし、あたしに触れた。それは稲妻の無慈悲な手ではなく、温かく乾いた母さんの手、働きづめで外は硬く中はやわらかい手で、糸くずでも見つけて払うかのように、その手が一瞬だけあたしの肩に触れた。自分でも驚いたことに、あたしは体を丸めてその手にすがり、母さんの手があたしの背中をまるくさするあいだ、前につっぷして木に顔をのせていた。あたしは泣いていた。

「ごめんなさい」とあたしは言った。木が口に当たって痛かった。容赦のない硬い木があたしの涙で濡れていった。母さんがあたしの上に覆いかぶさった。

「謝っている場合じゃないでしょう、ベイビー」母さんは肩をつかんであたしを起こし、顔を見つめた。「どうしたいの？」

「どういうこと？」もぐりの中絶医はいちばん近くてニューオーリンズだ。父親が弁護士をやっている金持ちの子がおんなじ学校にいて、その子が妊娠したときにそこへ行ったので、それがあることはあたしも知っていた。そしてお金がかかることも。うちにはそういうお金はないと思った。案の定、母さんは頭上にぶら下がった植物を、電気をおびた冷たい空気の中で毛を逆立てているジャングルを示した。

「何か煎じることもできるし」と言う母さんの声は尻すぼみで、最後のほうは消えてなくなった。文字のにじんだ読みづらい本でも見るような目であたしを見て、咳払いをした。「あたしがまっ先に覚えたことのひとつよ。見習いだったころに。そのお茶だけは作っても作っても足りなかった」

それから母さんは別の糸くずを見つけて、あたしの膝に手を触れた。母さんが背中を起こし、キュロットの生地が膝の上でぴんと張った。何年かたって癌の痛みを最初に感じたのもそこだった。膝。それから痛みは上に移動して腰に至り、胴に至って、頭に達した。まるで母さんの骨に沿ってヘビがくねくね昇っていくかのようだった。ときどきあたしはその日のことを思い返す。母さんがソファーに座り、あたしの気持ちをいずれか一方に誘導するまいとして、そっと触れたときのことを。おそらく母さんはジョジョがほしかったんだと思う。ギヴンを亡くした悲しみのせいで、命がほしくてたまらなかっただろうから。もしかしてあのとき癌もあたしたちといっしょに座っていたんだろうか、とときどき思ったりする。それもまた卵、哀しみで編まれた黄色い卵で、弾痕の形をしたその卵が母さんの骨髄の中をぐいぐい進んでいたのではないだろうか、と。その日、母さんは淡い黄色の花が一面にプリントされた手製のブラウスを着ていた。たぶんバラ。「レオニ、その子がほしい？」

鞭を振るうような音がして稲妻が家を照らし、あたしが飛び上がると同時に雷鳴が轟いた。

喉がつまって咳きこんだ。母さんが背中をとんとん叩いてくれた。湿気のせいで母さんの髪は生き物と化し、バター色の頭皮から浮き上がって外側にくるくる巻いていた。またしても稲妻が砕け、今度はまさに頭上、あと三十センチでうちを貫通するぐらいの至近距離で、母さんの肌が石のようにまっ白になり、髪が波打って、あたしは前に古い映画で見たメデューサ、緑のウロコで覆われた化け物を思い出した。けれども続いて思った。〈違う、化け物なんかじゃない。母さんもメデューサも美しい。だから男たちは凍りついたのよ。この世にこれほど完璧で猛々しいものが存在することにショックを受けて〉

「うん、母さん」とあたしは答えた。そのときのことを考えると、いまもあたしの中で何かがねじれる。自分がためらったという事実。閃光の中で母さんの顔を眺めながら、あたしは母親になりたいという気持ち、赤ん坊をこの世に送り出したいという気持ち、その子を一生背負っていきたいという気持ちに抗《あらが》おうとする自分を感じた。母さんと二人でそんなふうにソファーに座る姿、膝をつき合わせ、背中を丸めて顔を伏せる姿が互いの鏡のように感じられて、あたしは母さんと違う女になりたかったのに、どこか遠いところ、西のほう、たぶんカリフォルニアとかに、マイケルと二人で行きたかったのに、という思いが湧いてきた。マイケルは西へ行って一生溶接工として働くんだと言っていた。子どもがいたらそういうことはよけいに難しくなる。あたしを見つめる母さんは、もう石ではなくなっていた。目元はくしゃくしゃで、口元は歪んでいた、ようするにあたしの考えはお見通しということ。もしかしてあたしの心も読めるんだろうか、母さんのようになりたくないと感じていることも知っているんだろうか、と不安になった。続いてマイケルのことが思い浮かんだ。マイケルはきっと喜ぶにちがいない。あたしだってこの先ずっと彼の一部を連れて歩ける。そう思うと、先の不安が鉄板にのったラードのように溶けていった。「この子がほしい」

「できれば卒業が先であってほしかったけれど」と母さんは言った。また別の糸くず。今度はあたしの髪、頭のてっぺんに。「でもまあ、いまならいまで、やるべきことをやるしかない」そう言って母さんはほほ笑んだ。歯が見えないぐらいの薄い笑み。あたしがもう一度つっ伏して母さんの膝に頭をのせると、母さんはあたしの背骨に沿って両手を行ったり来たりさせ、肩甲骨を覆って首のつけ根をぐっと押した。小川のようにしーっと言いながら。降りしきる外の雨をすべて自分の中に取りこんで、しずくに変えてあたしに注ぎ、慰めてくれているみたいだった。〈わたしは海の娘《フィユ・ド・ロセアン》、波の娘《フィユ・デゾンド》、泡の娘《フィユ・ド・レキューム》〉と母さんがつぶやいた。レグラの聖母を呼び出しているんだとあたしにもわかった。海の星を。海と塩の女神イェマヤを。しーっという音と言葉で。そして女神のようにあたしを抱く母さんの腕は、この世のあらゆる命の水なんだと。

あたしはすっかり眠っていたらしく、マイケルに揺り起こされて目を覚ます。マイケルの指が肩に食いこんでいる。あたしの唇はぴったり閉じて、口の中がひどく乾いている。

「警察だ」とマイケルが言う。道の後ろはがらんとして見えるけれど、彼の手の張りつめた感じと目をむいたようすからして、冗談ではないことがわかる。あたしには見えないし、サイレンも聞こえないけれど、やつらはいるんだ。

「運転免許証、持ってないよね」とあたしは言う。

「運転を替わろう」とマイケル。「ハンドルをつかんで」

あたしはハンドルをつかみ、両脚をふんばってお尻を上げる。その隙にマイケルが助手席に片脚をのせて、そっちに体をすべらせる。マイケルの足がアクセルから離れ、車のスピードが落ちる。あたしは左足をペダルの近くに移して、一瞬、運転席と助手席のあいだで、恐ろしくもみごとにマイケルの膝に尻もちをつく。

「ばかばかばか」と言ってマイケルが笑う。怯えたときに示す反応だ。あたしが産気づいたとき、セントジャーメインにあるコンビニのスナック売り場の前で破水したあたしを抱き上げてピックアップトラックへ運ぶときにも、悪態をつきながら笑っていた。前に本人も話していた。子どものころ、夜中に懐中電灯を持って友達と牛倒しに出かけ、友達のひとりが牛に蹴られたときのこと。その友達というのは赤毛で、腕がエンピツみたいに細くて、何年も歯を磨かずに嚙みタバコばかり嚙んでいたせいで歯が全部腐っているような子で、倒れるときに片腕をつっぱろうとしたら、木の枝が折れるみたいに腕がポキッと鳴った。すると肘があらぬ方向に曲がっていて、骨の一部が上腕から突き出し、それがごつごつした牡蠣《かき》の殻の内側みたいに真珠色に光っていた。そのときは自分で自分の笑い声が怖かった、とマイケルは話していた。甲高くて息が苦しそうな、女の子みたいな笑い声。マイケルがあたしを膝から持ち上げて助手席に移り、あたしがハンドルの前に収まったそのとき、二車線道路の後方からライトが加速してくるのが目に入る。青いライトが点滅して、サイレンが機関銃のように唸りだす。

「あんた、あれ持ってなかったっけ？」とあたしは尋ねる。

「あれって？」

「あのくそだよ。アルからもらったやつ」

「最悪だ！」マイケルがポケットを探る。

「何？」バックシートでミスティが目を覚まし、体をひねって後ろを見る。あたしは車のスピードを落とす。「ああ、くそっ」ライトを目にしてミスティが言う。

バックミラーをのぞくと、ジョジョもまっすぐにあたしを見ている。つくづく父さんにそっくりだ。両側の下がった唇、鉤鼻、人を見据えるような目、角ばった肩。ミケイラが泣いて目を覚ます。

「間に合わない」マイケルは車の床に取りつけた例の小さなドアからプラスチック製の小袋を捨てようとして、床を探る。だけどあいだに物がありすぎてなかなかドアにたどりつけない。ガソリンを入れたときにコンビニでマイケル用に買った上着を丸めたやつ、アルにもらったお金で買ったポテトチップとドクターペッパーとキャンディの入ったビニール袋。「しかもなんだよ、穴があいてるじゃないか」透明な袋の底がぎざぎざに破れて、隅のほうで白と黄色のクリスタルが乾いて砕けている。

あたしはその袋をひったくる。口の中につっこむ。なんとか唾液をかき集めて飲み下す。

若い警官だ。あたしと同じくらい。マイケルと同じくらい。やせていて帽子がぶかぶか。その警官が屈んで窓からのぞきこむと、髪の生え際に沿ってジェルが乾いてぱりぱりになっているのが目に入る。しゃべるとシナモンミントのにおいがする。

「ハンドルがぶれていたことにはお気づきですか、奥さん？」

「いいえ、気がつきませんでした、巡査どの」袋が綿の塊みたいに喉をふさいでいる。息がほとんどできない。

「どうかされましたか？」

「いいえ、巡査どの」と、マイケルが代わりに答える。「二、三時間ほど走って疲れているだけです」

「巡査どの、ときたもんだ」警官があきれたように首を振る。「車を降りてもらいましょうか、奥さん。免許証と保険証を持って」またしてもそいつの息のにおいがする。汗とスパイスのにおい。

「はい」とあたしは答える。車の小物入れはナプキンとケチャップの小袋とお尻ふきでごった返している。警官が車を離れて無線機のがさついた声と話している隙に、マイケルがあたしのほうに身をのり出して肋骨の背中側に手を当てる。

「だいじょうぶか？」

「喉がぱさぱさ」あたしは咳をして、保険証を取り出す。それからバッグをつかんで車を降り、警官が戻ってくるのを待つ。ミケイラ以外、バックシートの全員が凍りついている。ミケイラは手脚をばたつかせて泣きわめいている。時刻は午後の中ごろで、道路脇では木立が前後に揺れている。生まれたばかりの春の虫がシューシュー、カタカタ鳴いている。路肩に沿って水路があり、水がよどんで無数のオタマジャクシがもぞもぞ動いたり泳いだりしている。

「どうしてお子さんをチャイルドシートにのせていないんですか？」

「ぐあいが悪かったので、息子が降ろしてやりました」

「車に乗っている男性ともうひとりの女性はどなた？」

〈夫です〉とできれば答えたい。そうすればあたしたちの身元を証明できる、みたいな。せめて〈フィアンセです〉と。とはいえ本当のことを話すだけでも大変なのに、この塊が喉につっかえた状態で嘘でもつこうものなら、確実にむせてしまうだろう。

「ボーイフレンドです。それと職場の友人」

「おそろいでどちらへ?」警官が尋ねる。違反切符は持っていない。胃の中で渦巻く恐怖が酸となり、喉を焼きながらこみ上げて、胃に向かってゆっくりと落ちていく袋を押し戻す。

「うちに帰るところです」とあたしは答える。「海岸のほう」

「どちらから?」

「パーチマン」

口にした瞬間、しまった、と気がつく。何か、なんでもいいから何か別のことを言うべきだった。グリーンウッドでもイッタベナでもナチェズでも。だけどパーチマンしか出てこなかった。

警官が「れ」を言うより先にあたしには手錠がかかっている。

「座れ」

あたしは座る。喉の中の塊が濡れた綿と化し、下へ落ちるにつれて密度が増す。警官が車のほうへ戻り、マイケルを連れ出して手錠をかけ、いっしょに戻ってきてあたしの横に座らせる。

「ベイビー、だいじょうぶか?」とマイケルが訊く。あたしは首を振ってノーと答える。空気も綿も変わらない。春の雨を孕んで湿気をおび、むせて息がつまりそう。ジョジョも車を降りてくる。ミケイラは脚でジョジョの胴を締めつけ、首に腕をぎゅっと巻いてしがみついている。ミスティもバックシートから降りてくる。手のひらを前に向けて口を動かしているけれど、何を言っているかは聞こえない。警官は二人を見比べて判断を下し、ジョジョのほうへ歩いていって三つ目の手錠を取り出す。ミケイラが大声で泣きだす。警官がミスティに向かってミケイラを引き取るように合図し、ミスティが言われたとおりに引きはがそうとすると、ミケイラはジョジョの首に顔をうずめて脚をばたばたさせる。ミケイラはもともとミスティを嫌っている。以前、州間道路沿いのコンビニまでタバコを買いに出かけたついでにミスティの家まで連れていったとき、ミスティが車の窓からのぞきこんであいさつしようとしたら、ミケイラはそっぽを向いて彼女を無視し、「ジョジョは？」と訊いた。

「いいからおまえは息だけしてろ」とマイケルが言う。

ジョジョが警官と並んで立つまで、この子がほんの子どもだということをあたしは忘れていた。ぱっと見にはひょろ長く、おなかのあたりに厚みがあって、ついつい大人だと思ってしまう。実際には赤ん坊みたいなものなのに。そしてジョジョがポケットに手を伸ばすのを目に留め、警官が銃を抜いて顔に向けたときにも、ジョジョは膝のぽっちゃりしたがに股歩きの子どもにすぎない。あたしは大声で叫ぶべきなのに、声が出ない。

「くそっ」とマイケルがささやく。

ジョジョが腕を上げて交差させる。警官がジョジョをどやしつけ、耳障りな音が空気にのって伝わってくる。ジョジョはずっと首を振っていて、警官が脚を蹴って開かせたひょうしによろめく。銃口はやや下がったものの、いまも背中のまん中を向いている。目をつぶると、銃弾があの子のやわらかなバター色の肌を引き裂く場面が見える。ふたたび目を開けると、ジョジョはまだ五体満足な姿でそこにいる。地面に膝をつき、頭に銃を突きつけられて。ミケイラがミスティをばしばし叩いている。

「このくそがき！」ミスティが怒鳴って下に落とすと、ミケイラはジョジョに駆け寄り、倒れるように背中に覆いかぶさって、手脚をしっかり巻きつける。クレヨンとビー玉でできたみたいな小さな骨。それが盾になっている。あたしは膝を立てる。

「だめだ」とマイケルが言う。「やめろ、レオニ。ベイビー、だめだ」

あたしはぶち切れる。警官の首に歯を立てるところを想像する。喉を引き裂いてやる。手なんか使えなくたってかまわない。足で蹴って頭をぐちゃぐちゃに潰してやる。ジョジョが前につんのめって草の中に倒れ、警官がやれやれと首を振ってミケイラのおなかに手を伸ばし、それをミケイラが足で蹴っているあいだに、警官がもう片方の手でジョジョに手錠をはめる。警官の合図を受けてミスティが駆けつけ、ミケイラの脇をつかんでワニと戦うみたいに格闘する。

「ジョジョ！」とミケイラが叫ぶ。「ジョジョがいい！」

警官がふたたびあたしの前に立つ。

「車内を調べたいので許可をいただけませんか、奥さん」

「手錠をはずして」もう少し近ければ頭突きをくらわせて目をくらませてやれるのに。

「それはつまりイエスということ？」

あたしは空気を吸いこんで息をする。泥の水たまりほどのしみったれた空気しか入ってこない。

「はい《イエス》」

ジョジョはひたすらミケイラを見ている。首をひねってあの子のほうを見ながら話しかけている。その声がハミングになって、風に揺れる木々に重なる。雲が、大きな灰色の波のように空をすべっていく。湿気を含んだ空気はすでに濡れているみたいだ。ミケイラに首を叩かれて、ミスティは悪態をついているにちがいない。言葉は聞き取れないけれど、線路の枕木に犬釘を打ちこむみたいに一音一音、空気を裂いて伝わってくる。

「拳銃はもう引っこめたのか？」マイケルが訊く。

あたしはうなずいてうめく。

警官はトランクを漁っている。中は全部がらくただ。手錠をかけられ、むせながら、あたしの目にもそれが見える。色褪せて形の崩れた服がぱんぱんに詰まったビニール袋。アルにもらったサンドイッチの袋。タイヤレバー。ブースターケーブル。古いクーラーボックスの中にはポテトチップの空袋とドリンクの空瓶が入っていて、継ぎ目にカビが広がっている。袋が喉から落ちて、胃の中に消える。シューッと空気が入ってきて、息ができるようになったはいいけれど、それより先にメタドンのハイが襲ってくる。巨大な手があたしをつかんで激しく揺さぶる。それは新たな呼吸困難を引き起こす。ぶるっと身震いして目をつぶり、目を開けると、ジョジョの隣にギヴンの亡霊が座っていて、あの子に触れようとするみたいに片手を伸ばしている。ギヴンもどきが手を下ろす。ジョジョの顔はなかば地面に隠れているけれど、歪んだ唇はあたしのいる場所からでも見える。唇の両端が震えている。小さいころ、泣きそうなのをこらえるときによくそういう表情をしていた。

「ジョジョがいい！」ミケイラが叫ぶ。警官が体を起こしてミスティのほうへ歩いていく。ミスティはミケイラと格闘中で、あの子を宙に突き出している。ギヴンの亡霊が立ち上がり、警官とミケイラとミスティのほうへ歩いていく。

「だいじょうぶか、ベイビー？」マイケルがあたしに訊く。

あたしは首を振る。ギヴンもどきが、今度はミケイラのほうに手を伸ばす。するとミケイラにも見えているかのように、まるでギヴンに実際に触れられたかのように、びくりとして凍りつき、次の瞬間、その口から金色の吐瀉物が放出されて警官の制服の胸の部分をべっとり覆う。ミスティがミケイラを離して体を折り曲げ、自分も吐く。ギヴンの亡霊が音をたてずに拍手をし、警官が凍りつく。

「くそっ」と警官が言う。

ミケイラがジョジョのほうへ這っていき、警官がジョジョのポケットに手をつっこんで、ジョジョが持っていた小さな袋を引っぱり出し、中身をのぞいて、腐ったバナナの皮みたいにジョジョの顔に突きつける。警官がつかつかと戻ってきてあたしたちの前に立ち、手錠をはずす。彼は光り輝いている。胆汁がきらきら光って、青く輝いている。

「とっとと失せろ」もはやシナモンのにおいもコロンのにおいもしない。するのは胃酸のにおいだけ。

「お世話になりました」とマイケルが言い、あたしの腕をつかんで車のほうへ連れていく。マイケルの手につかまれ、メタドンの舌に舐められて、警官がジョジョの手錠をはずすのを眺めながら、あたしは歓喜の震えを隠せない。

「こぞうめ、ポケットに石を入れていやがった」と警官が言う。「とっとと失せろ。そっちのがきはなるべくチャイルドシートに乗せておけよ」

助手席にずるりと乗りこむあたしを見て、ギヴンの亡霊が顔をしかめる。体に力が入らない。目を閉じていられない。何度やってもぱちっと開く。ギヴンもどきが力なく首を振り、生身のマイケルが助手席のドアをバタンと閉める。

「くそくそくそくそ」ミスティがバックシートでつぶやく。ジョジョはチャイルドシートに座ったミケイラの脚をストラップで固定して、シートごと、プラスチックの背面とクッションごと、ミケイラを抱きしめる。ミケイラはしくしく泣きながら、ジョジョの髪をひと握り分だけつかんでいる。だいじょうぶ、とジョジョは言うんだろうと思ったのに、言わない。ただ目を閉じて、ミケイラに顔をすりつけている。あたしの背骨はまるで紐だ。北に引っぱられたかと思うと南に引っぱられる。マイケルが車のギアを入れる。

「すぐに牛乳を飲まないと」とマイケルが言う。ギヴンの亡霊が片手で口をぬぐう。そこで初めて、あたしは自分がよだれをたらしていることに気がつく。粘液質のねばっとしたやつ。ギヴンもどきが車から離れて姿を消す。そこであたしは理解する。ギヴンの亡霊は時計の針の中心なんだ。だからいなくなるとほかの部分がチクタクしはじめ、道路が前に延びていき、木立が揺れ、雨が流れて、ワイパーがシャッシャッと動くんだ。あたしは体を二つに折り曲げ、肘と膝に口をうずめてうめく。これが母さんの膝ならよかったのに。あごがガチガチ鳴ってぎしぎしする。つばを飲みこむ。息を吸う。最高においしくて、最悪。

第8章　ジョジョ

ぼくはこいつをまともに見ることができない。なにしろ車の床に、ケイラのチャイルドシートとフロントシートの隙間に入りこんで、こっちを向いてしゃがんでいる。膝に腕を立て、手首に口をのせて、黙ってただしゃがんでいる。片方の手は丸く握っている。こんな膝、見たこともない。土埃まみれの古びたテニスボールだ。いくらやせて、腕も脚もラケットみたいに細いとはいえ、そんなふうに体を折り曲げてここに収まるのは無理があるだろうに。いまは輪郭もはっきりしているけれど、とにかく存在そのものが気になって、こいつを見ていても〈なにか変だ〉ということしか思い浮かばない。その言葉が、屋根裏の隅で壁や天井をばたばた叩くコウモリのように頭の中を飛び回っている。ぼくはいつのまにか眠ったらしく、車がとまり、懐中電灯の光で目を覚ます。窓のそばに警官がいて、車を降りろとレオニに言い、床にいるそいつはますます身を低くして両手で耳を覆う。

「おまえ、鎖につながれるぞ」とそいつが言う。

警官が後ろのドアにまわってきて「きみも降りて」とぼくに言うと、そいつはダンゴムシみたいに小さく丸まって顔をしかめる。

「そらみろ」

警官に尋問されるのは初めてだ。ケイラがわめいてぼくのほうに手を伸ばし、ミスティが文句を言っている。シャツがますます肩からずれて、胸の上がのぞいている。だけどそれを見ている余裕はない。ぼくはひたすらケイラを見る。ケイラは抵抗している。警官がぼくに座れと言う。犬みたいに、「座れ」と。言われるままに座ったら、無抵抗な自分に後ろめたさがこみあげる。ケイラは闘っているのに。続いてリッチーのことが思い浮かび、そうしたらズボンに入っている父さんのお守り袋の感触がしたので、そっちに手を伸ばす。あの歯に触れたら、あの羽根に、あのメモ書きに触れたら、もしかしたら体に力が湧いてくるかもしれない。泣きださずにいられるかもしれない。もしかしたら鳥みたいなぼくの心臓、飛んでいるところを車にはねられてショックにふらふらしている心臓も、しゃきっとしてくれるかもしれない。ところが次の瞬間、警官が銃を取り出してぼくに突きつける。ぼくを蹴って、草の上に腹這いになれと怒鳴る。ぼくに手錠をかけ、「ポケットに何が入っているんだ、こぞう？」と訊いて、父さんのお守り袋に手を伸ばす。そうしたらケイラがいきなり、小さいくせにものすごい勢いでぼくの背中に飛びのってくる。ぼくはケイラをなだめなければいけないのに、ミスティのところへ戻るように言わなければいけないのに、ぼくから離れるように言わなければいけないのに、口をきくことができない。鳥が喉に這い上ってきて、羽をばたばたさせている。〈こいつがケイラを撃ったら？〉ぼくはちらりと思う。〈ぼくとケイラの両方を撃ったら？〉手首に食いこむ手錠を意識する一方で、ぼくはふと、リッチーが車の窓から見ていることに気がつく。そっちに気を取られて、蒸し暑さのことも、ミスティがケイラを引きはがそうとしているとも、頭の中から消える。ただしそれは一瞬だけで、すぐに意識はそっちに戻る。ケイラの茶色い腕と、何かがどす黒く腐ったような、恐怖に満ちた拳銃。

拳銃のイメージが頭にこびりついて離れない。ケイラが吐いた後も、警官がぼくのズボンを調べて、手首に食いこんでいた手錠をはずした後も、全員が車に戻って道を走りだし、レオニの気分が悪くなってフロントシートで屈んでいるあいだも、黒い拳銃はずっとそこに居座っている。ぼくの後頭部でちりちりして、肩のところでむずむずしている。ケイラはぼくにすり寄ってきてあっというまに眠りに落ち、車の中はどこもかしこも蒸し暑くじっとりしている。ミスティは髪の生え際あたりに汗をかいているし、いびきをかいているケイラの鼻の頭には水滴が現れはじめている。ぼくも自分の背中と肋骨に水がつたうのを感じる。手首のへこんだ部分、手錠に締めつけられていたところをさすり、またしても銃のイメージが思い浮かんだそのとき、リッチーが話しかけてくる。

「父さんって呼んでるんだな」質問ではなく、知っていることのように言う。目を上げてミスティをうかがうと、指を嚙みながら窓の外を見ている。ぼくはうなずく。

「自分のおじいさんのこと」そう言いながら目は自分の額というか、車の天井を見上げていて、空に書いてある文字でも読みあげているみたいだ。マイケルもバックシートのことはぜんぜん気にしていない。運転しながらレオニの背中をさすっている。レオニは体を折り曲げてうめいている。ぼくはもう一度うなずく。

「おれの名前は?」

〈リッチー〉とぼくは口を動かす。

リッチーはにこりとしたそうに見えるけれど、実際には笑わない。

「おれのこと、聞いてるんだな」

ぼくはうなずく。

「どうやって知り合ったかも？　パーチマンでいっしょだったことも？」

ぼくはうんざりして息を吐き、もう一度うなずく。

「最近はもう、おまえぐらいの年ではぶちこまれないんだよな」

手首の痛みが消えない。

「つくづく変わったと思うこともあるけど、ひと眠りして起きてみると、これがまた何も変わっちゃいないんだな」

手錠が骨まで食いこんでいたみたいだ。

「ヘビの脱皮みたいなもんさ。ウロコが変わって見た目は変わるんだけど、中身はずっとおんなじ」

骨の髄まで痣《あざ》になっていそうだ。

「おまえ、リヴに似てるな」リッチーは腕にあごをのせ、長距離を走った後みたいにはあはあいっている。ケイラを膝にのせたので、ぼくはよけいに暑くなってくる。そいつが車の床にしゃがんでいる異様な光景に耐えきれず、窓の外に目を向けて、閃光のように通り過ぎていく背の高い木立を眺めながら拳銃のことを考える。思い出すだけでもぞっとして体が冷たくなるけれど、触れたらきっと熱かったにちがいない。やけどして指紋が消えるぐらい熱かったにちがいない。

そんなふうに長いあいだ走り続け、少なくとも二時間ぐらい木立だけを見続けた後で、ようやくガソリンスタンドに行き当たって車が道を離れる。リッチーは無言で座り、ぼくはケイラに歌を歌い、ミスティは携帯電話をいじっていて、だから車が駐車場に入ると全員がいっせいに顔を上げる。太陽はずっと真昼の強さでじりじり照りつけている。レオニは相変わらず前の席で体を折り曲げているけれど、うめき声は聞こえない。だけどリッチーのようにじっとしているわけではない。胸の前で腕を交差し、キスの真似でもしているみたいに胃や脇腹や背中をさすって、肋間の浅いくぼみに指を食いこませている。そうして五分おきぐらいに、顔にバスケットボールでもぶつけられたみたいに頭を後ろに叩きつけている。ぼくが七つのとき、公園で試合中にやられたように。いとこのレットが〈キャッチ〉と怒鳴ってボールをよこしたとき、ぼくは間に合わなかった。いとこのことも試合のことも頭になかった。ぼくは観客席を向いていた。レオニとマイケルが座っているほう、冬の冷たい空気の中で二人がジャケットを着こんで丸くなり、腿と腿をくっつけて、巣作り中のニワトリみたいに身を寄せ合っているほうを眺めていた。振り返ったらボールが鼻と口を直撃して、目の前が一瞬白くなり、ボールにつばがくっついた。みんなが笑って、自分でもおかしかったけれど、すごく惨めな気持ちもした。

マイケルがレオニの財布をあさり、一ドル札を十枚抜いてぱたぱた振る。

「必要なものは二つ。牛乳と木炭だ」

「でもケイラが眠ってるよ」

「ママのぐあいが悪いんだ。いま言ったものを飲ませないといけない」

ぼくは灰色の水のことを思い出す。レオニがケイラに飲ませるために葉っぱを煎じて作った黒っぽい煮汁。

「ケイラに何か作って飲ませてたよ。吐かないようにって。あれは残ってないのかな？」

なんの薬か知らないけれど、いまのレオニになら効きそうだ。それを飲んで思い切り吐けば、どんな毒でも体から出ていくにちがいない。

「全部ケイラにあげてたよ」とミスティが言う。

「なんで木炭がいるの？」

「ジョジョ、おまえは人にものを頼まれるたびに、そうやってべらべらしゃべるのか？」

いまこの瞬間にもぶたれるかもしれない。ぶつのはたいていレオニだけれど、マイケルも場合によってはあり得る。げんこつは絶対になかったけれど。必ず手は開いていた。でもその手で薄い肩を突かれるたびに、でこぼこの胸のまん中を突かれるたびに、痛みを吸収できるほど筋肉の発達してない腕を突かれるたびに、小さなショベルで突かれたような感じがした。

「だってケイラが眠ってるし」もう一度繰り返すと、きっぱり言うつもりがささやくような口調になり、ぜんぜん思ったような響きにならない。〈おまえなんか必要ない〉という声は、マイケルの耳に届かない。マイケルに聞こえるのは、〈ぼくは弱い〉という声だけだ。

「チャイルドシートに寝かせていけばいいだろう」

「起きちゃうよ」ケイラは深く眠っているし、いまはぐあいが悪いから、本当はたぶん眠ったままだ。それでもチャイルドシートに戻すのは気が進まない。シートにのせると足元にリッチーがしゃがんでいて、その口元でケイラの小さな足が揺れるような状態になる。それがケイラに見えたらいったいどうなる？

「もういい、あたしが行く」とミスティが言って、車のドアを開ける。

「いや」とマイケルが言う。「ジョジョ、そのくそ重たい尻をとっとと持ち上げて言われたものを買ってこい。いますぐ」

「おまえぶん殴られるぞ。顔を」とリッチーが言う。だけど目は上げない。顔も上げない。言葉でそう言うだけで、顔は伏せたままだ。「おれはその子には触んないよ」

「でもケイラが」とぼくは言う。

マイケルがお金をぼくに投げつけ、手を刃のように構える。もう一方の手はレオニの肩に置いたまま、レオニの体が動かないように押さえている。

「その子じゃ小さすぎて頼りになんないからな」とリッチーが言う。「おれはおまえに用があるんだ」

「行ってくる」とぼくは言う。

マイケルはまだ前を向かない。ぼくがケイラをチャイルドシートにのせるのを見張っている。頭が前にがくんと倒れないよう、小さなあごが胸に食いこまないように位置を調整してから、床にしゃがんでいるリッチーにちらりと目を向けるのも、じっと見ている。リッチーが顔を伏せたまま、早く行けと手を振る。

「おれはどこへも行かないよ」

店の中はがんがんに冷えていて、外が蒸し暑いせいで窓が曇っている。だからレオニの車も、ガラスの向こうにぼんやりと灰色の影が見えるだけだ。カウンターの男は髭もじゃで、茶色い毛が顔からてんでな方向を向いて伸びている。でもそれ以外はやせて黄色く、髪も黄色で、頭にぴったり梳かしつけてはげを隠している。しかも地肌も黄色なので、うまいぐあいに隠せている。どこまでが地肌でどこからが髪か、はっきり見分けがつかない。

「これで全部かな？」ぼくがカウンターに置いた牛乳の一リットル瓶と木炭の小さめのパッケージを見て、男が訊く。言葉が一回転しそうなほど音を長く伸ばすので、何を言っているのか抑揚で聞き分けようと、ぼくは前に身をのり出す。すると男は一歩だけ下がる。切った爪の長さぐらい、ほんの少しだけ。ぴくっとする感じで。ぼくは自分の肌が茶色だったことを思い出し、自分も後ろに下がる。

「そう」とぼくは答えて、カウンターに置いたお金を押しやる。

袋を持って車に戻ると、マイケルはがっかりした顔になる。

「もう一度行って、金槌かねじ回しか、そういうものを買ってこい」と言う。「ホーム用品とかカー用品が置いてある棚を探すんだ。何かあるはずだから。これでどうやって木炭を割れっていうんだ？」

「全部ではなかったようだね」ぼくがタイヤゲージをカウンターの向こうに押しやると、店員が言う。

「まあね」と答えると、店員はにこりとする。歯が全部灰色だ。歯茎は赤。全身の中で口の色だけ鮮やかで、髭の中からいきなりまっ赤な色が現れてどきっとする。ぼくは陳列用の箱からキャンディー・バーを取り出す。

「これっていくら？」

「七十五セント」と男は言う。でも目は別のことを言っている。〈できればおまけしてやりたいとやりしている。

ころだが、だめなんだ。監視カメラがあるからね〉

「それじゃあこれも」とぼくは言う。「レシートはいらない」

マイケルがいるほうのドアに行ってタイヤゲージを渡すあいだも、ポケットの中のおつりはひんやりしている。

「おつりは？」

忘れていることを期待していたのに。そうしたら次に寄ったところでケイラとこっそり店に入って、ビーフジャーキーと自分の飲み物を買えたのに。またしてもおなかが風船になった気分だ。ふくらんだ中身は空気だけ。ぼくは父さんがくれたお守り袋のまわりをさらって小銭を取り出す。それからバックシートに乗りこむと、レオニが運転席の下に押しこんであった汚れた皿と、木炭をひとかけら、それにタイヤゲージを、マイケルが渡してくる。

「木炭っていうのはえらく高いんだな」とマイケル。「それを砕いて」

「キャンディー」とケイラが言って、ぼくのほうに手を伸ばす。

「ミケイラ、お兄ちゃんにかまうんじゃない」とマイケルが言う。レオニの髪をなでながら、耳元に顔を近づけて何やらささやいていて、ところどころぼくにも聞こえてくる。「ほら息を吸って、ベイビー、息を吸って」

「しーっ」とぼくはケイラに言い、ドアに膝を当てて皿と木炭の上に屈みこむ。タイヤゲージで皿を割らないよう、そっと木炭を叩く。ケイラがしくしく言いはじめ、声がだんだん大きくなる。そのうち〈キャンディー、キャンディー〉とわめくんだろうと思いつつ振り返ると、中指と薬指を口の中に入れ、小さな目をビー玉みたいにまん丸くしてチャイルドシートにおとなしく座り、もう一方の手でシートベルトの金具をなでている。そうやってぼくのことをじっと見つめる姿を見て、ああ、察したんだ、とぼくは気がつく。ぼくみたいに。ぼくみたいにわかるんだ。いや、ぼく以上だ。だってその歳でもうわかるんだから。ぼくを見て、ぼくの考えていることがわかるんだから。〈手に入れたよ、ケイラ、きみのキャンディー・バー。手に入れたんだけど、これがすむまで待たなくちゃ。そうしたらあげるから、約束するよ。ずっとおりこうにしてたからね〉。濡れた指をくわえた口がにっこり笑い、ぴかぴかの小さな歯、炊く前のお米みたいに粒のそろった歯がのぞくのを見れば、ぼくの心の声が聞こえたことはまちがいない。

「マイケル、本当にだいじょうぶなの？」ミスティが訊く。

「病院でも同じものを飲ませている」マイケルが答える。

「そういうのを使うなんて、あたしは聞いたことないよ」

「そうかい」

「よけいにぐあいが悪くなったらどうするの？」

「こいつが何をしたか知っているんだろう？」

「うん」ほとんど飲みこむような、小さな声。

「それじゃあ、どうにかしないといけないこともわかるよな？」

「わかる」

「そしていまはこれしかないんだ」マイケルの声には何か意を決したようなところ、覚悟したようなところがある。クイズ番組で回答者が〈ファイナルだ〉と答えるときのような。

「できたよ」とぼく。

「全部砕いたか？」

ぼくは皿を持ち上げてマイケルに見せる。濃い灰色の粉が小さな山になり、強烈な硫黄臭を発している。悪い土のようなにおい。湿地帯《バイユー》の水位が下がったとき、月を追って水が引いたり雨が降らなかったりしたときに、ザリガニのひそむ水底の泥がまっ青な空の下で黒くねばねばになってにおうような感じ。マイケルが皿を受け取る。それから牛乳瓶のビニールをはがし、ふたをポンと開けて、大きく二口飲む。空腹のせいで、マイケルの吐息に混じった牛乳のにおいが鼻につく。マイケルが木炭の粉を牛乳に入れ、ふたを閉めてシェイクするあいだも、車の中ににおいが広がっていくのがわかる。牛乳が灰色になる。マイケルがもう一度ふたを開けると、新たなにおいが車に広がる。喉の奥をぐっと押してくるようなにおい。つばを飲みたくなるにおい。そこでぼくはつばを飲む。

「うわ、くっさ！」ミスティがシャツを引っぱり、ヴェールみたいにして顔の下半分を覆う。

「いいにおいのわけがないだろう、ミスティ」とマイケルが言ってレオニを起こすと、レオニの頭ががくんと後ろにたれる。てっきり目は閉じているものと思ったら、違った。大きく見開いて、まつげがハチドリみたいにぱたぱたしている。ホワイト・オープン・ショックだ。「ほらベイビー。これを飲んで」

レオニは背骨をなくしたみたいにぐにゃぐにゃして、ミミズのようにくねくね曲がる。

「キャンディーは？」ケイラが訊く。

マイケルは鼻の穴が広がって、にっこりしているみたいに唇がぴんと張っているけれど、けっして笑っているわけではない。犬のように歯が濡れて黄色く光っている。だいじょうぶ、ばれないだろう。マイケルはレオニのことで頭がいっぱいだ。レオニのぐにゃぐにゃの首と、マイケルを叩いて払いのけようとする両手のことしか頭にない。

　ぼくはキャンディー・バーの包みを開ける。赤くてかてかしているので、片手を丸めて隠しながらケイラに渡す。どこで手に入れたのかマイケルに訊かれたら、車の床に落ちていたと言えばいい。

「それはなんだ？」リッチーが訊く。

「こっちに来て手伝ってくれないか、ミスティ」マイケルが言う。腕から牛乳が滴っている。レオニは抵抗している。「こいつの鼻をつまんで！」

「まったく！」ミスティがバックシートから降りて前に移動し、二人がかりで格闘しながらレオニを後ろに押さえつける。マイケルがレオニの喉に牛乳を流しこめるだけ流しこみ、レオニがそれを飲み下す。息を吸い、咳きこんで、そこらじゅうに灰色の牛乳が飛び散る。

「だっこ！」ケイラがぼくの膝に上ってくる。やわらかな髪がぼくの顔に当たり、吐息にキャンディー・バーの甘酸っぱいにおいが混じって、ケイラが横を向くとぼくは顔じゅうにざらざらした甘い綿あめを押し当てられている気分になる。

「キャンディー・バーだよ」ぼくがささやくと、リッチーはうなずいて、頭の上に両手を伸ばす。

「あれっておまえの母親？」

「いや」とぼくは答えて、それ以上は説明しない。マイケルがレオニを車から引きずり出し、ガソリンスタンドのそばの草むらに二人並んで膝をつく。レオニは怒った猫みたいに背中を丸め、ものすごい勢いで吐いている。それでもぼくは説明しない。

　レオニが吐いているあいだ、ぼくは童謡を歌ってケイラの注意を引きつける。レオニが背中を丸めて吐いているところは見せたくない。マイケルがつねられたような顔をして泣きそうになっているのも見せたくない。ミスティがガソリンスタンドから走って出てきて二人のいる草むらまで水の入ったコップを運び、まっ赤な顔でキーキーわめいているのも見せたくない。とはいえ、ぼくの歌う童謡はでたらめだ。レオニがぼくに歌ってくれたのはずいぶん昔のことだから、ところどころしか覚えていない。明かりがふっとつくみたいに、ここだけとか、あそこだけとか。ぼくはレオニの膝に座っていて、二人してキッチンで歌っていた。キッチンには湯気といっしょに玉ねぎとパプリカとガーリックとセロリのにおいが立ちこめて、あまりにおいしそうなので空気を食べたくなるほどだった。母さんはぼくの発音を聞いて笑っていた。牝牛のことを〈もうし〉と言ったり、猫のことを〈にぇこ〉と言ったり。たぶんケイラぐらいの歳のころで、レオニのにおいも覚えている。レオニの息のにおい。ぼくの耳をかすめるように歌いながら噛んでいた、赤いシナモンガムのにおい。大きくなってレオニがぼくにキスをしなくなってからも、誰かがあのガムを噛むたびにレオニのことを、頬に触れるやわらかく乾いた唇のことを、思い出した。歌詞がつぎはぎだらけで、微妙に合わないパズルのピースのようでも、ケイラはべつに気にしない。マクドナルドじいさんがラマを飼っていても、バスに牝牛が乗っていて、タイヤがぐるぐるまわる中でモーモー鳴いていても、ちびのクモが排水管といっしょに這いずり回っていても。そして全部の歌に手振りをつけるんだけれど、ケイラのいちばんのお気に入りはクモが昇っていくところだ。ぼくが親指を交差させて残りの指を曲げたり広げたりしながら動かすと、たちまち車の中にクモが現れ、ケイラの鼻先で雨に向かって昇っていく。ばかみたいに。リッチーが話しかけてきたのでぼくが声を落とすと、ケイラもおもしろがってひそひそ歌う。それでぼくが聞こうとすると、ケイラも歌うのをやめて聞こうとする。でもぼくが歌をやめると泣き声になって腕を振り回すので、ぼくはまた歌う。

「リヴは年をとったかな？」リッチーが尋ねる。

ぼくは歌いながらうなずく。

「あいつ、おまえより細かったよ。背も高かった。なにか人を惹《ひ》きつけるところがあって、目立ってた。たんに若いからというだけでなく、リヴだから」

太陽が這うように空を進んでいく。日差しはリッチーの顔を素通りしてケイラに当たり、ケイラの目がきらきら輝いている。

「あそこには大勢いるけど、たいていは親切ってわけじゃない。昔もいまも、ろくでもないやつばっかりだ。人にいやなことをしたら自分がすっきりする、みたいなさ。自分の中で何かが軽くなる、みたいな」

本来ならこいつの顔に日が当たって明るくなるはずなのに、逆に茶色が濃くなるようだ。

「あそこにいたらおまえだってぶん殴られるからな。おれたちみたいな子どもが目に留まったら、やっちまえる相手が見つかったと思うんだ。体の中身がまだ薄いピンク色のやつがいたぞ、ってな。リヴはそういうのからおれを守ってくれようとした。でもさすがに全部は無理だったし、おれもあまりに子どもでさ。耐えられなかったよ。弟と妹のことばっかり考えて。ちゃんと食べてるかな、とか。朝目が覚めたときに、体の中をイバラの茂みが這い上ってくるような感覚がしなかったら、どんなにいいかな、とか」

茶色といってもほとんど黒だ。

「その感覚が耐えられなかった。それで逃げようと決めたんだ。それもリヴから聞いてるか？」

ぼくはうなずく。

「たぶんおれはしくじったんだな」と言ってリッチーが笑う。足を不規則に引きずるような、くすくす笑い。それから急に真顔になる。明るい日差しの中で、こいつの顔だけ夜だ。「だけどどんなふうにしくじったのかがわからない。それを知る必要がある」リッチーが車の天井を見上げる。

「リヴなら知ってるはずだ」

それ以上聞きたくなくて、ぼくは首を振る。リッチーに父さんと話してほしくない。当時のことをあれこれ質問してほしくない。リッチーが逃げてどうなったか、父さんは一度も話したことがない。ぼくが尋ねるたびに、父さんは話題を変えるか、庭で何かを手伝ってほしいと頼んでくる。そうやって父さんが視線をそらしたり、ついてこいという意味で歩きだしたりするときの気持ちが、ぼくにはわかる。ようするに父さんは、〈それについては話したくない、心が痛い〉と言っているんだ。

「どうかしたのか?」リッチーはとまどった顔をしている。

「うるさい」とぼくは小声で言う。それから宙で指をもにょもにょさせているケイラにうなずき、「クモさん、クモさん」と言う。

「おれはもう一度あいつに会わないといけない」リッチーが言う。「どうしても知る必要があるんだ」

マイケルが片方の腕をレオニの膝の裏に、もう片方の腕を脇に入れて、赤ん坊みたいに抱き上げる。レオニの首ががくんと後ろにたれる。レオニを車に運びながら、マイケルはレオニの首に話しかけている。レオニは首を振っている。ミスティがペーパータオルで額をふいてやっている。リッチーが少しだけ体を起こす。自分にも体があるんだとでもいうように。皮膚と骨と筋肉があって、またしても床の狭苦しいスペースに収まる前に手足を伸ばしておかないと、とでもいうように。

「帰るために」

もう午後だ。雲が散って、空は青一色。そこらじゅうにやわらかな白い光があふれていて、ケイラを金色に、ぼくを赤に変えている。そんなふうにすべてが光を浴びているのに、リッチーだけは光を払いのける。木々がカサカサ鳴っている。

「ボアの生まれでもないくせに」知っているみたいな口ぶりだけれど、本当のところは知らない。

リッチーが前に身をのり出す。思い切り顔を近づけてくるので、もしもこいつが息をしていたら、ぼくの顔にふりかかって鼻を直撃するところだ。前に、一九四〇年代の歯ブラシの写真を見たことがある。ヘアブラシみたいにでかくて、毛の部分が金属のように硬そうだった。せめてそういうものでも、向こうにはあったんだろうか。パーチマンには。それとも小枝をかじってブラシぐらいの柔らかさにして、それで歯をこすっていたんだろうか。父さんが子どものころにはそうするしかなかったと話していたみたいに。

「おまえが知ってるつもりでも知らないことはある」

「たとえば？」ぼくは吐き出すように言う。ミスティが前のドアを開け、マイケルがレオニをシートに寝かせようとしているので、続きはもう声に出せない。

「家というのは必ずしも場所とは関係ない。おれが育った家はとっくになくなってるしな。野原にちょっとばかり木が生えてるだけだ。それにもし家が残ってたとしても、問題はそういうことじゃない」リッチーは両手の指と指の関節をこすり合わせる。「たぶんな」

ぼくは右の眉を上げて見せる。これはぼくにもできるし、母さんにもできる。でも父さんとレオニにはできない。

「家というのは、むしろ地面の問題なんだ。そこの地面が開いておまえを受け入れてくれるかどうか。境目が溶けてなくなるぐらいぴったり抱き寄せて、お互い一体になって、おまえの心臓みたいにドクドクするかどうか。おまえの心臓といっしょに。おれの家族が住んでたところは……ようするに壁だ。硬い木の床。その後はコンクリートになったしな。どこにも入る隙間がない。心臓もドクドクしないし、空気もない」

「だからなんだっていうんだよ」ぼくはささやく。

マイケルが車を発進させ、ガソリンスタンドの狭い砂利敷きの駐車場を後にする。風がぼくの頭をもむ。

「おれにとって、これはそいつを見つける旅なんだ」

「そいつって？」

「歌だよ。その場所というのは歌で、おれはその歌の一部になる」

「支離滅裂だな」

ミスティがこっちに目を向ける。ぼくは窓の外を見る。

「そんなことないさ」とリッチー。「だからおまえには動物の声だって聞こえるし、そこにないものも見える。おまえの一部だからだ。おまえの内にあるものも外にあるものもすべて」

「ほかには？」ぼくは手を下ろして口を動かす。

「え？」

「ほかにぼくが知らないことは？」

リッチーが笑う。老人のような笑い方。しわがれた声でぜいぜいと笑う。

「数えきれないね」

「いちばん大きいやつ」ぼくは口の形で伝える。

「家とか」

ぼくはぐるりと目を回す。

「愛とか」

ぼくはケイラを指差す。リッチーは肩をすぼめる。

「愛っていうのはそういうことだけじゃない」リッチーは床が硬すぎるとでもいうように、愛について話すのは気が進まないとでもいうように、体をもぞもぞさせる。続いてぼくに向けたまなざしは、ぼくが七つのときに学校でうっかりお漏らしをして、だけどレオニが着替えを持ってきてくれなくて、そのときに学校の事務員がぼくに向けたまなざしにそっくりだ。ようするに、ぼくがこれから学ぶことを思いやって同情するまなざし。そのときぼくは、学校がなんとか母さんに連絡を取り、母さんが迎えにきてエアコンの冷気の中から連れ出してくれるまで、オレンジ色の硬いプラスチックの椅子に座ったまま一時間も震えていた。

「それに時間も」とリッチーが言う。「おまえは時間についてもまるでわかっちゃいない」

第9章　リッチー

ジョジョが無邪気な子どもなのは、傷のないふっくらとした体を見ればわかる。すべすべの顔、子どもらしい脂肪、ぽっこりしたおなか。手も足もやわらかくて妹とおんなじだ。眠るともっと幼く見える。妹のほうはジョジョにすっかり身をあずけて、二人で野良の子猫みたいに眠っている。口を開け、手脚を広げ、喉をさらして。おれがその歳のころにはよっぽど多くを知っていた。金属の足かせが場合によっては皮膚に取りこまれてしまうこと。革の鞭があれば人間の肉をバターみたいに切り刻めること。飢えが痛みを引き起こし、地面を掘るみたいにおれに穴をあけること。弟や妹が飢えているのを見るだけでも、おれのどこか別の部分に穴があくこと。心臓が暴れて胸から飛び出そうとすること。ジョジョとケイラがそうやって手脚を伸ばして眠っている姿を見ると、おれも小さいころはそんなふうに眠ったことがあるのかなと思えてくる。リヴは隣の寝床で眠っているおれを見て、強がりの世間知らずと思ったんだろうか。不憫《ふびん》なやつと思ったんだろうか。それとも、それだけにはとどまらない愛情を感じていたんだろうか。ジョジョがいびきをかいて、ぴたりととまる。おれの胸の中、いまも生きていたら心臓があるはずの部分で、何かがほぐれてやわらかくなる。

時間のことに関しては、おれも昔は何もわかっていなかった。死んだ後で空からパーチマンに引き戻されるなんて、どうしてわかる？　パーチマンがおれを引きずり戻して離さないなんて、パーチマンが過去であると同時に現在でも未来でもあるなんて、どうして想像できる？　荒野のまん中にあの場所が築かれた過去を見せつけられ、時間というものが広い海で、この世のすべてがじつは同時に起きていることを学ぶなんて、どうやって思いつく？

おれは囚われの身だった。目覚めたときにあの松の林に囚われていたみたいに。あの白いヘビ、黒いハゲワシがやってくるまで囚われていたみたいに。おれはまたしてもパーチマンに捕まっていた。新しくなった刑務所を夜な夜なさまよった。そこは軽量ブロックとセメントで囲われていた。男たちが暗がりの中でファックしたり喧嘩したりするのを見た。互いにからまり合って、どこまでがひとりの人間でどこからが別の人間か区別がつかなかった。地球が何回転もするあいだ、ずっとその新しいパーチマンで過ごしていた。黒い鳥を探したけれど、見つからなかった。おれは絶望して地面にもぐり、眠って、ふたたび地上に出てみると、今度は生まれたてのパーチマンがそこにあった。鎖につながれた男たちが土地を切り開き、ガンマンやシューターが寝泊まりする最初の掘っ立て小屋の最初の丸太を並べるところを見た。自分は悪い夢の中にいるんだと思った。もう一度もぐって眠って目を覚ましたら、きっとまた新しいパーチマンに戻るだろうと、そう思って眠って起きたら、逆に刑務所が建つ前のデルタにいて、豊かな土地に先住民の男たちが散らばって、狩りをしたり、スティックボールに興じたり、休んでタバコを吸ったりしていた。度肝を抜かれて、もう一度もぐって眠って目覚めたら、今度はまた新しいパーチマンに戻っていて、そこでは長い髪を頭にぴったり編みこんだ男たちが窓のない小部屋に何時間も座って、夢を流す大きな黒い箱を見つめていた。青い光を浴びたそいつらの顔は、死人みたいにこわばっていた。そんなふうに何度ももぐって眠って目覚めるうちに、これが時間なんだとおれは気づいた。

ありがたいことに、もとのパーチマン、リヴとおれが生きていたあの場所で目覚めたことはなかった。そのパーチマンを訪れるのは記憶の中だけと決まっていた。沼の水面に昇ってくる腐敗物の泡みたいに、記憶はぶくぶく浮かんできた。パーチマンで、リヴには女がいた。眠っているおれを包む黒い記憶の毛布の中で、その女はいつも金色に輝いていた。彼女は服役中の黒人を相手にする娼婦で、おれみたいに色が黒くやせていて、目は夜の闇にそびえる木立のような墨色で、見た目はおれの母親でもおかしくないぐらいだった。いつも黄色い服を着ていた。なんでその女が好きなのか、いちどリヴに訊いてみたら、大きくなればおれにもわかると言われた。愛しているのかと訊いたら、リヴは首を横に振り、それで、もしかしたら湾のほうに誰か好きな女がいるのかな、潮の香りのする娘がいるのかな、と思った。

おれとリヴにリンチのことを話したのはその黄色い服の女、みんなが〈日差しの女《サンシャイン・ウーマン》〉と呼んでいた女だった。それは彼女にとってパーチマンで過ごす最後の日で、だけどおれもリヴもそんなことはつゆ知らず、三人で中庭の隅の日陰に座っていた。〈日差しの女〉は胸の前で腕を組み、片手で口を覆ってシューターのほうを眺めていた。新たに吊るされた男のことを話しはじめたのはそのときだ。〈ナチェズに来ていた黒人の男〉と彼女は言った。その男はある日恋人と連れだって町へ出かけ、白人の女とすれ違うときに歩道を下りて道を譲ることをしなかったらしい。〈それでその女に近づきすぎて、かなりしっかり触れてしまったらしいのよ。やわらかい肉の感触が服の上からわかるぐらいに〉と〈日差しの女〉は言った。〈白人の女がつばを吐いて罵ったので、黒人の女はすみませんと謝ったのよ。連れはわざとやったわけじゃないんです、って〉。〈日差しの女〉いわく、たぶん男は恋人に下を歩かせたくなかったんだろう、その前にひどく降って車道には水がたまっていたから、ということだった。おそらくその男はプライドが高くて、自分の恋人を大事にしたくて、きれいなまま歩かせたかったんだろう、と。〈なにしろいちばんいい服を着ていたそうだから〉と〈日差しの女〉は言った。白人の女は家に帰って、黒人の男が自分にちょっかいを出して連れの女が自分をばかにした、と亭主に訴えた。それでその黒人の男と女は、家路についたところを暴徒に追いつかれたというわけだ。〈あれよ〉と白人の女は言った。〈向こうにいるあれ〉と。〈日差しの女〉によると、百人は下らなかったらしい。松明《たいまつ》だのランタンだのの明かりが夜から明け方まで灯っていたのを、町の人間が見ていたそうだ。

そこから〈日差しの女〉はひそひそ声になった。翌日、地元の連中が森で二人を発見した。それはひどい殴られようで、顔が腫れあがって目が陥没していた。そこらじゅうにワックスペーパーとソーセージの包みとトウモロコシの芯が散らばっていた。男の体からは手の指と足の指と性器がなくなっていた。女は歯を失っていた。二人とも木に吊るされ、根っこのまわりで煙がくすぶっていた。暴徒が火を放ったからだ。〈ここではおちおち暮らしてられない〉と〈日差しの女〉は言った。〈というわけでリヴ、このあたりであたしを見かけるのは今日が最後だから。伯父や伯母とシカゴへ行くことにしたの。あんたも考える頭があるなら、ここを出たら北へ行くべきよ〉

リヴは何かいやなものでも飲みこんだような、食べ物にまぎれこんでいた虫か小石でも飲みこんだような顔になって、こう言った。〈いや、おれは南へ帰らないといけない〉。それからおれをちらりと見て言った。〈いずれにしても、いまここで話すべき内容ではなかったんじゃないのか？　もう少し待つべきだったんじゃないのか？〉

〈だってリヴ、この子はすでにここにいるんだよ〉と〈日差しの女〉は言った。〈それはつまり、もう知ってもいい年ってことだよ〉

するとリヴは彼女にまわしていた腕を引っこめて、日なたのほうに出ていった。

〈ここにいるからといって、そういう話に耐えられるとはかぎらないし、耐えなければならないことにもならない〉

〈日差しの女〉はリヴの予想外の態度に気分を損ねたようだったけれど、それでも痛みを抑えるようにしてあいつの腕に手をからませ、〈ごめんなさい、リヴ。それにあんたも、ごめんね〉と言った。そうして日陰に立っているおれを残し、リヴを連れていった。おれは錆びたブリキの壁を見上げながら、そういえば〈日差しの女〉が話したようなことはおれにとっても知らない話ではなかったことを、二人に言ってもよかったんだと気がついた。そうしたらリヴはもう少し機嫌を直しただろうか、と気になった。あるとき弟や妹と森で遊んでいたら、もとは人間だったものが木にぶら下がっているのに出くわした。背は低くておれと同じぐらい。それが腐ってゴムみたいになっていて、すごくにおって、口が開いて笑っているみたいだった。悪魔の笑いだった。弟や妹たちは悲鳴をあげて走って帰り、おれが歩いて家に入ったら、母親に顔をぶたれた。いちばん年上なのに、行ってはいけないところにみんなを連れていったからだ。だけどリヴがああやって〈日差しの女〉を諭したこと、おれをかばうためにわざわざ彼女と距離をおいたことを考えるうちに、おれにはなんとなく愛情というものがわかってきた。リヴと〈日差しの女〉がするようなことは愛情の表れではないんだけれど、リヴがおれのために日なたに出ていったことは、愛情の表れだったんだ。その重みに押されて、おれはよろよろと地面に座った。〈日差しの女〉を呼びとめて、おれはそうするよ、と大声で言いたくなった。自由の身になったらおれは北へ行くよ、と。するとリヴが振り返り、黒いガラスみたいな目でこっちを見た。まるでおれの考えが聞こえたか、言いたいことがわかったみたいだった。そんなふうに〈日差しの女〉がリヴを連れていくのを眺めるうちに、おれは足の指がちりちりしてきて、それが足の裏から尻へ上って、背中に広がり、骨の中で炎になって、肋骨全体をなめつくした。強烈な感覚だった。喉につっかえていた声が押し出されて、体じゅうが叫んでいるみたいな感覚。ああ、おれは逃げるんだとわかったのは、そのときだ。

リヴと並んで横になり、暗がりの中であいつの話を聞くうちに、おれは家や故郷というものを理解するようになった。いちど、リヴァーが海について話してくれたことがある。〈おれが住んでいたところには水なんていくらでもある。北のいろんな川から流れてくるんだ。それがバイユーにたまって、海に流れ出て、見渡すかぎり地球の果てまで続いている。色が変わるんだよ〉とあいつは話していた。〈小さなトカゲみたいにな。嵐のようなブルーのこともあれば、冷たいグレーのこともある。朝の早いうちは銀色だ。それを見ていると、神は確かにいるとわかるのさ〉。ほかの囚人たちが咳をして寝返りを打つ中で、あいつは言った。〈いつか二人ともここを出たら、おまえも見にくるといい〉

ケイラがジョジョの首に手のひらを巻きつけ、ジョジョがケイラの背中を腕で覆う。もしかして二人で同じ夢を見ているんだろうか。家の夢でも見ているんだろうか。ジャングルのようにからまり合って空を支える木々の夢を。川となり海となる流れの夢を。ジョジョが来るまでパーチマンを離れられなかったということは、ようするにあそこがおれにとって家みたいなものだったということだろうか。恐怖で人を変えてしまうところ、犬をつなぐ鉄の鎖のようなあの場所が。つながれた犬たちはヒステリックに吠えたて、同じところをぐるぐる走り、草の根元を掘り起こしては自分より小さな動物を痛めつけ、手当たりしだいに殺す。

今日、ジョジョがパーチマンに着いたとき、おれは白いヘビのささやく声で目を覚ました。そいつはおれといっしょに地面に穴を掘って暮らしていた。暗がりの中、おれの頭のそばでとぐろを巻いていたそいつが耳元でささやいた。〈おまえが地上に出ていくなら、水を渡って向こうの世界へ連れていってやるぞ。ここにいるかぎりおまえは囚われの身。何も見えないままだ。たとえ飛べなくても、ウロコをなくすな。南へ行け。リヴァーのもとへ。水のもとへ。彼が導いてくれるだろう。南へ〉。そうして首に巻きついてきたので、おれはびっくりして地中から這い上がり、そうしたらリヴの血のにおい、スパイダーリリーの花みたいな強烈な香りが漂っていたというわけだ。駐車場でジョジョとケイラを見つけると、ヘビはおれの肩で鳥に変わり、風にのって舞い上がり、ひとりで南へ渡っていった。ケイラが夢の中でしくしく泣きだし、ジョジョが背中をさすってなだめる。二人の上を影がよぎる。見上げると空にウロコの鳥が浮かび、黒い光を放っている。

〈ついてくよ〉とおれは言う。あいつに聞こえることを願いつつ。〈おれは帰るよ〉

第10章　レオニ

つき合いはじめて一か月のあいだ、マイケルとあたしは毎晩のようにバイユーの桟橋に車をとめて夜を過ごした。キスをすると彼の顔があたしの顔に触れ、その肌はとてもなめらかで、開いた窓から入ってくる海風がしょっぱくて甘かった。同じく一か月のあいだ、彼の家があるキル以外のあらゆる場所に車で出かけて、夜が明ける一時間前にうちの前で降ろしてもらった。ある晩あたしは川沿いの崖から飛びこみをやった。岸の岩を避けるために助走をつけて、羽毛のようになめらかな黒い水のまん中に着水して、そのまま底まで落ちていった。そこでは砂は粒というより泥に近く、倒木は朽ちてぬめぬめして、中心部がやわらかくなっていた。水面に戻るときにも泳いだわけではない。落下の勢いに体がすくみ、水面に叩きつけられたときの衝撃で手脚がすっかりしびれていた。だから水に運ばれるにまかせていた。ゆっくりとした浮上だった。上に、上に、上に、ミルク色の光に向かって。いまでもはっきり覚えている。なにしろしびれたまま昇っていくその感覚が恐ろしくて、その後は二度とやらなかったから。マイケルの膝に頭をのせた状態で目を覚ますのも、ちょうどそのときの感覚に似ている。彼の指はいまもあたしの頭に置かれ、車が低く唸っていて、強い日差しが窓から斜めに入ってくる。暗く深い場所から浮上するのは、ちょうどこういう感覚だ。少しだけ体を起こしてマイケルの腿に額をのせ、うーんと唸る。

「ヘイ」彼の声は笑っている。いつもよりトーンが高く、か細く聞こえる。目の前にズボンのチャックがある。

「ヘイ」とあたしも答えて、さらに起き上がる。起きて座るころには違和感に気づく。背骨のひとつひとつ、噛み合わさったピースのひとつひとつを全部ばらして組み立て直したら歪んでいた、みたいな感じ。

「気分は?」

「え?」

マイケルがあたしの額から髪を払い、その感覚にあたしは目を閉じる。喉が焼けるように熱い。マイケルがバックミラーを確認して、それからあたしを抱き寄せる。あたしの頭は彼の肩にのり、耳元に彼の唇がある。

「警官に呼びとめられただろう?　アルにもらったあれ、捨てる時間がなくて、おまえ飲みこんだだろう。車の床がごみであふれ返っていてさ。自分の車、もっときれいにしろよな、レオニ」なんだか母さんみたいな口ぶりだ。

「わかったよ、マイケル。ほかには?」

「ガソリンスタンドで牛乳と木炭を調達して飲ませた。そして吐いた」

つばを飲んだら、舌のつけ根が痛い。

「口の中が痛い」

「そうとう派手に吐いていたからな」

車の外の世界はグリーン。振動のせいでぼやけて見える。マイケルの目の色。春にいっせいに芽吹く木々の色。闇から浮上したときのあの記憶、崖から飛びこんだときのあの記憶もぼやけたグリーンだけれど、あたしの中には緑はない。ミズナラの枝がいくつかあるだけ。乾いて苔《こけ》むして、燃えて灰になって、くすぶっている。なにか違和感。

「家まであとどれぐらい？」

「約一時間」

松の木さえ、あの年じゅうくすんだ緑でさえ、いつもより明るく見える。その松の木立の向こうに、もうすぐ沈む日が見える。

「着いたら起こして」

あたしは灰の中に横たわり、眠りに落ちる。


目覚めると窓が全開になっている。夢を見ていた。何時間も見ていた気がする。岸をはるか離れたメキシコ湾のまん中で、しぼんでいくゴムボートに取り残される夢。そこでは人間よりも魚のほうが大きかった。あたしはひとりではなく、ボートにはジョジョとミケイラとマイケルもいて、みんなぎゅうぎゅう詰めで乗っていた。しかもボートには穴があいているらしく、どんどんしぼんでいた。あたしたちはみんな沈みかけていて、マンタがボートの底をこすり、サメがボートを揺らしていった。あたしは自分も必死に浮きながら、なんとかみんなが沈まないように苦戦していた。自分は波に沈んでも、ジョジョの息ができるように波の上に押し上げる。でもそうするとミケイラが沈んで、あたしはそっちを押し上げる。すると今度はマイケルが沈み、あたしは水中でもがきながらマイケルを空気のほうに押し上げようとするんだけれど、みんなちっとも上にいてくれない。石のように沈もうとする。みんなが生き延びられるようにと、いくら水面に押し上げても、ひび割れた空に向かって押し上げても、そのたびにあたしの手からすべり落ちていく。すごく生々しくて、濡れた服の感触がいまも手のひらに残っている。あたしはみんなを助けられない。あたしたちは全員溺れていく。

「気分はよくなった？」マイケルが尋ねる。

空はピンク色に変わっていて、みんな疲れた顔をしている。ミスティでさえ、いまは窓に顔を押し当てて眠っている。額に落ちた髪が鼻と頬まで覆い隠して、黄色いスカーフを巻いているみたいだ。

「たぶん」とあたしは答える。

そして実際、夢のことを別にすれば気分はよくなっている。触れると痛む青痣みたいに、夢は記憶の中にとどまっている。あたしは振り返ってミケイラを確認する。上着が湿ったまま冷たくなって、ほてった小さな体に貼りついている。

「子どもだけ降ろしていこうか？　おれたちは何か食べ物でも買って帰ってもいいし」

「帰るって？」

「おまえの実家」とマイケルが言う。

そこに向かっていることはわかっていた。ほかに行くところなんてない。キルは無理だ。彼の実家、ミケイラに会ったこともない人たち。歓迎されないところへは行けない。たぶんあたしはアパートとかを考えていたんだろう。自立できるようになったらもちろんそうするつもりだけれど、あんまり何度も想像しすぎて、帰ると言われたらとっさにそっちのことしか思い浮かばなかった。湾岸沿いのもっと大きな町に、みんなで落ち着くことを想像していた。よくある三階建ての集合住宅、金属とコンクリートの階段で階を行き来できるようなところ。大きな部屋と白い壁、広々として、どこも同じで、静かなところ。

「そうだね」とあたしは答える。

「そうする？」

ミケイラがあたしのシートの背中を蹴ってくる。髪がぼさぼさだ。キャンディー・バーをかじっていて、べとべとの厚紙が小さくむけて口の端にくっついている。あたしはミケイラに笑いかけ、ミケイラが笑い返すのを待つ。でもミケイラは笑わない。またもやシートを蹴って、歯を見せてバーにかじりつく。でもそれは笑っているわけではない。

「ミケイラ、ママのシート蹴らないで」

「オニィ」とミケイラは言って、キャンディー・バーをしゃぶりながら宙で両手を振る。窓を向いていたジョジョが振り返り、ミケイラがばたばたさせている脚を見て顔をしかめる。「オニィ！」

ミケイラが金切り声をあげる。

「おまえを呼んでいるんだよ」とマイケルが言う。

「ママ」とあたしはミケイラに向かって訂正する。

「オニィ」とミケイラがくり返し、その瞬間、あたしはまたしても溺れる夢の中にいて、持ち上げても持ち上げても、ミケイラの濡れた熱い背中が手のひらをすべり落ちていくのを感じる。

「そうだね」とあたしはマイケルに言う。「子どもだけ降ろしていこう」

マイケルがハンドルを切り、木立にはさまれた細い道から似たような細い道に曲がる。フロントガラスに葉っぱの水がたれてくる。木の枝が描く地図を眺めながら、あたしはボアに戻ったことを実感する。遠くを二人連れが歩いていて、緑のトンネルを抜けるときに男のほうが見える。背が低く、筋肉質で、黒い犬を鎖につないで連れている。隣にいるのはやせた小柄な女で、くるくる巻いた茶色い髪の束が蝶の群れみたいに動いている。さらに近づいてみると、知り合いだった。スキータとエシェル、近所に住む兄妹だ。二人並んで歩きながら、同じリズムで弾んでいる。エシェルが何か言い、スキータが笑う。夕闇が迫ってしだいに暗さを増す道で、あたしたちはすれ違う。

ミケイラがまたしてもあたしのシートを蹴り、あたしは振り返って自分の手のひらがじんとするぐらい強くその脚を叩く。嫉妬と怒りがひとつになる。あの娘、なんてラッキーなんだろう。兄弟の誰ひとりとして欠けていない。


なんだか家が沈んで見える。屋根がだらりとうつむいている。ドアノブをガチャガチャ回しているジョジョは、出かけたときより大きく見える。暗いドアの向こうに消えたと思ったら、すぐにまた車に戻ってくる。あたりはすでにかなり暗くて、顔は見えない。屈んで窓からのぞきこんでも、マイケルが室内灯をつけても、ジョジョの顔には黒い膜がかかっている。

「誰もいないよ」とジョジョが言う。

「父さんと母さんは？」あたしは尋ねる。

「いない」

「メモもなかった？」

ジョジョは首を振る。

「乗れ」とマイケルが言う。

「え？」あたしは訊き返す。とにかくぼろぼろに疲れていて、頭に濡れ雑巾がのっているみたいだ。重みで脳みそが窒息しそう。

「ここで待とうよ」ジョジョが背中を起こす。

「乗れ」マイケルが言う。

ジョジョの唇に力がこもって薄くなるものの、けっきょく後ろに乗りこむ。その首にミケイラがまた顔を隠し、ジョジョの髪を指でくるくる巻く。マイケルがひっそりとした通りに戻っていく。

「どこに行くの？」ジョジョが尋ねる。

「おまえたちのおじいさんとおばあさんのところ」

あたしの心臓はさながら罠に捕まったリスだ。腕の細かい毛が総立ちになって震えだす。マイケルの父親が思い浮かぶ。汗をかいた太った体。芝刈機にライフルをぞんざいに積み、モーターをウインウイン唸らせて、全速力で芝の向こうから迫ってくる。あたしの車に向かって。あたしに向かって。続いて自分の手が思い浮かぶ。ハンドルにのった、がりがりにやせた黒い手。そしてギヴンの手が思い浮かぶ。あたしとおんなじ細い指。でもギヴンのはもっと硬くて、弓にこすれてできたコインみたいなたこがある。

「どうしていまなの？」

「それは、こうして帰ってきたわけだし」とマイケル。「知ってのとおり、パーチマンには一度も来なかったから」

「どうでもいいからじゃん」と言いながらも、そうでないことはわかっている。

「そうじゃない。気持ちをうまく表せないだけだ」

「あたしがいるおかげでね。それに子どもたちも」

これはあたしたちのお決まりの口論だ。するとマイケルが新たな主張を試みる。

「それに、ジョジョも十三になった。いい頃合いだろう」

「ジョジョが十三歳になったからって、あの人たちがわざわざ会うわけない。ジョジョにもミケイラにも」

マイケルはあたしを無視して北へ向かう。ボアより空気がひんやりしている。ボアよりもっと家が少なく、暮れゆく空の下で眠りにつく黒い地面が多いから。

「意外にびっくりさせてくれるかもしれないじゃないか」とマイケルが言う。

あたしの口の中はゲロの味がする。

「シュガー・ベイビー」

「いやだ」

マイケルが車を路肩に寄せる。コオロギがいっせいに騒ぎだす。

「頼むよ」マイケルがあたしのうなじをなでる。あたしは車の窓から這い出して逃げたくなる。消えてしまいたくなる。

「いやだ」

「あの二人はおれの生みの親なんだ。そしておれたちは子どもたちの生みの親だ。ジョジョとミケイラを見れば、二人にもそれがわかるって」あたしは自分の肩がだんだん下がってくるのを感じる。力が抜けて、落ち着いてくる。

「向こうにはなんて言ってあるの？」

マイケルはフロントガラスをぴょんぴょんと跳んでいく虫たちを眺めている。急流を渡るトンボみたいだ。

「いい頃合いだ、と。おれを愛してくれるなら子どもたちのことも愛してくれ、二人ともおれの一部なんだから、と」そう言ってマイケルがあたしを見ると、消えゆく光の中でグリーンの目が茶色に、髪が黒に見える。知らない誰かが運転席に座っている。「おまえも」とマイケルが言う。

あたしはマイケルの手をうなじから払い、蚊に刺されたみたいにその部分をこする。

「わかった」とあたしは答え、マイケルはさらなる北、キルの奥地を目指す。


「ケイラがおなか空いたって」とジョジョが言う。

「チップ！」とミケイラが言う。窓の外の世界は暗く、野原も林もインクのようにまっ黒だ。あたしは自分のそばの窓を閉める。窓にはひびが入っている。さっきミスティの家の私道に入ったところで本人を起こしたら、足元に置いてあったかばんをつかんで四苦八苦しながら車を降り、「それじゃ楽しかったよ、みんな」と皮肉を言っていた。一日か二日はあたしに腹を立てているだろうけれど、ひとたび服を洗ってゲロのにおいが鼻から消えたら、きっとまた電話してくるにちがいない。ドアをバタンと閉めた後で、こっち側の窓からのぞいたときの感じでわかった。マイケルをじろりとにらんでから、「幸運を祈るよ」と言っていた。

ミスティがのっていたほうの窓を閉めようとしてバックシートに手を伸ばしたら、ジョジョが探し物でもしているみたいに床を見ている。

「なんか忘れていった？」

「いや」とジョジョが答える。

「おまえたちのおじいさんとおばあさんの家に行くよ」とマイケルが言う。

「チップ」とミケイラが言う。

「もうすぐ食べられるよ、ミケイラ」とあたしは言う。「こっちによこして、ジョジョ」

ジョジョがチャイルドシートのバックルをはずして、ミケイラを前に押しやる。ミケイラの髪は後ろでだまになり、シートにこすれた部分がよじれてちりちりになっている。あたしはその髪を上のほうになでつけて、頭の上でぱふっとした感じにまとめようとするんだけれど、ミケイラは首を振って、またしてもポテトチップを要求する。あたしはバッグを漁ってみる。底には小銭とバーから持ち帰ったペパーミントしか入っていない。ペパーミントをむいてあげると、ミケイラはそれをしゃぶって静かになる。車の中にミントとミケイラの髪のにおい、砂糖みたいに甘いにおいが広がる。踏切に差しかかり、マイケルがスピードを落とす。そして渡り終えたそのとき、牙を生やしたイノシシ、男二人分ぐらいはありそうな大きな黒毛のやつが、林から飛び出してきて道路を突っ切る。蹄の足で、子どもみたいに軽やかに。マイケルがハンドルを少し取られ、あたしはとっさにミケイラをつかむものの、押さえきれない。ミケイラが前にすっとんでダッシュボードに頭をぶつける。マイケルはそのまま道をそれたところで車をとめる。ミケイラが跳ね返ってずるりとあたしの足下に落ちる。うんともすんとも言わない。

「ミケイラ」脇をつかんで抱き上げると、額に紫色の瘤ができ、まわりが赤くなっている。だいじょうぶ、生きている。ちゃんと目が開いて、いまにも泣きそうになって、喉をひくひく言わせている。そして泣きだす。

「ケイラ？」とジョジョが言う。

「ジョジョ！」ミケイラが逃れようとしてあたしの鎖骨を腕で押しやり、またしてもジョジョを求める。ヘッドライトが化け物じみたイノシシもろとも闇の中に消えていき、ふいにあたしは脱力感に襲われる。クラゲみたいにふにゃふにゃになって、ミケイラと張り合おうにも力が出ない。

「しーっ」と口ではなだめつつも、あたしはミケイラをバックシートに返し、ミケイラはジョジョの腕に収まる。ジョジョが背中をとんとんして、ミケイラの腕はジョジョの首に落ち着く。あたしはマイケルと視線を交わし、顔をしかめる。あたしたちは前を向き、霧でぼやけたフロントガラスを見る。

「ジョジョ、ミケイラをチャイルドシートにのせてやって」ジョジョの顔を見たくないので、あたしは振り返らずに言う。父さんと同じこわばった顔――あたしを裁くような表情を見るのが怖いから。それどころか、母さんと同じ静かな憐れみを浮かべているかもしれない。

「ほんとうにいいんだな？」マイケルは動揺している。ハンドルを握っては離し、握っては離し、関節のぐあいを確かめるみたいに、指の動きを確かめるみたいに、同じ動作をくり返している。虫が一匹、光に吸い寄せられてフロントガラスにピシッと当たる。さらにもう一匹。

「行きたいんでしょう？」

「うん」

「だったら行こうよ」

ラジオもなし、会話もなし。聞こえてくるのは車が唸る音と走る音、タイヤが地面の砂利を踏む音、林の池のほうでカエルがシューシュー、ゲコゲコ歌う音、そして家畜が囲いの中で完璧な円を刻む音。マイケルの実家は夜にはまったく違って見える。前回暗くなってから来たのは何年も前のことなので、こうして目の前にしても、記憶はぼんやりしたままだ。まっすぐに延びた長い砂利敷きの私道が月明かりの中に黄色く浮かび、芝生を抜けて家のほうまで続いている。砂利がきらきら光って、夜気の中で輝く手持ち花火の名残みたいだ。明かりのついた窓は二つ。家の両端にひとつずつ。マイケルがライトを消し、車は砂利を踏みながら這うように私道を進んでいく。タイヤの下で石が転がって小さくポンポンポン弾ける。あたしたちはビッグ・ジョゼフのピックアップトラックと、前部の短いボックスタイプの青い車の隣に車をとめる。青い車のバックミラーにロザリオがぶら下がっている。車のドアを開けると、あたしは突然、どうしようもなくトイレに行きたくなる。この場にいたくない。マイケルが手を差し出す。でもあたしは車に戻って、ドアをバタンと閉めて、いまもバックシートに座っている子どもたちといっしょに走り去ってしまいたい。遠くで犬が吠えだす。

「ほら」とマイケル。

「行くよ」とあたしはジョジョに告げる。ジョジョが車を降りて暗がりの中に立つ。あたしと同じくらいの身長。もしかしたら少し高いのかも。あと二、三年もすれば父さんに並ぶだろう。ミケイラをぽんと抱き上げて胸の高さに合わせる。ミケイラの背中はジョジョの楯。ミケイラの額には内出血の痕が星座のように黒く散っている。その額に手を当てて、ミケイラがジョジョに質問する。

「かあさん？　とうさん？　かあさん？　とうさん？」

「ちがうよ」とジョジョが答える。「初めて会う人」

だけどジョジョはそれが誰かは言わない。あたしはミケイラに答えたい。母親らしく言ってやりたい。〈ミケイラのもうひとりのおばあさんとおじいさん、もうひとつの家族、もうひとりの母さんと父さんだよ〉。だけどどんなふうに言えばいいのか、どう説明すればいいのかわからない。だから何も言わずに、マイケルにまかせる。でもマイケルも答えない。彼は板張りの階段をのぼって正面のポーチに上がり、ドアへ向かい、網戸を開けて、ノックする。決然とした二つのノック。馬の蹄がアスファルトを叩くみたいに強く。あたしがマイケルのほうへ向かうと、ジョジョの足が砂利を擦《す》って暗がりの中でガラガラ鳴る。マイケルが階段を下りてくる。暗がりの中だと、まるで白い幽霊だ。あたしの手をつかんで階段を引っぱり上げ、ドアの前に並んで立たせる。

マイケルがもう一度ノックすると、家の中で動きが聞こえる。ジョジョも動物のようにそれを聞きとり、車のほうに一歩下がる。

「ほら、ジョジョ」とマイケルが言う。

ドアが開き、明かりのまぶしさにあたしは視線を下げる。マイケルの手は金属みたいに硬く力がこもっていて、あたしの指はきっと白と紫になっているにちがいない。でも見える。ビッグ・ジョゼフだ。オーバーオールとつんつるてんのTシャツ、ごま塩状の髭、丸々とした腕。こぼれ出てくる黄色い光の中で、あたしは耐えきれずに後ずさる。マイケルが引き戻す。

「おやじ」とマイケルが言う。

「息子」とビッグ・ジョゼフが言う。生で声を聞くのはこれで二度目だ。その声は思いのほか高く、他の印象とあまりにかけ離れていてびっくりする。いかにもどっしりとして重心が低く、地面に根を張っていそうな感じなのに。最初は法廷だった。でもそのときはギヴンを撃ったやつの叔父さんというだけで、あたしにはなんの関係もなかった。

「みんなで来たよ」とマイケルが言って、あたしと握り合った手を持ち上げる。ビッグ・ジョゼフの体がぐらりと傾く。強風にあおられたナラの古木だ。だけどその場から動くわけではない。後ろに下がるでもない。〈入れ〉とも言わない。背後の暗がりでミケイラが叫ぶ。

「ごはん。ねえジョジョ、ごはん、ごはん！」

足音が聞こえてくる。ビッグ・ジョゼフの重い足音とは違う、ドンドンという一定リズムの断固とした足音。マイケルの母親、マギーだということはわかっているのに、あのスモーカー・ボイスを聞くとあたしは凍りついてしまう。タバコでつぶれた低いガラガラ声。マギーがドアを大きく開ける。なんだかウサギみたいだ。ローブはクリーム色の毛皮で、室内用のスリッパは白い後ろ足。彼女とは家の外で二回会っているので、ローブの中身もウサギだということをあたしは知っている。細い手脚とぽっこりした丸いおなか。

「チーズ、ジョジョ！」ミケイラが叫ぶ。

「聞こえたでしょう、ジョゼフ」とマギーが言う。顔がぴくぴく引きつって、とまる。髪は赤いキャップだ。目は底の見えない暗闇。「夕食の時間なのよ」

「こっちはもう食べた」ビッグ・ジョゼフがあえぐように答える。

ミケイラがしくしく泣きだす。

「この子はまだなのよ」とマギー。

「こいつらがこの家で歓迎されないことはおまえも知っているはずだ」

「ジョゼフ」と言って、マギーが険しい顔つきでビッグ・ジョゼフの肩を押す。

ビッグ・ジョゼフが喉の奥で唸り、またしてもぐらりと揺れる。そこであたしは、マギーは風なんだと気がつく。ビッグ・ジョゼフがあたしを見て、またあの銃がほしそうな顔になる。でもけっきょく下がって通り道を空ける。二人はこのことについて話し合ったにちがいない。マギーがビッグ・ジョゼフの名前を口にしたときの、あの言い方でわかる。女が長年連れ添った男、長年愛した男の名前を呼ぶときの、あの言い方。そうやって名前を口にするだけで充分だという呼び方。二人はあたしのことを話し合ったにちがいない。ジョジョのことも、ミケイラのことも。マギーが網戸を押し開ける。〈どうぞ〉も〈いらっしゃい〉もなく、ただ横向きになって立っている。そばを通ると、ローションとせっけんと煙のにおいがする。タバコの煙ではなく、ナラの落ち葉を燃やしたようなにおい。マギーはマイケルと同じ顔をしている。彼の顔が女の体にのっているのがすごく奇妙で、そばを通るときに思わずびくっとする。細いあご、力強い鼻。だけど目はぜんぜん違う。グリーンのビー玉みたいな硬い目。中に入ったあたしたちは、家具から離れた場所にひとかたまりになって立つ。さながらぴりぴりした動物の群れだ。ビッグ・ジョゼフとマギーは並んで立っている。触れているようないないような距離。マギーは写真で見るより背が高く、ビッグ・ジョゼフは低い。

「紹介してくれる?」マギーがマイケルにうながし、マイケルがうなずく。ごくそっと、ウインクするみたいな感じで。

「うん、こっちが――」

「ジョジョ」とジョジョが言う。そうしてミケイラをひょいと持ち上げる。「ケイラ」ミケイラがきれいなグリーンの目でマギーを見つめ、あたしはふと、それがマギーの目でもあることに気づいて、マイケルの手をぎゅっと握る。二人が知らないよその子に見える。ミケイラ、金色の甘えん坊。だけどあごを上げてまっすぐに相手を見る澄んだ目は、大人のように容赦がない。そしてジョジョ。身長はマイケルと同じぐらいで、ビッグ・ジョゼフともほぼ変わらない。肩がぐっと後ろにそって、背筋はフェンスの支柱みたいにまっすぐで、ここまで父さんにそっくりだと感じたのは初めてだ。

「はじめまして」とマギーが言う。でも顔は笑っていない。

ジョジョはうなずきもしない。マギーを見つめて、ミケイラを反対側の腰に移すだけ。ビッグ・ジョゼフが首を振る。

「あなたたちのおばあさんよ」とマギーが言う。

キッチンには大きな壁時計があって、チクタクと盤を回る秒針の音が居心地の悪い沈黙の中に響きわたる。その音があまりに大きいので、あたしはつい数えてしまう。マイケルの手を握るあたしの指にどんどん力がこもる一方で、マイケルの指からはどんどん力が抜けていき、彼はいま、顔をしかめて母親と父親を交互に見ている。ジョジョが肩をすぼめ、ミケイラが中指と薬指を口につっこんで強く吸う。家の中はクリーナーのレモンの香りとフライドポテトのにおいがする。

ビッグ・ジョゼフがアームチェアにどさりと座り、それをテレビのほうにぐいと向ける。

「思ったとおり、無礼なやつらだ」

「おやじ」とマイケルが言う。

「おまえの母親にあいさつもしない」

「人見知りなんだよ」

「いいのよ」とマギーが言う。噛みつくような言い方。

あたしは汗をかいているにちがいない。肋骨の内側で炎が胸をなめている。その下、胃には石が詰まっている。あたしは脚に力をこめる。吐きたいのかトイレに行きたいのか、自分でもわからない。

「こんにちはって言って」あたしはかすれた声で言う。

ジョジョがあたしを見る。反抗の表情。口元が下がって、目はほとんど閉じていると言ってもいいくらい。ミケイラを抱き直して、ドアのほうに後ずさる。なんでそんなことを言ったのか、自分でもわからない。ミケイラは何も聞こえなかったみたいにあたしを見ている。知らない人が見たら、耳が聞こえないのかと思うだろう。

「その女の育てた子だ。何を期待する、マギー？」

「ジョゼフ」とマギーが言う。

全部吐いてしまいたい。何もかもすっかり。食べ物も胆汁も胃も腸も食道も、体じゅうの臓器も骨も筋肉も。そして皮膚だけが残ったら、たぶん裏返しにできるだろう。そうしたら、あたしはもう何者でもなくなる。この肌でもなくなるし、この体でもなくなる。それからマイケルが心臓を踏んづけて、鼓動をとめてくれればいい。そしてただの燃えかすになるまで燃やしてくれればいい。

「ふん、そもそも半分はその女の血だ。あのリヴのこぞうっ子の血も混ざっている。ろくでもない血ばかりだ。いまいましい肌も」声のトーンが高すぎて、最後のほうはテレビと重なってほとんど聞こえない。車のセールスマンが熱っぽくしゃべっていて、奇跡のように値段が下がっていく。マギーは口を固く閉ざしたままだ。両手は落ち着きなくもう一方の手をいじっていて、あたしは急に腹が立ってくる。母さんは歩けないのにマギーが歩けることに対して。ビッグ・ジョゼフにも腹が立つ。父さんをこぞうっ子呼ばわりするとは何事だ。父さんの何を知っているというんだろう。父さんを見て、顔に刻まれた一本一本のしわを見て、一歩一歩の歩みを見て、父さんが口にする一語一語の言葉を聞いて、それでも一人前の男ではないと言うんだろうか。父さんはビッグ・ジョゼフより少なくとも二十歳は年上だ。ビッグ・ジョゼフがおしめを濡らしていたころから、すでに大人の男だったんだ。それなのに父さんを見て、あの石のような姿を見て、この世のあらゆる難儀を自分の中に取りこんで、そのために少しずつ石になって、ついには石化した木のようになった父さんを見て、それでも大人の男ではないと言うんだろうか。父さんならこいつのお尻を鞭でぶってやるだろう。あたしの心の目に、地面に横たわったギヴンのそばに立つビッグ・ジョゼフの姿が思い浮かぶ。道路で轢《ひ》かれた動物でも見下ろすみたいにふんと鼻息をかけ、ギヴンの見事な肉体には目もくれない。弓を引く長い腕にも、死んだ目の上に張り出した額にも。

「やめろよ、くそおやじ！」マイケルが言う。

座ったときと同様、ビッグ・ジョゼフは素早く立ち上がるなりこっちのほうへ歩いてくる。でも彼が向き合うのはマイケルだ。

「住む世界が違うと言っただろう。ニガーのくそ女とは絶対に寝るなと言っただろうが！」

マイケルがジョゼフに頭突きをくらわす。二人の頭蓋骨のぶつかる音が部屋じゅうに響いて、ビッグ・ジョゼフの鼻から血が噴き出す、と思ったらマイケルと二人で床に転がっている。ただし殴るわけではない。互いに押し合いながら相手を押さえこもうとして、子どもみたいに床をごろごろ転がっている。はあはあいって、汗をかきながら。たぶん泣きながら。マイケルは何度も「くそおやじ、くそおやじ」とくり返していて、ビッグ・ジョゼフのほうは無言だけれど、息遣いが荒いせいで泣いているみたいに聞こえる。

「いいかげんにして！」マギーが叫ぶ。「もうたくさん！」そう言って走り去るので、キッチンで争う二人を放っておくのかとあっけにとられていたら、箒《ほうき》を手に戻ってきて、「立ちなさい、立ちなさい」と怒鳴りながら、上になっているマイケルの肩を叩きはじめる。あたしはいまも吐き気と寒気が治まらず、とても自分の手に負える気がしなくて、いっそ三人はこのまま喧嘩させておき、ジョジョの手をつかんでミケイラともどもこの家から連れ出そうかと考える。なんなら口を開けて思い切り笑ってやってもいい。だって何もかもばかげている。何もかも。きっとジョジョも笑っているにちがいない、これがいかにくだらないか察しているにちがいない、と思って振り返ると、息子は取っ組み合いなど見てもいない。あたしを見ている。そして一瞬、見たこともないものがその目をよぎる。ジョジョは沼マムシを見るような目であたしを見ている。沼マヌシのあたしがたったいまジョジョに咬みついて、牙が足首の骨に達し、その部分が腫れてきた、みたいな目で。いまにもあたしの頭を踏んづけて骨を砕き、赤い泥の中で何度も何度も踏みつけて、あたしが骨と皮だけになり、裂けた皮から泥が染みてくるまでずっと踏み続けるんじゃないかと思うような目で。あたしの子どもなんかじゃないという目で。ミケイラはジョジョの体をどんどん登って、ほとんど肩に座っている。そこであたしは心を決める。つかつか歩いていってジョジョの手をつかみ、振り払われるのを覚悟のうえでドアのほうへ引っぱっていく。

「お邪魔しました」とあたしは言う。出てきた声はやけに甲高く、男たちがいまも取っ組み合って、それをマギーが箒でひっぱたくそばで、ひどくちぐはぐに聞こえる。いまはビッグ・ジョゼフが上になり、マイケルを絞めつけている。あたしは戻ってマイケルに加勢したくなるのをぐっと堪《こら》え、ドアを開けてジョジョとミケイラを引っぱる。最後にもう一度だけ振り返ると、マイケルが父親の首にパンチをくらわせている。ドアの外に出ると、キルの空は広く大きく冷たくて、星が一面に広がっている。あたしたちはポーチの階段を下りて車のそばに立ち、震えながら家の中のどたばたを聞いている。ガチャンと音がして明かりが消える。

「乗って」とあたしは言い、ジョジョがミケイラといっしょにバックシートに乗りこむ。

「くそ」とミケイラがつぶやき、それが〈くと〉に聞こえる。

「やめなさい」とあたしは言う。そしてあたしたちは闇の中、車に座り、季節がゆるんで孵化したばかりの今年最初のコオロギとキリギリスに囲まれて、冷たい空気と寒々した星に抵抗して歌う虫たちのトリルを聞きながら、待つ。


それはほんの数分だった。あるいは数時間。もしかしたら数日。そうでなければ日の出から日没までずっと眠って夜に目覚めるというのを何度もくり返し、そのあいだも家の中ではずっとごろごろ転がって、物を破壊していたのかもしれない。父と息子で。そしてついにマイケルと母親がドアから姿を現す。マイケルは網戸を蹴ってそのまま出てくる。マギーは後を追って飛び出してきて、息子の肩をがしっとつかむ。自分のほうに向き直らせる。どやしつけ、語りかけて、それからささやきかける。マイケルは荒い呼吸で母親のほうに身を屈め、そのまま覆いかぶさって、マギーの肩に頭をのせる。その背中を、赤ん坊をあやすみたいにマギーがさする。マギーのローブの、マイケルの触れた部分が黒くなっている。血だ。マイケルがすすり泣く。虫たちが静まり返る。

「さっさと帰ればよかったのに」とジョジョがささやく。

「黙ってて」とあたし。

「ケイラはまだおなかを空かせてるよ」

　帰るべきなんだろう。マイケルのことは彼の家族にまかせるべきなんだろう。娘を家に連れ帰って、ものを食べさせ、満たしてやって、泣きやませるべきなんだろう。でもあたしは帰らない。帰れない。マギーがドアを開けて家の中に姿を消し、マイケルも車に戻ってくるんだろうと思いきや、そうではない。組んだ腕をポーチの手すりにのせて寄りかかり、前に身をのり出して待っている。母親がふたたびドアを開け、もう少しで息子にぶつけそうになり、紙袋を渡して息子を抱き寄せ、また話をして、ひと言ごとに息子の背中を手のひらでバンバン叩く。なんだかマイケルが赤ん坊に戻って、母親がゲップを出させようとしているみたいだ。あたしは自分の膝に視線を落とす。運転席側の窓を見る。遠くの森の地平線を見る。ドアのバタンと閉まる音がして、それからギイと音がして、マイケルが車のドアを開け、助手席に乗りこむ。虫の声が大きくなり、それからまた小さくなる。紙袋がパリパリと音をたてる。

「だいじょうぶ？」とあたしは訊く。まぬけなことはわかっているけれど、とにかく訊く。

「行こうか」とマイケルが言う。

　車がプスプス鳴って、やがてエンジンが回りだす。ぬかるんだ穴を迂回しながら、あたしはゆっくりと私道を戻る。車の進路から虫たちがいっせいに飛び散る。ハンドルを切って通りに出ると、家はまっ暗だ。どの窓も明かりが消えている。板壁も梁も正面のガラスも静まり返って、表情のない顔のようだ。

砂利敷きの私道に入ると、父さんがいる。ポーチに座っていて、父さんも、ぶらんこも、ドアの両側に並んだ鉢植えの植物も、そよとも動かない。家の明かりが消えているので、父さんは闇にひそむ闇だ。そこにいるとわかる唯一の理由は、父さんがライターの火をカチッとつけては指を離し、炎が揺れて、消えるのを待って、ふたたびカチッと火をつけているから。あたしが子どものころには、父さんはタバコを吸っていた。自分で詰めて巻いていた。でもあたしが小屋の裏で父さんの吸いさし、それも指の爪ほどしか葉の残っていないやつに火をつけるところを見つかって、そのタバコとマッチを手からはたき落とされて以来、父さんがタバコを吸っているところは一度も見たことがない。それどころか、においに気づいたこともない。タバコが地面に落ちたときにあたしを見た父さんの顔。見開かれた目、失望、痛み。父さんがそんなふうにあたしを見るのは、覚えているかぎりそれが初めてだった。あたしは十一で、学校の友達はすでにマリファナとかもっとすごいのを吸っていて、だからあたしもせめてタバコぐらいは試してみたいと思っていた。だけど父さんの顔を思い出すたび、怒りと罪悪感の入り混じった顔を思い出すたびに、あの巻きタバコの吸いさしを拾わなければよかった、あのマッチをくすねなければよかった、火をつけなければよかった、あんなところに隠れているのを父さんに見つからなければよかった、と思えてしかたがなかった。

それでいまは、何か考えごとがあるんだけれど人に知られたくないとき、悩んでいることを誰にも知られたくないときに、父さんはそれをやる。〈火をつけて、火が消えて、つけて、消えて〉。キルではあたしのほうがためらっていたけれど、いまはマイケルのほうがあたしの傍《かたわ》らに立ち、力なくうなだれている。短いぼろ紐で野良犬を連れているみたいだ。マイケルがミケイラを降ろそうとしてそっち側のドアへまわると、それより先にミケイラはジョジョに連れられ、ジョジョの顔をぺたぺた叩いて「ごはん、ごはん」と言いながら、暗がりにいる父さんのところへ向かっている。マイケルとあたしが荷物を持ってポーチの階段にたどり着くころには、ミケイラは父さんの腕をほどき、ジョジョに抱かれて家の中へ向かっている。目の前の父さんは輪郭のぼやけた黒っぽい染みにすぎない。両腕のタトゥーが一瞬ライターの明かりに浮かび上がって、ふたたび消える。子どものころ、よく父さんがソファーで昼寝をしているときにこっそり近づき、そばに立って息をかぎ、タバコとミントとムスクのにおいを味わって、それから人差し指でタトゥーをなぞった。父さんには触れずに、もように沿って指を動かすだけ。船。母さんによく似た女の人――体に雲をまとい、弓と松の枝を持っている。二羽のツル――一羽はあたしので、もう一羽はギヴンの。ギヴンのツルはちょうど降りてくるところ、足が沼地の草をかすめたところでとまっていて、あたしのは泥の中にくちばしを入れている。あたしが五つのとき、父さんがあたしのツルを指して言った。〈これはおまえのために彫ったやつで、幸運のしるし、すべての調和がとれているという意味だ。つまり、雨がよく降り、魚がいて、沼地の泥の中でいろいろなものが動きだして、バイユーの草ももうじき緑になるということだ。これは命のしるしなんだぞ〉。炎が細って、闇の中に消える。父さんの口が開いて、歯が見える。

「母さんがずっとおまえのことを訊いていたぞ」

「ご無沙汰しています」とマイケルが言う。その言葉をあたしは聞くというより感じる。肩をなでる温かい空気の塊。

「マイケル」と父さんは言って、咳払いをする。「わが家に帰るのはいいものだろう」

「はい」

「母さんが――」父さんの声がとぎれる。

「住むところを探すつもりです」マイケルがさえぎる。「なるべく早いうちに」

ライターの火がついて、父さんの顔がぱっと浮かび上がる。しかめ面。そして火が消える。

田舎の夜ならではの闇。

「話は明日にしようか」父さんが立ち上がる。「レオニ、中に入って母さんに会ってこい」

母さんは仰向けに横になり、顔だけ壁を向いている。胸が動かない。胸骨から左右に伸びる肋骨が皮膚の下で固く強ばり、錆びて壊れたバーベキュー用の火格子みたいだ。腕にはほとんど骨しかなく、それを覆う皮膚と薄くなった筋肉がずれて、奇妙な位置にたまっている。肘からずいぶん離れたところ、むしろ首の中ほどに近いところに。母さんがつばを飲みこむのを見て、あたしの体を安堵の波がさらい、自分が観察していたことに気がつく。母さんが息をしているかどうか、動いているかどうか、まだここにいるかどうか、あたしは見張っていたんだ。それは熱く乾いた地面ににわか雨が降り注ぐ感覚に似ている。

「母さん?」

母さんの頭が二、三センチ動き、さらにもう二、三センチ動いて、次の瞬間、あたしを見ている。顔の中で目だけが不自然に生き生きしている。黒い光彩の中で痛みがきらりと光って、煙のように白目を這う。ほかは全部どんよりしているのに、そこだけ輝いている。

「水を」と母さんが言う。喉を引っかくようなささやき声。窓の外から夜の虫の声がリンリン響いてくる中では、なきに等しい。

あたしは父さんがベッドのそばに置いていったコップとストローを持ち上げる。あたしはここにいるべきだった。

「マイケルが帰ってきたよ」

母さんが舌でストローを押し戻し、ごくりと飲み下す。頭をベッドに戻す。白い薄地の毛布の上で、母さんの両手が手の不自由な人のように丸くなる。

「潮時だね」

「え？」あたしは訊き返す。

母さんが咳払いをする。けれどもささやくような声はそれ以上大きくならない。長すぎるズボンの裾が地面をこするていど。

「潮時」

「なんの、母さん？」

「あたしが、行く」

「どういうこと？」

あたしはナイトテーブルの端にコップを置く。

「この痛み」と言って、母さんが目をしばたたく。顔をしかめるのかと思ったけれど、そういうわけではない。「これ以上ここで横になっていたら、先に心が燃えつきてしまうよ」

「母さん？」

「やれることはみんなやった。薬草もあれこれ煎じたし、〈精霊《ミステール》〉も呼んでみた。聖ユダも、マリー・ラヴォーも、ロコも。だけど誰もあたしに入ることはできなかった。この体は誰も受け入れようとしなかった」

母さんの手の節は傷だらけだ。包丁がすべったときの痕、皿が割れたときの痕、何キロ分もの洗濯の痕。母さんの手を取って鼻に近づけたら、母さんが何年ものあいだ祭壇に供えてきた捧げ物、癒しのために使ってきたあらゆる捧げ物のにおいがするだろうか。コショウの房にジャガイモ、ヤムイモ、ガマ、スパイダーリリー、センダングサ、ヤエムグラ、自生のオクラ。母さんが手に取ったあらゆる大地の緑。でも実際に嗅いでみると、母さんの手は紙やすりのように乾いていて、冬の日を浴びて色褪せた打藁《うちわら》のにおいしかしない。死のにおい。母さんが手を握る。悲しいほど弱々しい。小さいころ、あたしの髪を洗うとき、あごの下に膝を抱えてバスタブに座るあたしの頭皮を母さんはその指でもみ、爪でこすってくれた。あたしは泣きたい気分だ。母さんはこれからいったい何を言い出すつもりだろう。

「残すはあとひとりだけ」と母さんが言う。

「どういうこと?」

「最後の精霊、ママン・ブリジット。体に入ってもらうのよ。体を差し出すの。ブリジットは死者の母、審判者だから。もし来てくれたら、連れていってくれるかもしれない」

「ほかにいないの? 治してくれる精霊だっているでしょう?」あたしは訊く。

「あんたにはきちんと教えてやれなかったからね。たぶん聞き届けてもらえないよ」

「あたしだって試すぐらいはできるよ」口から飛び出した言葉はたるんだ釣糸みたいに宙に浮き、誰にも見向きされない釣針が先のほうで揺れている。夜の虫たちが次々に鳴きだし、求愛して、威嚇して、歌っている。でもあたしにはどれがどれだかわからない。あたしを見る母さんの目に、一瞬だけ希望が灯る。遠くで煌々《こうこう》と光る満月のような輝き。

「いいえ」と母さんが言う。「あんたにはわからない。精霊に会ったこともないんだから。会っても赤ん坊扱いされるのがおちだよ」

あたしは母さんの手を離す。母さんはじっと横たわっている。目が不自然に濡れていて、不自然に大きい。まぶたがぴくぴくしている。母さんはまばたきさえしない。

「集めてきてくれる？　石が必要なの。墓地の石。小さな山にできるくらい。それと綿」

このまま部屋を出ていきたい。玄関から出ていきたい。バイユーまで歩いていって、水際を目指し、中に入って、きらきら光るガラスを足の裏に感じながら、どこまでも進んで地平線のかなたに消えてしまいたい。

「コーンミール。そしてラム」

「そういうこと？　そうやって行ってしまうわけ？　その精霊が来てくれたら？　あっさり行ってしまうわけ？」

声がうわずる。顔が濡れている。

「どうして父さんじゃだめなの？」

「あんたがあたしの娘だから」母さんが大儀そうに息をして、火格子みたいな骨がピキッと音をたて、錆びた沈黙の中に沈んでいく。「あんたがいまの生に踏み出すときにあたしが手を貸したように、あたしが次の生に踏み出せるように、ヴェールをめくるのを手伝ってほしいの」

「いやだよ、そんなの――」

「支度《したく》を手伝ってちょうだい」母さんが泣いてため息をつくので、手を伸ばしてその顔をぬぐうと、涙の下の肌は温もりと湿り気をおびているし、塩と水と血が通ってちゃんと生きている。「息をするだけの虚《うつ》ろな存在になりたくないの。骨の髄まで苦しみだけになりたくないのよ、レオニ」

「母さん」

テーブルからコップが落ちて、靴のまわりに水たまりができる。キリギリスが鳴きだす。喝采なのかブーイングなのかわからない。

「ベイビー、お願い」

らんらんと見開かれた大きな目。母さんがうめく。おそらく痛みか何かが全身を通り抜けたんだろう。毛布の下で脚がもぞもぞと動き、やがてじっと動かなくなる。葉の落ちた冬の枝を乱暴に通り抜ける風のようだ。モルヒネだけでは足りないんだ。

「いくらかなりとも自分を残した状態で行きたいの。お願い」

あたしはうなずく。あたしの手の下には母さんの頭があって、触れると熱く、かつて母さんがしてくれたように頭をもんで軽く掻くと、なかば気持ちよさそうに、なかば痛そうに、母さんの口が開いたり閉じたりする。開いたり閉じたり。おそらくそれはすすり泣きで、母さんはそれをぐっと抑えつける。そしてふたたび解放。すると今度のそれは、乾いた平野を洪水がさらうように、母さんの頭のあたしが触れている部分から始まって、やつれた顔から筋ばった首へ、肋骨の浮き出た平らな胸からくぼんだおなかへ、空鍋のような腰からむくんで膨れた黒く長い脚へ、ぺしゃんこになった足先へ、一気に広がっていく。あたしは続きを待つ。でもそれ以上はなんの変化も起こらない。ただまぶたの丸母さんの体がだらりとするんじゃないかと思ったけれど、そういうわけではない。ただまぶたの丸みがなめらかで穏やかなので、ああ眠ったんだなとわかる。あたしは母さんのそばを離れ、部屋を出てドアを閉める。マイケルはシャワーを浴びている。父さんはいまも外のポーチにいて、闇の中で火をつけたり消したりしている。リビングの明かりがついていて、ギヴンの毎年ごとの写真、軽く笑っていまにもジャンプして駆けだしそうな写真が、あたしを見下ろしている。何人ものギヴン。ふいに、どうしようもなくギヴンに戻ってきてほしくなる。ギヴンに訊いてみたい。〈あたしはいったいどうするべき？〉

ミケイラがリビングの小さいほうのソファーで眠っている。口を開けたまま息をしていて、口元についた食べかすがひらひらしている。食べかけのクラッカーが手から床にこぼれ落ちる。あたしは拾いもしない。自分の部屋に入ると、ソルサイズのベッドなのに母さんのベッドみたいに小さく狭く見えて、あたしも母さんみたいに壁を向いて横になる。反対側に母さんがいるのを感じる。焦げそうなほどの熱が伝わってくる。これまで見えていなかったけれど、いまは感じる。母さんの胸には木と木炭がぎっしり詰まり、それにたっぷり軽油が浸みて、空っぽどころか痛みが猛火となってすべてを焼きつくそうとしているんだ。

第11章　ジョジョ

ぼくはケイラをチャイルドシートから抱き上げてポーチへ走る。父さんとライターのもとへ。闇の中で閃光を放つ灯台のように輝く光のもとへ。階段を上る手間を省いてポーチに跳びのり、父さんの前でぴたりととまる。日没後にこっそりうちのまわりに出てくるウサギが、草を食べて、ぴたりととまって、駆けだしたかと思うとまた凍りつく、みたいに。そいつらはぼくにこんなふうに言ってくる。〈ああうまい、ああうまい、でもストップ、ストップ。そう、おまえのことは見えてるからな〉。そして仲間同士では、〈走れ、走れ、走れ、ストップ〉

「ぼうず」と父さんが言って、ぼくの首の後ろをつかむ。大きな温かい手。手首の手錠の痕がひりひりする。口が勝手に開いて、息を吸う。喉で痰《たん》のからむみたいな音がする。目が焼けるように熱くなってきたので、ぼくはあごを閉じて歯を食いしばり、がんばってがんばって泣くまいとする。もう一度息を吸うと、今度はすすり泣きみたいな音がする。それでもぼくは泣かない。本当はケイラといっしょに首をたれて寄りかかりたいし、父さんに力いっぱいハグしてほしいし、息ができなくなるぐらい強く父さんの肩に鼻をぶつけたい。でもそういうことはしない。かわりに父さんの手の感触を味わい、もっと強く感じられるようにつま先立ちになる。父さんの指から熱が伝わってくる。その手が少し下にずれて、背骨のいちばん上でとまり、そうするとぼくには父さんの指の指紋の渦まで、皮膚の向こうから押し返してくる血の圧まで、感じ取れるような気がする。

「父さん」

父さんは首を振って、ぼくの背中を軽くさする。

「中に入って妹を寝かせてこい。話は明日だ」

ぼくとケイラはクラッカーとピメントチーズ、それに父さんがフライパンに残しておいてくれたチキンの脚の煮込みを食べて、水といっしょに喉に流しこむ。ケイラをバスタブに入れようと考えていたら、ちょうどシャワーの音が聞こえてきて、部屋のほうからは母さんとレオニの声が聞こえてくるし、父さんのライターがポーチでぱっと光るのも見えるので、ああ、マイケルなんだとわかる。ケイラはぼくの肩に頭をのせて髪を引っぱり、ぼくの縮れ毛を麺のように指にからめている。

「かあさんは？　とうさんは？」

呼吸がだんだん遅くなって、ぼくの首によだれをすりつけてくるので、眠いことはわかっている。それでもケイラを下ろさないのは、外にリッチーの姿が見えるからだ。リッチーは父さんを見ていて、その父さんは暗い庭の向こう、遠くの道路を眺めている。炎の中に浮かび上がるリッチーの顔、父さんを見つめるリッチーの表情。誰かが誰かをそんなふうに見つめるなんて、初めて見た。顔じゅうに満ちあふれた希望、それを物語るぽかんと開いた口、大きく見開いた目、額にできたしわ。少しずつ父さんに近づいていくそのようすは、さながら猫だ。ミルクがほしくてたまらない生まれたての子猫が、自分の生死を握る相手に向かって、忍び足で近づいていくところ。ぼくはケイラをソファーに寝かせてポーチに出る。リッチーもポーチに上がってくる。

「リヴ」とリッチーが言う。

父さんはカチッと火をつけ、火が消えるのを待って、またカチッとつける。

「リヴ」とリッチーがもう一度言う。

父さんが喉の奥から痰を押し上げてポーチの外に吐き出す。そして自分の両手を見る。

「おまえたちがいないとずいぶん静かだったよ。静かすぎた」ライターの炎が短い笑みを映し出す、と思ったら消える。「みんな無事に帰れてよかった」

「行きたくなかったよ」とぼくは訴える。

「そうだろうな」

ぼくは手首をさすりながら、父さんの横顔が光の中にぱっと浮かんでは消えるのを眺めている。

「あれは見つけたか？」父さんが訊く。

リッチーが一歩踏み出し、表情が変わる。ほんのちょっとだけ。ぼくと父さんを交互に見て、顔をしかめる。

「袋のこと？」

「ああ」

ぼくはうなずく。

「効いたか？　あれはお守り袋だ」

ぼくは肩をすぼめる。

「たぶんね。無事に帰ってこられたわけだし。でも警官に車をとめられた。ケイラもずっとぐあいが悪かったんだよ」

父さんがライターをカチッと鳴らし、一秒の半分だけ炎が燃え上がる。冷たく鮮やかなオレンジ色の炎。それから火花を散らして消える。父さんがライターを耳元で振り、またもや火をつける。

「どうしてリヴにはおれが見えないんだ？」リッチーが尋ねる。

「ささやかながらおまえたちを見守りたいと思ったら、それぐらいしかできることはないからな。母さんは――」と言って、父さんは咳払いをする。「病気だし。おれもあそこへ戻るわけにはいかないし。パーチマンには」

リッチーは父さんから数センチの距離にいる。ぼくはうなずくこともできない。

「おれはいまでも毎日おまえの顔を見るっていうのに。空に昇る太陽みたいに」

父さんがライターをポケットにしまう。

「おれを見捨てたんだな」リッチーが言う。

ぼくは父さんににじり寄る。リッチーが片手を伸ばして父さんの顔に触れ、指で父さんの眉をなぞる。父さんがため息をつく。

「おまえもせいぜい気をつけたほうがいいぞ。昔はおれのこともそういう目で見ていたんだからな」とリッチーがぼくに言う。闇の中で歯だけが白い。小さく尖って、子猫の歯みたいだ。「それなのに見捨てやがって」

父さんが何かを話すたびに、ぼくは沈黙の穴を埋めなければならない。父さんがひと言話すたびに、虫たちがしーっと黙らせる。

「母さんは、少しはよくなった？」

父さんがポケットの中をごそごそ探り、ぴたりととまる。「つい忘れる。タバコはもう吸わんのに」そう言って闇の中で首を振る。父さんは家の壁にもたれて座っていて、髪が壁にこすれる音がする。「母さんはもっと悪くなったよ、ぼうず」

「おれは父親を知らないから、おまえが代わりみたいなもんだったのに」静かにくんくん泣くような声。「なんでおれを見捨てたのか、そのわけが知りたい」

そしてリッチーは黙りこむ。父さんも黙っている。ぼくは壁をずり下がって、父さんと並んでポーチに座る。本当は父さんの肩に頭をもたれたい。でももうそういう年ではない。肩と肩がこすれるのを感じるだけで充分だ。父さんが顔をぬぐうときとか、ライターを弾いて指のあいだで行ったり来たりさせるときとか。たまにナイフでも同じことをする。ぼくたちのまわりで木々がささやいている。闇の中でほとんど見えないけれど。レオニが母さんの部屋から出てくる音がして、走った後みたいにはあはあいって、痛々しく息を吸うのが聞こえてくる。ぼくは輝く空を見上げ、前に父さんに教えてもらった星座を探す。

「ユニコーンだ」ぼくは見つけて声に出す。――一角獣座。「ウサギ」――兎座。「大へビ」――海蛇座。「牛」――牡牛座。正式な名前は学校の図書館の本で覚えた。父さんとぼくが暗い中で何をしているんだろうと、レオニがポーチをのぞいていることはわかっている。「ふたご」とぼくは言う。――双子座。レオニの部屋のドアが開いて閉じ、ぐあいの悪くなったレオニをマイケルが赤ん坊みたいに世話していたときの光景がよみがえる。警官がぼくに手錠をかけたのにレオニが何もしなかったときのことも。ぼくが何を思い出しているかわかったみたいに、リッチーがこっちを見る。それからぼくと父さんの向かいにしゃがむなり、背中を丸めて自分の膝に覆いかぶさり、泣いているみたいな声をたてながら懸命に手を伸ばして肩甲骨のあたりをさする。

「傷があったのはここだ。ちょうどここ。ブラック・アニーにやられたところ。おまえが介抱してくれたんだ。それなのにおまえはおれを見捨てて、もう見ようともしないんだな」

けっきょくぼくは父さんの肩に頭をのせる。べつにかまわない。父さんは息を吸いこんで何か言いたそうに咳払いをするけれど、何も言わない。肩をすぼめてぼくを払いのけるわけでもない。

「ライオンを忘れているぞ」と父さんが言う。木々がため息をつく。

ぼくたちがそろそろ寝ようと中へ入るときになっても、リッチーはまだ座っている。背中はもうさすっていない。そのかわり、かすかに前後に揺れている。その顔に映っているのは、絶望。父さんがドアを閉める。ぼくはソファーに上がってケイラを包むように体を丸め、じっと横になっていようと、ポーチで打ちのめされているやつのことは忘れようと努めて、ずいぶん時間がたったころにようやく眠りに落ちる。自分の背骨と肋骨と背中を壁にして。


「ジョジョ」と声がして、ぼくの頰と鼻をぺたぺた叩く。ぼくのまぶたを引っぱってこじ開ける。ぼくが跳び上がって目を覚まし、ソファーから転げ落ちるのを見て、ケイラが笑う。まばゆい黄色に輝いていて、生まれて初めて転ばずに走るこつをつかんだ子犬みたいだ。そういう、幸せ。チョークをしゃぶったような、牡蠣の殻をなめたような感触がぼくの口の中に広がって、目がじゃりじゃりしてくる。ケイラが両手を叩いて「ごはん、ごはん」と言い、そこで初めてぼくはベーコンのにおいに気がつく。そういえば母さんが病気で食事を作れなくなって以来だ。ケイラをつかんで勢いよく背中にのせると、ケイラは自分でしがみついてくる。当然レオニだろうと思って、一瞬、ぼくの中で何かがやわらかくなり、ゆうべレオニに対して抱いたあらゆるいやな考えを改める。ぼくの中で声がする。〈でもレオニだってやるじゃん。やるじゃん〉。ところが狭いキッチンに足を踏み入れてみると、レオニではない。マイケルだ。洗って干したら小さくなった、みたいな色あせたロゴTシャツを着ている。ぼくのだ。母さんがイースター用に買ってくれた古いやつ。カウンターのそばに立つマイケルは、ひどく場違いに見える。朝の光を反射しすぎる。

「二人ともおなかは空いているかな？」

「べつに」とぼく。

「うん」とケイラ。

マイケルが顔をしかめる。

ぼくが椅子に座ると、ケイラはぼくの肩によじのぼって首にまたがり、ぼくの頭をドラムみたいに叩きだす。

「ほら座って」

マイケルがフライパンを火から降ろしてそばに置く。脂《あぶら》のしたたるベーコンをひっくり返していたフォークを体の横に持ち、床に脂をたらしながらぼくたちのほうを振り返る。

腕を組んだひょうしにまたしても脂のしずくがたれ落ちる。ベーコンはいまもジュージューいっていて、早くフライパンから出して脂を切り、熱いうちに食べさせてくれないかなとぼくは思う。

「前に、いっしょに釣りに行ったことがあっただろう？」

肩をすぼめて見せても、ぼくは頭に水をまかれたも同然だ。けっきょく記憶は甦る。〈男だけで〉とマイケルが言うと、レオニは痛いところを突かれたような顔をしていた。どうせマイケルは撤回するんだろう、〈冗談だよ〉と言うんだろうと思ったら、違った。遅い時間だったにもかかわらず、ぼくたちは桟橋まで行って釣り糸をたれた。マイケルはおもりを結わえてミミズを伸ばしながら、ぼくのことを〈息子〉と呼んだ。ぼくがミミズに針を通さず、触れようともしないのを見て、笑った。マイケルがぼくに向かってフォークを振る。ぼくが嘘をついていると知っているんだ。ぼくが覚えていることを知っているんだ。

「これからはもっと行くからな」

あの晩マイケルはぼくにあることを話した。付近で漁師たちが網と照明を使ってヒラメを突くそばで、マイケルはぼくに訊いた。〈ギヴン伯父さんについて、どんなことを知っている？〉そこでぼくは、母さんが写真を見せてくれたこと、その人のことを話して、もうここにはいない、別の世界にいる、と言って、でもそれがどういう意味かは教えてくれなかったことを話した。マイケルにそのことを言ったのは、実際にそうだったからだし、母さんが言ったことの意味を説明してほしかったからだ。ぼくは八歳だった。

「おれが帰ってきたというのは、ようするにそういうことだ」

マイケルがベーコンにフォークを突き刺す。あの晩、波止場で、マイケルはギヴン伯父さんがどんなふうにいなくなったか、あるいはなぜいなくなったかについては話さなかった。かわりに沖合の油田での仕事について話した。徹夜明けで日が昇るときには海と空がひとつになり、自分が完璧な卵の中にいるような気分に浸れて、だから徹夜勤務は好きだったという話。サメが水中で狩りをする姿は鳥のよう、タカのようだ、という話。石油掘削のプラットフォームのまわりにはサンゴ礁が発達していて、そこにサメが現れて柱の下につっこんでくると、暗い水の中で白く映えて、黒い肌にナイフが突き刺さるみたいだという話。実際にその後は流血シーンが繰り広げられるという話。そしてサメが去った後にはイルカが訪れ、水から跳ねるその姿が、まるで誰かに見られていることを意識しているみたいで、ぺちゃくちゃしゃべりながら飛び跳ねるという話。そうしたら石油の流出事故が起こり、そいつらが全部死んでしまったと聞いて泣いた話。

「これはおまえと妹の分」と言って、マイケルがつついていたベーコンを持ち上げる。すでにえび茶色に変色して硬くなっているのに、またしても脂の中に戻す。

〈実際に声を出して泣いたんだよ〉と、マイケルは海のほうを向いて言った。そう言いながら照れたようにしていたけれど、なおも話し続けた。イルカたちがどんなふうに死んでいったか、どんなふうに群れごとフロリダの海岸に打ち寄せられたか。ルイジアナにも、アラバマにも、ミシシッピにも。石油で焼けただれて、傷だらけになって、体の内側から空っぽになって。そして次にマイケルが口にしたことを、ぼくは一生忘れないだろう。〈ところがブリティッシュ・ペトロリアム社に雇われていた科学者の中には、これは石油とは関係ない、動物にはときとしてそういう現象が起こるものだ、と主張する連中もいたんだ。動物というのは思いもよらないことが原因で死ぬものだ、ときには大量に、ときには全部いっぺんに、と〉。それからマイケルはぼくのほうを向いて言った。〈それを聞いて、おれは人間について考えた。人間だって動物だからな〉。その晩マイケルがぼくに向けたまなざしを見れば、それが人類全体のことを言っているわけでないことはわかった。マイケルはぼくのことを言っていたんだ。マイケルは昨日もそのことを考えたんだろうか。あの拳銃を目にしたとき、あの警官がぼくを押さえつけて地面にひれ伏させたときに。

マイケルがベーコンを持ち上げてキッチンペーパーの上に落とす。あの晩、桟橋で、さながら月が潮を引き寄せるように、うねりを引き起こすように、マイケルの口からは次々に言葉が引き出された。〈おれの身内はけっして誉められたことばかりしてきたわけではない。おまえのギヴン伯父さんを殺したのはおれのいとこの大ばか野郎だ〉。マイケルがすべてを話すつもりだとはぼくも思っていなかった。レオニや母さんや父さんがギヴン伯父さんの死について語るときには、みんなただ〈撃たれた〉としか言わなかった。だけどマイケルの話はいくぶん違った。〈ハンティング中の事故だと思っているやつらもいるけれどな〉。マイケルは釣り糸を巻き上げて次の一投に備えた。〈いつか全部話すよ〉とマイケルは言った。ベーコンの焦げる匂いがかすかに漂ってくる。マイケルがフライパンから二枚目を取り出すと、今度のは焦げて丸まり、硬くなっている。

ケイラがぼくの髪をぎゅっとつかんで、草を抜くみたいに引っぱる。

「とりあえずおまえとミケイラには、おれがここにいるんだということをわかってほしい。おれはずっとここにいる。会いたかったよ」

マイケルがベーコンを皿にのせる。端のほうが全部焦げて黒くなっている。煙と炭のにおいが部屋に充満している。マイケルがあわてて勝手口へ向かい、煙を外に追い出そうと、ドアを開けたり閉めたりする。沈黙の中で脂がジュージュー音をたてている。ぼくになんと言ってほしいのかわからない。

「みんなケイラって呼んでるよ」ぼくはケイラを頭の上から引きはがして膝に座らせる。「いやいやいやいや」ケイラが脚をばたばたさせる。頭の皮がひりひりする。ぼくが弾みをつけて膝にのせたらケイラはかえって気に入らなかったとみえ、背中をアイロン台みたいにまっすぐにして、ぼくの脚をすべって床に着地する。泣き声はどんどん大きくなって、しまいにはパトカーのサイレンみたいになる。マイケルが首を振る。

「もう充分だろう、おじょうさん。いいかげんにその床から立とうか」マイケルがドアであおいでいるわりにはあまり効果がない。

ケイラが金切り声をあげる。

ぼくは隣に膝をついて背中を丸め、ケイラの耳元で本人に聞こえるぐらいの大声で話しかける。「そう、ケイラは怒ってる。怒ってる。怒ってるんだよね。でも後で外に連れてってあげるからさ、ね？　だから座って食べよう、ね？　わかってるよ、ケイラは怒ってる。ほらおいで。こっちにおいで」ぼくがそんなふうに言うのは、わめき声の合間にときどき言葉が聞こえてくるからだ。ケイラの考えていることが聞こえてくるから。〈どうしてあの人は聞いてくれないの。どうしてあたしの気持ちを聞いてくれないのよ！〉ぼくが脇に手を当ててると、ケイラは身をよじって泣き叫ぶ。マイケルがドアをパタンと閉め、こっちに歩いてきてぴたりととまる。

「いますぐその床から立ち上がらないとお仕置きだからな、わかったか？　わかったか、ケイラ？」マイケルの首と目のまわりが赤くなり、煙を払う両手にむしろ煙がまとわりついて、自分で自分に毛布を巻きつけているみたいだ。そのせいでよけいに赤くなってくる。ケイラがマイケルにフォークでぶたれる事態は避けたい。

「ほら、ケイラ。おいで」とぼくは言う。

「いい加減にしろ、ミケイラ！」

次の瞬間、マイケルがぼくたちのほうに屈みこんだかと思うと、さっと腕を上げて振り下ろし、フォークを投げ捨ててケイラの腿を強く叩く。一回、さらに二回。その顔は瘤みたいに白く張りつめている。「いま、なんて、言われた？」ひと言につき一回ずつ。ケイラはぽかんと口を開いているけれど、泣いているわけではない。声をなくして完全停止している。痛みに目を見開いて。こういう泣き方はぼくも知っている。ぼくは弾みをつけてケイラを持ち上げ、マイケルの手を避けてぐるりと向きを変え、抱きとめる。背中をさすると、熱い。しーっと言っても意味がない。来るべきものはわかっている。長いひと泣きが雷のように轟きわたる。

「なにもぶつことないだろう」と、ぼくはマイケルに訴える。マイケルは後ろに下がり、叩いた手がしびれたとでも言いたげに振っている。

「警告したはずだ」とマイケル。

「してない」

「おまえたちはそろって言うことを聞かないな」

ケイラが体をくねらせて叫ぶ。全身をくねくねさせている。ぼくはマイケルに背を向けて勝手口から外に飛び出す。ケイラがぼくの肩に顔をすりつけて泣き叫ぶ。

「ごめんよ、ケイラ」とぼくは言う。ぼくがぶったわけではないんだけれど。泣いているケイラにはおそらく聞こえないだろうけれど。ケイラを抱いて裏庭をぐるぐる歩きながら、ぼくは同じ言葉をくり返す。そのうち日が高くなり、ぼくたちを容赦なく照らしつけて、泥の水たまりも蒸発する。地面は焼けてひからび、ぼくとケイラも日に焼かれて、ケイラはピーナツバターに、ぼくは錆になる。

ケイラの泣き声が落ち着いてしゃっくりに変わるまで、ぼくの声が聞こえるようになるまで、ぼくはひたすら謝り続ける。ぼくは待っている。ケイラが小さな腕をぼくの首にまわし、ぼくの肩に頭をのせてくれるのを。あんまり一所懸命待っていたので、枝の茂った背の高い松の影の中からあいつがじっと見ていることにも、ケイラがぼくの腕をつねって「ちがうちがう、ジョジョ」と言うまで気づかなかった。明るい日の光の下で、あいつは影にすっぽり飲みこまれている。ひんやりしたバイユーの黒い水、泥の色——どんよりとして中が見えない。リッチーが動く。それでもやっぱり闇の一部だ。

「あいつならブタに餌をやってるよ。おまえの父さん」

ふんと鼻息を吐いた後で、ぼくはそれがリッチーにとって特別な意味をもたないことを願う。つまり、ぼくが話したがっているとも話したがっていないとも受け取ってほしくない。

「やっぱりおれのことは見えないらしい。いったいなぜだ？」

ぼくは肩をすぼめる。ケイラが「ごはん、ごはん、ジョジョ」と言う。家のほうは静まり返っていて、ぼくは一瞬ばかみたいに、どうしてレオニとマイケルはケイラをぶったことで揉めていないんだろうと考える。そして思い出す。二人とも気にしていないからだ。

「こうなったらおまえに訊いてもらうしかない」リッチーが影の中から出てくる。息継ぎのために水面に上がってきた水泳選手みたいに、光の中でつやつや輝いている。そして光の中では、こいつはただのやせこけた子どもだ。本来なら体についているはずの脂肪というものがまるでなくて、ほとんど骨と皮だ。なんだかかわいそうに思えてきたそのとき、そいつの目が急に大きくなったので、ぼくはケイラをぎゅっと抱きしめ、力をこめすぎたせいでケイラが声をあげる。リッチーの顔は飢えと物欲しさに歪んでいる。

ぼくは首を振る。

「おれが行くためにはそれしか方法がない」リッチーが立ちどまって、空を見上げる。「たとえあいつがおれのことなんか忘れていても、おれのことなんかもうどうでもよくても。おれには話の続きを知る必要がある」リッチーの縮れ毛は伸び放題で、スパニッシュモスのように頭からたれ下がっている。「ヘビ鳥がそう言ってる」

「なんだって？」ぼくはうっかり訊き返し、しまったと思う。

「ここはずいぶんようすが違うな」とリッチーが言う。「空気中にたっぷり水分が含まれてる。塩気も。それに泥の匂いも。間違いない。あっち側の水が近いんだ」

何が言いたいのかさっぱりわからない。「おうち、ジョジョ、おうち」とケイラが言う。

リッチーがぼくを見る目つきは、ぼくがリッチーを見る目つきとおんなじだ。父さんがブタを屠殺するときの、肉を値踏みするような目。リッチーがうなずく。

「あいつから話を聞き出してくれ。おれのいる前で」

「断る」とぼく。

「断る？」

「断る」

ケイラが小さな声でくんくん言ってぼくの耳を引っぱる。「たべたい、ジョジョ」

「乗せてきただけでも充分だろう。連れてきてやっただけでも。父さんが話したくなかったらどうするんだよ。話したくないことだったら？」

「あいつが話したいかどうかの問題じゃない。おれにとって必要なんだ」

ぼくはケイラを軽く揺すり、片足を軸にしてぐるりと回る。ぬかるんだ草の中に足が沈む。牝牛が近くでモオオと鳴く。〈涼しくって、どんどん緑になってくるねえ。どの草もまっさらだよ〉。リッチーの獰猛なまなざしに気づいて、ぼくは回転をやめる。

「話を聞き出したらいなくなるんだろうな？　どこかへ行くんだろうな？」質問だからと最後のほうで声を高くしたら、女の子みたいな声になる。ぼくは咳払いをする。ケイラがぼくの髪を引っぱる。

「だから帰るって言っただろう」そう言ってリッチーが一歩近づいても、草は踏み分けられないし、泥も踏みつぶされない。しかめた顔はくしゃくしゃくしゃに丸められた紙、文字の隠された紙のボールだ。

「もっとはっきり答えろよ」

「わかった」

それでもまだ曖昧だ。こいつにまともな皮膚や骨があれば物でも投げつけてやれるのに。足元にあるブロックの角をつかんで放り投げるとか。はっきり答えさせてやるのに。だけどこいつには皮膚も骨もないし、気が変わったなんて言う口実も与えたくない。うちや家畜小屋のまわりをうろうろされて、光を全部盗まれ、歪んだ鏡みたいに変なふうに反射されるのはまっぴらだ。カスパーが、黒い毛むくじゃらの近所の雑種犬が、うちの角のあたりをうろうろしていると思ったら、ぴたりと立ちどまって急に吠えだす。〈おまえのところ、妙なにおいがするぞ。水の中からヘビがやってくるぞ。咬まれるぞ！　血が出るぞ！〉リッチーが後ろ向きに歩いて影の中に戻り、両手のひらを上に向ける。

「いいだろう」とぼくは言う。

カスパーが吠えだしたのを機に、ぼくは体の向きを変える。あいつのことはカスパーがあの木に釘づけにしておいてくれるだろう。その後足早に家の中に入るあいだも、リッチーの視線が意識されて肩に力がこもる。ぼくたちは一本の糸でつながっていて、その糸は触れれば指が切れそうなほどぴんと張りつめている。

ベーコンは皿に盛られ、下にはキッチンペーパーが敷いてある。ぼくはケイラをテーブルにのせてベーコンをはがし、まだ少しぶよぶよしている部分と茶色い部分を取り除く。それから肉を少しずつちぎって渡し、ケイラに食べさせる。ずいぶんたくさん食べるので、ぼくには焦げた部分しか残らない。とても食べられたものではないので、ぼくは全部吐き出し、二人分のピーナッツバターとゼリージャムのサンドイッチを作る。マイケルとレオニはレオニの部屋にいる。ドアは閉まっていて、二人の会話が喉をごろごろ鳴らすような音になってぼんやり聞こえてくる。母さんの部屋はまだ暗い。ブラインドが閉じているんだろう。ぼくは部屋に入ってブラインドを開け、ボックス型の扇風機を窓辺に置いて、静かにブーンと回す。空気が動きだす。ケイラが母さんのベッドのまわりを行進しながらでたらめな歌を歌う。母さんが目を覚まし、うっすらと目が開く。ぼくは水道水とストローを持ってきて、母さんが飲めるようにそばで持っている。母さんは吸いこんだ水をずいぶん長いあいだ口に含んでから、両頬を風船みたいにふくらませ、少しずつ飲みこむ準備をする。いざ飲み下すときには、顔が歪んでとても痛そうだ。

「母さん？」と言ってぼくはベッドに椅子を引き寄せ、握った拳にあごをのせて、母さんがいつものようにぼくの頭に片手をのせるのを待つ。母さんの口が震えてしかめ面になる。手はのせない。

ぼくは体を起こして、母さんに尋ねる。その質問がぼくの胸の内の痛みを隠してくれることを願って。子犬のように駆け回っている痛みをなだめ、眠らせてくれることを願って。「気分はどう？」

「あんまりよくないねえ、ベイビー」母さんがささやくように言う。ケイラがちんぷんかんぷんの歌を歌っているせいで、聞き取りづらい。

「薬は効かないの？」

「体が慣れてしまったんだろうねえ」と言って、母さんが苦しそうに息をする。痛みのせいで顔の線が一斉に下を向く。

「マイケルが戻ったよ」

母さんが眉を上げる。うなずいているんだ、とぼくは察する。

「そうだね」

「今朝、ケイラをぶったんだよ」

すると母さんがまっすぐにぼくを見る。天井や宙ではなく、ぼくを。それでぼくは、母さんが精一杯に痛みを払いのけてぼくの話を聞こうとしてくれているんだとわかる。ケイラが動揺しているときにぼくが話を聞こうとするみたいに。

「すまないね」と母さんが言う。

ぼくは背中を伸ばして父さんのようにまっすぐに座り、顔をしかめる。

「そうではなく」と母さんが言う。「あんたももう知っていい年だから」

「母さん？」

「しーっ。あたしにもわからないんだけれどね。あたしのせいなのか、レオニがもともとそうなのか。だけどあの子には母性がない。あんたがまだ小さかったころ、いっしょに買い物に出かけたときにわかったの。あの子は自分のほしいものを買ってきて、あんたの目の前で食べはじめたのよ。あんたはその場に座って、おなかが空いたようって泣いていたのにね。それを見てわかったの」

　母さんの指は長くて細い。ほとんど骨みたいだ。触れると冷たいけれど、手のひらのまん中あたりなら、いまでも小さな炎ぐらいの温もりが感じられる。

「ジョジョ、あたしはあんたにひもじい思いをさせたくなかった。だからあたしなりに頑張った。あの子がやらないなら、あたしがやるしかないと。でもそれももう――」

「いいんだよ、母さん――」

「しーっ、よしよし」

　母さんの爪は、以前はピンク色で透明だった。でもいまは貝殻だ。潮にさらされ、穴があいてでこぼこになった黄色い貝殻。

「たぶんこの先も、あの子があんたに何かを与えることはない」

　母さんの手は、以前は庭や台所であれこれ仕事をしていたせいで、筋肉がついて丸々としていた。母さんが手を伸ばしてきたので、ぼくはその手のひらの下にひょいと頭を入れ、母さんの毛布に顔をうずめて、思い切り息を吸う。そうすると胸が痛くなって、金属と日に焼けた草と内臓のにおいがするんだけれど、かまわない。

「足りているといいんだけれどね。あたしがここにいるあいだに与えられた分で。そうしたらあんたはかついでいけるし。ラクダみたいに」母さんの声が笑っている。かすかに。歯を見せて。「あんまりうまい喩えじゃないかな。そうだ、井戸みたいに、ジョジョ。必要なときに井戸から汲み上げればいい」

ぼくは毛布に向かって咳きこむ。半分は母さんが死んでいくにおいのせい、半分は母さんが死んでいくんだとわかるせい。それが喉の奥に引っかかって、すすり泣きだということは自分でもわかるんだけれど、顔は毛布に埋もれているから、泣いているのは誰にも見えない。ケイラがぼくの脚をとんとん叩いている。それは——無言の歌。

「レオニはぼくが嫌いなんだ」

「いいえ、愛している。うまく表現できないだけ。それと、自分とマイケルへの想いが強くて——ようするに、邪魔をしてしまうのね。あの子自身も困っているのよ」

ぼくは首を振って毛布で目をふき、顔を上げる。ケイラが膝にのってくる。母さんはまっすぐにぼくを見ている。母さんのまつげは抜けたきり伸びてこなくて、そのせいで目がよけいに大きく見える。そして母さんが目をしばたたくと、ぼくは自分が母さんと同じ目をしていることに気がつく。母さんの口が何かを噛んでいるみたいに動いて、それからごくりと飲みこんで、またしても顔をしかめる。

「あんたはその点、問題なさそうね」

母さんの話を聞きながら、本当はあいつのことを話したくてしかたがない。リッチーのことをどうするべきか、母さんの意見を訊いてみたい。だけど心配させるのはいやだし、これ以上何かを背負わせたくもない。痛みを堪えるだけで精一杯なのは明らかなのに。まるで痛みの海に仰向けに浮いているみたいだ。母さんの皮膚は、フジツボに覆われた虫食いだらけの船体だ。痛みが中まで浸みてくる。どんどん侵入してくる。そうやって母さんを下へ下へと沈めていく。窓の外で音がして、それを扇風機の羽根が切り刻んで部屋の中に取りこむ。赤ん坊が泣いているみたいな音。外を見やるとリッチーが窓の下を通り過ぎるところで、小さくひと声泣いてから、大きく空気を飲みこむ。それからまたひと声泣くと、今度は猫が鳴くような悲しげな音がして、またしても大きく空気を飲みこむ。松の下を歩きながら、一本一本、木の皮に触れていく。

「母さん、そういう後って……」どうしても口に出せなくて、ぼくはその言葉を避けて言う。リッチーが悲しげな声を発している。「そうなった後って、母さんはどこへ行くの？」リッチーが立ちどまって耳を傾ける。窓のそばでこっちを見上げ、ひびの入った皿みたいな顔をしている。遠くでカスパーがキャンキャン吠えている。リッチーが首をさすっている。母さんがぼくを見て、馬みたいにぴくりとする。母さんの場合はまぶたがぴくりと動くという意味だけれど。

「母さん？」

「あの犬をあたしの庭に入れたの、ジョジョ？」

「入れてないよ、母さん」

「猫を木の上に追いつめたような吠え方だよ」

「そうだね、母さん」

ケイラがぼくの膝をすべり下り、扇風機のほうへ歩いていって口を当てる。リッチーが悲しげな猫の声を出すたびに、ケイラも「フー」と甲高い声でやり返す。それを扇風機が切り刻むのを聞いて笑っている。リッチーが立ち上がり、いまも首をもみながら歩きだす。腰を曲げ、足を引きずって、窓の真下を歩いていく。

「そうなった後って、母さん」とぼくは言う。「母さんが行くときって、何がどうなるの？」

母さんが幽霊になるなんて耐えられない。母さんが見えない姿になってキッチンに座っているなんて。父さんが母さんの頬に触れもせず、屈んでうなじにキスもせずに素通りするのを見るなんて。とても耐えられない。レオニが母さんに気づかず膝に座ってタバコに火をつけ、そよともしない暖かい空気の中に煙の輪を吐き出すなんて。マイケルが母さんの泡立て器とフライ返しをくすねて、小屋でこっそり調理するなんて。

「ドアをくぐり抜けるようなものよ、ジョジョ」

「幽霊なんかにならないよね、母さん？」答えるのがつらいことはわかっているけれど、ぼくは訊かずにいられない。声に出して言うことで、母さんの去るときが早まるような気がしても。死――いまにも母さんを飲みこんでやろうと待ち構える巨大な口。

リッチーが網戸をこすりながら、端から端へ手をすべらせる。ケイラがくすくす笑う。

「断言はできないけれど、たぶんならないと思うよ。そういうのは、むごい死に方をしたときだけのはずだから。残酷な死に方。昔の人はよく、ある人の死に方がむごすぎて、神様でも見ていられないようなときには、魂が半分だけ後に残されるんだと話していたよ。喉の渇いた男が水を求めるように、魂の平和を求めてさまようんだって」母さんが顔をしかめ、眉間に釣り針形のくぼみが二つできる。「あたしの場合は、そういうわけではないからね」

母さんの腕をさすると、ぼくの指といっしょに皮膚が動く。なんて薄いんだろう。

「だからといって、あたしがここからいなくなるわけではないのよ、ジョジョ。あたしはドアの向こう側にちゃんといる。先に行った人たちといっしょにね。あんたの伯父さんのギヴンや、あたしの父さんと母さんや、父さんの父さんや母さんと」

家の下、床下から、唸り声と短い吠え声が聞こえてくる。カスパーがこっちに来てブロックのあいだに入りこんだんだ。埃っぽい暗闇にひそむ黒い影。

「どうしてそんなことが可能なの？」

「それはね、あたしたちがみんなまっすぐに歩くわけではないからよ。すべては同時に起こっているの。すべてがね。あたしたちはみんな同時にここにいる。あたしの親も、そのまた親も」母さんが壁を向いて目を閉じる。「あたしの息子も」

リッチーがびくっとして、老人のようによろよろと窓から後ずさる。両手を前に突き出して。カスパーが言う。〈妙だ！　においがしないぞ！　翼のない鳥だ！　歩くミミズだ！　帰れ！〉ぼくは母さんをさすっていた手をとめる。母さんがぼくを見つめ返す。痛みの向こうからはっきり見えているみたいに。小さいころ、学校の男子トイレで誰がいちばん壁の高いところまでおしっこを飛ばせるか競争しているところを先生に見つかって、母さんに嘘をついたときみたいに。

「そういうものを見たことがあるの？　幽霊のようなものを？」母さんが苦しそうに息をする。

「何か奇妙だと思うようなものを？」

リッチーがロープを登るみたいに木を登っている。若い松の幹を足の裏でぎゅっとつかんで体を押し上げ、開いた両手を毛羽立った樹皮に当てて、少しずつじりじりと登っていく。片脚を大きく振り上げて低い枝に座ったいまも、両腕と両脚は幹に巻きつけたままだ。松の木に赤ん坊みたいに抱かれている。カスパーに向かってキャンキャン言っている。

「そんなことないよ、母さん」

「あたしには一生叶わなかった。死者を見ることはできなかった。人を読むことなら、人の体の未来や過去を読むことならできたけれど。体が歌うのを聞いて、どこが悪くて何が必要なのかを知ることはできたけれど。植物についても、動物についても。だけど死者が見えたことは一度もなかった。ギヴンを亡くして、どんなにその力が欲しかったことか――」

リッチーの甲高い声が静かな歌声に変わる。カスパーに向かって歌っていて、歌詞もついているんだけれど、ぼくにはさっぱり理解できない。言葉が裏返しになっているみたいだ。皮を剝いだ生き物。裏返しの生皮。だめだ、どうしても思い浮かべてしまう。ぼくはぐっとつばを飲み、これまで食べたすべてのものを吐き出しそうになるのを押し戻す。ケイラが、さっきリッチーがやっていたみたいに網戸をこすっている。行ったり来たり、ハミングしながら。

「そんなことないよ、母さん」

「でも可能性はあるのよ。あんたには見える可能性が。死者のことが」

母さんが横を向いて、リッチーの歌を聞く。眉間にしわが寄る。動いても痛くならないものなら、首を横に振っているだろう。

「外に何かいるの?」

ぼくは首を横に振る。カスパーがくんくん鳴いている。

「本当に?」

扇風機の羽根がリッチーの歌を切り刻む。リッチーの暗い歌声が、ひとつひとつ波になって寄せてくる。いやな感触だ。レオニに顔をはたかれたときの感触。マイケルに胸を小突かれたときの感触。ケイレブという名の年上のやつがバスの最後列で隣に座り、ぼくの膝に手を置いてちんぽを握ってきたときの感触。ぼくが首に肘鉄をくらわせたら、そいつは通路に倒れて咳きこみ、バスの運転手がぼくのことを報告書に書いた。すごくいやな感触だ。
「いないよ、母さん」ぼくは母さんを沈めたくない。

第12章　リッチー

その場にいないのに、触れてもいないのに、リヴは二人をハグしている。あいつ、ジョジョと、あの女の子、ケイラのことを。二人をぎゅっと抱きしめている。朝は二人が食べるのを見守っている。オートミールとソーセージ。バターをひとかけ切り分けて、混ぜてこねて焼いたほかほかのビスケットの中にすべらせる。バターが溶けて横から浸み出す。あれだけ丁寧に作られたビスケットが味わえるなら、おれはなんでも差し出すだろう。しっとりしてぽろぽろとした感触が思い浮かぶ。ケイラが顔じゅうにバターをなすりつけ、それを見てリヴが笑う。ジョジョの口のそばに食べ物がついていて、リヴがそれをふけと言う。それからみんなでリヴの庭に出て、日が高くなるまでストロベリーとブラックベリーと雑草を摘む。そして藪で摘んだベリーを食べる。三人の上に翼の影がないかと探してみるけれど、見当たらない。あるのはこれ、緑あふれるすてきな庭だけだ。花たちが命をつなぎ、果実に甘みを送り出す。ジョジョもしゃがんでいちごをほおばっている。おれは屈んで顔を近づける。

「教えてくれよ。どんな味がするのか」

　ジョジョは無視する。

「頼むよ」

　ジョジョがいちごを飲み下すその顔を見れば、答えはわかる。〈断る〉だ。豊かな味わいを自分の中だけに閉じこめておくつもりなんだ。贅沢な秘密。

「思い出したいんだ」とおれは言う。「リヴに頼んでくれよ。おまえに話すように言ってくれよ」

「もうたくさんだ」とジョジョは答えて、地中に深く根を張った草を引き抜く。

「なんだって？」リヴが訊き返す。リヴはケーキからナイフを引き抜くみたいに土からひょいと草を抜く。

「ベリーはもうたくさん。おなかがぱんぱんだよ」とジョジョは答え、おれを通り越して向こうを眺める。それから身を屈めて、残っていた草を抜く。

　レオニとマイケルは庭に顔を出すこともなく出かけていく。エンジンがかかって赤い車に命が宿り、唸り声をあげて道を走っていく。ほどなく二人は木立のトンネルに姿を消す。おれもいっしょに乗りこんで行く先を見届けてみようかとも思うけれど、やめておく。かわりにジョジョとリヴとケイラの後を追う。ジョジョの足跡をたどって観察する。リヴは二人の先に立って溝やくぼみを避けて歩き、夕食には豆を料理して、二人が寝る前にはちゃんと体をきれいにしたかと確認する。こんなふうにこの一家を眺めていると、体の内側をわしづかみにされ、ねじられて、強く引っぱられる感じがする。痛い。痛くてとても見ていられない。それで見るのをやめる。外に出る。今夜は曇りだ。地面にもぐりたい。もぐって眠りたい。でもあと少しだ。すぐそこ、ウロコの鳥が風にもまれながらおれを連れて渡ってくれる水の音が、すぐそこに聞こえている。そこでおれは家の床下にもぐりこみ、三人が寝ているリビングの下に身を横たえ、地面で眠る。そして詞のない歌を口ずさむ。水の音といっしょに空気にのって運ばれてくる歌を。口を開くと、押し寄せる波の音が聞こえてくる。

そこに見えるのはこんな風景だ。

水面の向こうに陸がある。緑色で、起伏があって、木がびっしり生えていて、いくつもの川筋に引き裂かれている。川は逆向きに流れている。つまり海から始まって陸で終わる。空気は金色、朝焼けと夕焼けの金色で、一日じゅう桃の実みたいなオレンジがかった淡いピンク色をしている。山の尾根にも、谷にも、海辺にも、家がある。鮮やかな青と暗い赤、くすんだピンクと深い深い紫。移動式のまるいテントもあれば、日干しれんがの家もあるし、円錐形のテントもあれば、長屋式の家も、豪華なお屋敷もある。家が集まって小さな村になっているところもある。ドーム屋根ののった丸い頑丈な小屋がきれいに並んでいる。街もある。街には広場があって、運河があって、尖塔のある建物や、寄棟屋根や切妻屋根の建物があって、うずくまった動物の像があって、巨大な高層ビルが奇妙な花のように空に向かって咲いていて、いまにも崩れそうに見えるけれど、実際に崩れることはない。

人もいる。ずいぶん小さいけれど、ひとりひとりはっきり見える。飛んでいる人、歩いている人、浮かんでいる人、走っている人。ひとりだったり、誰かといっしょだったり。山の上をさまよっていたり、川や海で泳いでいたり。手をつないで公園を歩いていたり、交差点を渡っていたり、建物の中へ消えていったり。片時も声がとぎれることはない。みんな絶えず歌っている。口は動いていないんだけれど、確かに彼らのほうから聞こえてくる。黄色い光の中で静かに口ずさんでいて、黒い大地から、木々のあいだから、日の沈まない空から、聞こえてくる。水を渡って聞こえてくる。こんなきれいな歌はどこでも聞いたことがない。ただし意味はひとつもわからない。

固唾《かたず》をのむおれの目の前を、そういう光景がよぎっていく。そして後には、リヴァーの家の暗い下腹がぼうっと広がっている。板のきしむ音がして、静かになる。右を向くと一瞬だけ、水と川と荒野と街と人が見える。そして暗闇。左を向くとまたあの世界が見えて、ふたたび消える。爪を立てて宙をかいても、なんの手応えもない。金色の島に通じるドアはどこにもない。

不在。隔離。おれは泣き叫ぶ。

日が昇って狭い床下から這い出ると、レオニとマイケルが車のドアをバタンと閉めて家のほうに歩いてくる。夜明けの青い光の中で、木立はじっとして静かだ。空気は前の日よりもさらに湿気をおびている。木立のあいだからかすかに日が差し、太陽の気配を感じる。水の音が最高潮に達している。例の場所が視界の端を漂う。マイケルと連れ立ってなかば歩き、なかばよろめきながら、そこに誰かがいるみたいに、レオニが後ろを振り返る。彼女の右後ろ。閃光が見えたので急いで近づいてみると、一瞬、そこに誰かいる。ジョジョによく似た顔の、リヴのようにやせて背の高い誰か。ベッドに臥《ふ》せっている〈塩水の女《ソルトウオーター・ウーマン》〉と同じ目をした誰か、と思ったら、もういない。あるのは空気だけ。レオニとマイケルがドアの前で立ち止まり、抱き合ってささやく。そのあいだ、おれは閃光が見えていた場所をぐるぐる回る。空気が針のようにちくちくする。

「寝ないとだめだよ、シュガー・ベイビー」マイケルが言う。

「まだ眠れないのよ」レオニが答える。

「いっしょに横になるだけでも」

「やることがあるの」

「本当に？」

「すぐに戻るから」レオニが答え、キスが始まったので、おれは横を向く。マイケルがレオニのうなじをつかみ、レオニがマイケルの顔に手のひらを当てるさまには、何か切羽つまったところがある。ものすごく飢えて切羽つまった感じがして、邪魔してはいけない気持ちになる。マイケルは家の中に姿を消し、レオニは道路の端を歩いていく。おれは抑えきれずについていく。ナラやイトスギや松の枝のアーチの下を、縦に並んで歩いていく。古い道路はほとんど砂利道と化している。ときどき家があり、閉めきられてしんとしている。たまに誰かが静かにしゃべっていたり、コーヒーを入れていたり、卵を料理していたりする。ウサギや馬やヤギが朝食の草を食べている。囲いの端に寄って柵から顔を出している馬がいると、レオニは通りすがりに手のひらでそいつらの濡れた鼻に触れていく。家と家の間隔が少し狭くなってくる。レオニが道を渡る。なるほど、墓地だ。半楕円の墓石が地面にいくつも埋まっている。写真の刻まれた石もある。かつては生きていた死者の写真。レオニは墓地の手前のほう、最近死んだ人間が埋葬されている区画へ進んで、ある墓の前で立ち止まる。そして墓の前で膝をつくと、さっき彼女の背後にいた男がそこにいる。ただしそれは大理石に刻まれた写真で、下に名前が書いてある。ギヴン・ブレイズ・ストーン。レオニはポケットからタバコを出して火をつける。煤《すす》と灰のにおいがする。

「どうせここにはいないんだろうけれど」

木立の中で鳥たちが目を覚ます。

「兄さんならどうする？」

カサカサ動いて体の向きを変える。

「母さんが、もう終わりにしたいって」

チュンチュン鳴いて降りてくる。

「どうする、ギヴン？」

おれたちの頭上をかすめる。みんなでピーチクしゃべっている。

「兄さんなら母さんの願いを聞く？」

レオニは泣いている。涙を無視して、あごの先から滴るにまかせている。それが鎖骨の上に散ってから、ようやくぬぐう。

「いまさら相談なんて、虫がよすぎるかもしれないけれど」

小さな灰色の鳥が、おれたちのいる区画の端に降り立つ。朝食を求めて地面をついばむ。二回。

レオニがため息をつく。それが喉につっかえて、ふつふつと笑い声になる。

「もちろん現れるわけないよね」

レオニは身を屈めてギヴンの墓に埋まっている小石を拾い、シャツの裾を引っぱり出して端を持ち、布をたるませたところに石を入れる。体を起こし、宙に向かってしゃべる。さっきの鳥がぴょんぴょん跳ねてひらりと飛び去る。

「何を期待してたんだろう」

レオニは墓石のあいだを歩き回って身を屈め、そこらじゅうから石を拾い集める。更地《さらち》にぽつぽつと建てられたばかりの新しい墓から、墓地の中央や奥のほうにある、雨風に洗われて名前の浅くなった墓まで。鳥が大きく群れて空を旋回し、もっと豊かな土を求めて飛んでいく。レオニが家路につくころには、シャツでこしらえた籠は石でずっしり重くなり、彼女は泣いている。長い道中はずっと静かだ。レオニの涙で石が黒くなっていく。家に入るときにも、まだ寝ているジョジョとリヴとケイラのそばを通って母親の部屋に入るときにも、石はまだ濡れている。部屋じゅうに塩のにおいが立ちこめている。海と血のにおい。レオニが膝をついて床に石を転がし、〈塩水の女〉を振り返ると、〈塩水の女〉がぱっと目覚めて言う。

「そう、それでいい」

涙と海と血の焼けつくにおいで鼻に穴があきそうだ。レオニが「母さん」と言って石をまたぎ、そちらへ這っていくあいだ、それを見守る〈塩水の女〉のまなざしは測り知れないほどの理解と赦《ゆる》しと愛情に満ちていて、するとまたしても歌が聞こえてくる。聞き覚えのある歌。金色に輝く海の向こうのあの場所から聞こえてくる歌だ。おれの中で大きな口が開いておんおん泣きだす。おれは空っぽの胃袋だ。

ウロコの鳥が窓に降り立ち、ガアガア鳴く。

第13章　ジョジョ

ゆうべはリッチーが家の下にもぐりこんで歌っていた。その声が床下から立ち昇ってくるのを聞いていたら眠れなかった。父さんはぼくたちに背を向けて眠り、何度も咳をしていた。ケイラが三十分おきにしくしく泣いて目を覚ますので、そのたびにぼくはリッチーの歌をかき消してよしよしとなだめていた。みんな遅くに寝たのに、ぼくがソファーから起き上がると父さんはもういない。ケイラがぼくの寝ていたところに腕を投げ出したので、毛布を引っぱってかけてやる。庭に出るころには昼近くになっていて、見るとあいつが母さんの窓の外にいて、木の上でしゃがんでいる。裏のどこからか、父さんの斧がシュッ、ドサッと音をたてるのが聞こえてくる。

「来なよ」とぼくは小声で言う。

その際にも木の上は見ないし、そいつが少しずつ下りてきて、跳び下りたくせに音もしないし土埃もたたないところも見ない。そいつがもし本物の子どもだったら、木の皮が紙切れみたいに細かくはがれて、乾いた雨みたいに降ってくるだろう。だけどそうはならない。リッチーがぼくのそばに並んで立つ。肩がうなだれている。ぼくが父さんに話すつもりなのを知っているんだ。ぼくは先に立って日の当たる庭を横切り、ふたたび森の影の中に入って、父さんのいる場所を目指す。斧を振るうような音がスコンと鳴って、静寂の中に響きわたる。続いてもう一回。何かを壊しているようだ。父さんのように顔を上げ、肩を張って、背中を板にして歩くつもりだったのに、気がつくと顔はうつむき、背中は曲がっている。ぼくのすべてがうなだれている。父さんがリッチーと自分のことを話すときには、いつも話がぐるぐる回っていた。最初の部分だけ何度もくり返す。まん中の部分だけ何度もくり返す。大きな黒いハゲワシが死んだ動物のまわりを旋回するように、フクロネズミやアルマジロやイノシシや撃たれたシカがミシシッピの熱気の中で酸化して膨らんでいくまわりを旋回するように、結末のまわりをぐるぐる回っていた。

父さんは古くなった家畜用の囲いを解体していた。斧で角を叩き、へし曲げて、折る。半分はすでに土の中に埋めてある。ぼくが立ちどまると、リッチーもさらに二歩だけ歩いて立ちどまる。日差しを吸収しているのか、はね返しているのか、いずれにせよ本人の皮膚に影が重なっているというか、黒いマスクみたいに頭の先から足の先まですっぽり覆って、本人といっしょに歩いているように見える。髪は、こんなに伸ばしたのは見たことがないというほど長くて、頭の上で寄生性の苔みたいに盛り上がっている。父さんが斧を振り下ろして板が割れ、破片になって飛び散る。汗が釉薬のように光っている。

「シロアリだ。中が食い荒らされていた」と父さんが言う。「ひとたびこいつらの手にかかると、内も外も跡形なくやられるからな」

「手伝おうか？」ぼくは尋ねる。

「こっちの板を足で蹴ってまとめてくれ」

父さんがふたたび斧を振るい、板の継ぎ目を割る。ぼくは木切れを蹴って一か所に集め、山にする。足の当たったところから埃が立ち昇る。シロアリが群れてひらひらと宙を旋回する。白い羽がちらちらと光る。父さんがふたたび斧を振るう。喉の奥で低く唸る。

「父さん？」

「うん」

「話？」

「話の結末って、聞かせてもらったことないよね」

「あの子の話、リッチーの」

斧が地面を叩く。父さんは絶対にはずさないのに。鼻からふんと息を吸い、斧をゴルフクラブのように振って重さを試す。スイングの感覚を確かめる。ぼくは頬にとまったシロアリをぴしゃりと叩いて払いながら、顔をしかめないでおこうと、父さんみたいに平気な顔でいようと努める。

「どこまで話したんだったかな？」

「その子のぐあいが悪くなったところ。鞭でぶたれて体が熱くなって吐いたところ。その子が帰りたいって言いだしたところ」

リッチーはシロアリに触れられることもなく立っている。シロアリたちは目に見えない風にのって彼を避けていく。〈鬼さんこちら〉と言いながら。ぼくは手のひら全体でそいつらを追い払う。

父さんは二本の指で弾く。

「そうだ、おれはそう言った」とリッチーが言う。とても静かな声。ぼくが手で顔を払うぐらいの音。父さんが指で眉をぬぐうぐらいの音。

父さんがうなずく。

「あいつは逃亡を企てた。いや、違うな、企てたのではなく、実際に逃げたんだ」

「脱獄したってこと？」

父さんが斧を振るう。板が割れて砕ける。

「ああ」と言って板を蹴る足には、まるで力がこもっていない。

「それじゃあ、うちに帰ったの？」

父さんは首を振る。ぼくの身長を見定めるように、手足のサイズを見定めるように、じっと見る。ぼくはもう父さんの靴が履ける。雨の日に用事を頼まれれば、勝手口の手前の食料庫のいちばん下に置いてある父さんの長靴を履いていく。ぼくは父さんを見つめ返し、眉を上げる。そして声には出さずに伝える。〈ちゃんと聞ける。ちゃんと聞けるよ〉

「その囚人はブルーと呼ばれていた。野球大会の日曜日で、外の人間も来ていた。商売女やら、囚人の女房連中やら。だがブルーの相手をするやつはいなかった。ブルーと呼ばれていたのは、そいつがあんまりまっ黒で、かんかん照りの中で列になって仕事をしていると、プラムのように黒光りしたからだ。だが女たちが誰ひとりとして口をきかなかったのは、そいつの頭がいかれていたからだ。誰ひとりとして訪ねてこなかったのもな。そこでやつは屋外便所のそばで女囚を捕まえ、中に連れこんだ」父さんが言葉を切り、家のほうを振り返る。

「そいつは何をしたの？」

「女をレイプした」と父さんが言う。「その女は力もあったし、両手は綿摘みと針仕事でブルーと同じぐらいタコだらけだった。とはいえ、ブルーが相手ではかなうはずもない。どんな人間でも、頭を強く打たれれば気絶するからな。女の顔は――ほとんど見分けもつかないありさまだった。それでももしその女が看守部長の女房のお気に入りでなければ、ブルーはお咎めなしですんだだろう。だが洗濯物を干すのも、床を磨くのも、子どもたちの世話をするのも、看守部長の女房は必ずその女に頼んでいた。ブルーもそれぐらいのことは心得ていて、だから女をそこに置いて逃げたんだ。縦縞のスカートをまくり上げ、血だらけの顔を隠して。泥と赤い血で染まった布で女を生きた風船みたいにして、置き去りにしていったんだ。脱獄だ。だが首尾よく逃げる前に、そいつはリッチーに出くわした。どこで会ったのかはわからない。リッチーが厨房のあたりにいたのか、便所のあたりにいたのか、あるいは道具をどこかへ運ぶところだったのか。だがとにかく、ブルーがとんずらを図ったときには、リッチーもいっしょだったんだ」

「ばったり出くわしたんだよ」とリッチーが言う。「あいつは女の上から下りるところだった。でっかい血まみれの手をしてさ。ガンマンの中でもいちばん強い部類で、綿を摘むのもほとんど誰よりも速かった。そいつがおれに言ったんだ。〈この女みたいな顔になりてえか、こぞう？〉おれはなりたくないと答えた。するとあいつはでっかい手を振って、〈来い〉と言ったんだ。おれがついていった理由のひとつは、自分の顔をその女みたいにまっ赤にされたくなかったからだ。だけどもうひとつの理由は、あの場所に心底懲りていたから、おれ自身が出ていきたかったからだ」

ぼくたちのまわりに広がる森は、からまり合った巨大なダークグリーンの塊だ。ナラの枝が低く大きく広がって、幹にまとわりついた蔓が枝からたれ下がっている。ウルシとヌマミズキとイトスギとモクレンの木が、まるい壁になってぼくらの周囲にそびえている。

「それで、父さんは二人の後を追ったの？」ぼくは尋ねる。

リッチーは父さんのほうに思い切り身をのり出している。生身の人間だったら転んでいるところだ。あごを左右に動かして、歯をぎしぎしいわせている。

「そうだ」父さんが斧を握りしめ、指の関節が白くなる、と思ったら力を抜く。そしてまた握りしめ、力を抜く。

「そうだ」とリッチーが言う。「そうだ」

一羽のツルが頭上を横切る。灰色で、脚はピンク色。ガアガア鳴くでもなく、仲間と呼び合うでもなく、黙ってただ飛んでいる。

「それでどうなったの？」

父さんがまたしてもぼくのことを見定める。ぼくは肩を張り、意識してあごに力をこめる。

「ジョジョ？」

ぼくはうなずく。

「ブルーのような男はな、〈ブタのあご〉《ホッグジョー》とおんなじだ」

ホッグジョー。父さんといっしょに犬の訓練をしていた残忍な白人の大男だ。父さんが斧を振るい、柵の別の一画が崩れる。

「命などなんとも思っていない。どんな命も」

リッチーの口が開いたり閉じたりする。歯と歯のあいだで舌が動いている。空気でも食べているみたいだ。

「おれは追うしかなかった」

父さんの言葉を飲みこんでいるんだ。

「日曜日には女にかまう者はあまりいない。だからその女が見つかって、ブルーとリッチーがいないことに気がつき、看守部長が事の次第をつなぎ合わせるまでには五時間かかった」と父さんが言う。「それだけあればパーチマンの境界から二十四、五キロは行ける。もとの自由な世界を目指してな。刑務所長は誰かれかまわず怒鳴り散らして、服を着たまま泳いだみたいに汗でぐっしょり濡れていた。〈次に狙われるのは白人の女だぞ！〉とわめいてな」

「それだけあれば充分だった」とリッチーが言う。ドアがきしむような、カエルが鳴くみたいな、かすれ声。雨に飢えたカエルの声。「あいつはそうとう足が速くて、おれはときどき音を頼りについていくしかなかった。あいつはずっとひとりでぶつぶつしゃべってた。だけど独り言というわけじゃない。母親に話しかけていたんだ。もうすぐ帰るからな、と。〈歌ってくれよ、息子のために、歌ってくれよ〉と」

斧がシュッと宙を切る。壊れた巣の中でシロアリがもがいている。

「だがおれは間に合わなかった。ブルーのやつが、泉に水汲みに来た娘に近づいたんだ。そして娘を殴り倒した」父さんが話を続ける。「やつは娘の服を上から下まで一気に裂いた。娘は服をつかんで逃げ帰った。赤い髪をした、まだ幼い白人の娘だ。その娘が、がどこかのいかれたニガーに襲われたと父親に訴えたんだ」

「おれはとめたんだ」とリッチーが言う。「木の枝でブルーを殴ってやった。思い切り強くだ。だからあいつはその子から離れたし、おかげでおれは顔にパンチをくらった」

「話は人づてに広まった。リッチーとブルーは日が沈んでも捕まらず、白人たちがぞくぞくと集まりはじめた。全員男ばっかりだ。オーバーオールを片紐で吊った、リッチーより幼いような子どもまで、ピックアップトラックの荷台に乗りこんでな。千人はいただろうか。ヘッドライトが反射して顔に赤い霧がかかったように見える以外は、何もかもまっ黒だ。服も、髪も、目も。それでもそいつらの顔に、はっきり見てとれたよ。狩りを前に全員が前のめりになって、犬と同じぐらいうずうずしているのがな。笑い声も聞こえた。誰にもとめようがない。そしておれにはわかっていた。ブルーとリッチー、そいつらが二人を区別するはずもない。連中にとってはニガーが二人、白人の娘に手を出したケダモノが二匹だ」

リッチーは一変してじっと黙りこんでいる。口は開いたまま凍りつき、黒い目も見開いたまま。つま先立ちでバランスを維持して、まるで石になったみたいだ。反対に、父さんはどこもかしこも動いている。話すあいだも手は休まず、肩は力なく内を向いて、一日のいちばん暑い時間帯にしおれてしまった花のようだ。父さんのそんな姿は初めて見た。顔じゅうの線が互い違いになっているさまは、まるで砕けた地面だ。その下にあるのは――痛み。斧が地面に落ちている。

「おれは犬を駆ってフェンスを通り抜け、パーチマンの境界を越えて、デルタに入った。平野全体が黒人の手で開墾され、低木の林とはげ地に変えられたところだ。すべて黒人の手でな。デルタの土は黒人の手のように黒々として、ぼろぼろと砕けやすい。だから足で踏むと、沈んでくっきり跡が残るんだ。おれはその足跡を追い、犬たちはにおいを追って、林を抜け、野原を越え、泉と丸太小屋を通り過ぎて、さらに野を越え、丸太小屋を通り過ぎた。そうするあいだにも白人の男と子どもの数はどんどん膨れあがり、ひとつの塊みたいに動いていた。ただひたすら殺すために」

父さんがふっと頭を下げ、肩の汗をぬぐう。馬が蹴り上げる前によくやるように、足で地面をとんとんと踏む。

「それでどうなったの？」ぼくは先をうながす。

父さんは顔を上げない。

「刑務所長と看守部長も犬を追って車で道路を走っていた。犬はずっと吠えていたのでな。そこらじゅうを男たちがうろつき、連中も犬を駆り出して、けっきょくひとりの子どもがブルーに出くわした。西のほうの林で木に登っていたそうだ。連中がやつを見つけた際に怒号が聞こえてきて、おれはそっちに目を凝らした。そいつらがライフルを撃ちはじめ、刑務所長と看守部長とシューターも車でそっちへ向かった。だがおれは自分の犬を追った。もう少しようすを見ることにした。なぜなら犬は西へは向かっていなかったからだ。犬たちは北を目指していた。つまりリッチーを追っていたんだ。五分と経たないうちに連中がかがり火を焚くのが見えて、何が始まろうとしているのかおれにもわかった。ブルーの悲鳴を聞くまでもない」

リッチーが目をしばたたく。鳥の翼みたいに両手の指を広げている。最初のうちはゆっくりだったまばたきが、父さんの話が進むにつれてだんだん速くなり、しまいにはハチドリの羽ばたきみたいにぼやけて、見えるのは目だけ、黒い日だけになって、そこに薄い幕がかかっている。

「連中はブルーの体を一部ずつ切り取っていったと、後になってシューターのひとりが話していた。手の指。足の指。耳。鼻。それから皮を剝ぎはじめた、と。おれが犬を追っていたまさにそのときだ。おれは犬たちを黙らせ、青から黒に変わっていく空を横切り、野を越えて、また別の林に分け入った。すると一本の木の根元にリッチーがうずくまり、両手で黒い目を覆っていた。泣いていたんだ。鼻を上に向けて、ブルーと群衆の声を聞きながら」

リッチーが両手を丸めて、開く。ふたたび丸める。指を広げて翼にする。

「やつらはリッチーにも同じことをしただろう。ひとたびブルーが片づいたら、今度はリッチーを捕まえにやってきて、ひとつひとつ切り刻み、血にまみれて泣き叫ぶただのぐにゃりとした塊に変えて、木に吊るしただろう」

父さんがぼくを見る。父さんの体のあらゆる部分が震えている。

「あいつはまだほんの子どもだっていうのに、ジョジョ。連中は動物だってあそこまでむごくは殺さない」

ぼくはもう一度うなずく。リッチーが自分で自分の体を抱きしめ、その手にどんどん力がこもって、腕と指があり得ないほど伸びて長くなっていく。

「おれは〈心配するな、リッチー〉と言った。そうしたらあいつは〈おれを助けてくれるんだな、リヴ。どっちへ行けばいいんだ?〉と訊いてきた。おれは犬を自分の後ろに下がらせた。手のひらを上に向けて、両手をあいつに差し出した。そうやってゆっくりと近づき、やつをなだめた。〈いっしょに手を打とう。ここから逃れよう〉。そう言って腕に触れたら、燃えているように熱かった。〈おれ、うちに帰れるんだな、リヴ?〉とあいつは訊いた。おれはそばにしゃがんで、あいつの顔をじっと見た。犬たちはずっとキャンキャン吠えていた。あいつはな、ジョジョ、額の隅に産毛が生えていたんだよ。母親のおっぱいを吸っていたころから生えていた毛が、いまだに残っていたんだよ。〈ああ、リッチー。帰してやるよ〉とおれは言った。それからブーツに隠し持っていたナイフを抜いて、一気にあいつの首に突き刺した。右側の太い血管に。血しぶきがとまるまで、おれはあいつを抱いていた。あいつは口を開いたまんま、おれを見ていたよ。本当に子どもだったんだ。涙から鼻水から顔じゅうにくっつけて。ショックに怯えた顔をして。そしてそのまま動かなくなった」

父さんは自分の膝に向かって話している。リッチーは思い切り首をのけぞらせて空を見上げている。木々の枝の向こうに広がる、絵の具を流したようなまっ青な空を。その目がさらに大きくなったかと思うと、腕がぱっと開き、両脚も大きく開いて、リッチーはもうぼくのことも父さんのことも見ていない。その目はぼくたちのはるか向こう、車で走ってきた何キロも先、松の木が野原と綿の木と芽吹いたばかりの春の木に変わる地点を越え、ハイウェイといくつもの町を越えて、何百年も前からそこに広がるいくつもの沼と小さな林を見つめている。てっきりまた歌いだしたのかと思ったら、そうではなく、それはうめくような泣き声で、それがだんだん大きくなってわめき声になり、さらに大きくなって悲鳴になる。その顔に映っているのは、自分が目にした光景に対する恐怖だ。ぼくは思わず目を細める。リッチーの叫び声で、父さんの声もほとんど聞こえない。

「おれはリッチーを地面に横たえた。それから犬に、かかれと命じた。犬たちは血のにおいを嗅いだ。そしてあいつを引き裂いた」

リッチーはすさまじい声で叫んでいる。道路のほうでカスパーが怒り狂って吠えている。ブタがキーキー鳴いて、馬が囲いの中で足を踏み鳴らしている。父さんは自分の手の使い方がわからなくなったとでもいうように、両手をいじっている。その手にいったい何ができるのか、よくわからないとでもいうように。

「おれは毎日手を洗ったよ、ジョジョ。だが忌まわしい血は、けっして流れ落ちてはくれなかった。顔の前に両手をかざすと、いまも皮膚の下ににおいがする。刑務所長と看守部長がおれたちのところへ来たときにも、においがしていた。犬たちはリッチーの喉を引き裂き、膝の腱を食いちぎって、キャンキャンいいながら鼻についた血をなめていた。刑務所長がよくやったと言ったときにも、においがした。犬を率いて首尾よくリッチーを捕らえて殺したというので、おれが釈放された日にも、においがした。何週間も探してようやくあいつの母親を見つけ出し、リッチーが死んだことだけ伝えて、その母親が石のような表情でおれを見つめてドアを閉めたときにも、においがした。真夜中にようやく自分の家にたどり着いたときにも、バイユーのすっぱいにおいと海のしょっぱいにおいに重なるようにそのにおいがしたし、何年もたってからフィロメーヌとベッドに入って首に鼻を押し当てたときにも、においがした。フィロメーヌの香りがそのにおいを洗い流してくれないかと、大きく吸いこんでみたが、だめだった。ギヴンが死んだときには、もはやそのにおいに溺れてしまうのではないかと思った。何も見えなくなって、頭がおかしくなって、口もきけないぐらいだった。おまえが生まれてくるまでは、何をどうしてもいっさい和らぐことはなかった」

　ぼくはケイラを抱きかかえるようにして、父さんを抱きかかえる。父さんは自分の膝に顔をのせて、背中を震わせている。ぼくたちがそろって背中を丸めているそばで、リッチーはどんどん黒くなっていき、とうとう裏庭のまん中でブラックホールと化して、周囲何キロ分、何年分もの光と闇を吸いつくし、ついには黒く燃えだして、いなくなる。かわりにリッチーがいた場所には、やわらかな空気と黄色い日差しが満ちて花粉が漂い、ぼくと父さんは草の中で抱き合っている。動物たちも静かになって、いまはブーブー、ヒンヒン、キャンキャン鳴いているだけだ。〈ありがとう〉とみんな言っている。〈ありがとうありがとうありがとう〉と歌っている。

第14章　レオニ

墓地の石を山ほど持って帰ったら、マイケルはあたしの車で出かけていた。シャツに入れた石が重たくて、ジョジョやミケイラを妊娠していたとき、別の人間がおなかにいたときの感覚を思い出した。拾った石を母さんの部屋に落とし、部屋を出てドアをバタンと閉めたら、そこにギヴンの亡霊がいる。首を横に傾けて、その目は猟銃で狙いを定めるようにリビングを通り抜け、キッチンを通り抜けて、裏手のドアの向こうを見ている。何かを聞いている。あたしはぴたりと立ちどまる。

「どういうこと？」言葉が小さな矢のように飛び出す。おそらく昨日飲みこんだメタドンの名残だろうけれど、あたしは完全にしらふで、気分は鉛のように重いというのに、ギヴンがここに、リビングに、つやつやの肌をしてそびえるように立っている。誰かの言葉を復唱するみたいに、口をぱくぱく動かしながら。たとえ声が出ていたとしても、つぶやくていどの小さな声。何を聞いたのか、何を真似ていたのか、ギヴンがリビングとキッチンの境に駆け寄って立ちどまり、頭を屈めてドア枠をつかむ。前回そこにいたときには、ギヴンは生きていた。全身の血がドラムのようにドクドク鳴っていた。進学のこととか、振るわない成績のこととか、弓とフットボール以外に何も興味を示さないこととかで、父さんともめた直後だった。〈人生には目標というものが必要なんだ、ぼうず〉。父さんがそう言って勝手口から出ていくのを見届けてから、ソファーに座っていたギヴンはあたしにウインクをしてささやいた。〈人生にはそうかりかりしないことも必要なんだよ、父さん〉

ギヴンもどきの肩甲骨がまん中に寄って、拳みたいにシャツの下から突き出ている。あたしを振り返って首を振る。それから聞こえてきた何かに対してもう一度。

「頭がおかしくなりそう」とあたしはつぶやく。「くそおかしくなりそう」

あたしはギヴンのそばを通り抜けて網戸の外を見にいく。父さんとジョジョが裏庭で、ブタ小屋のそばで地面にしゃがんで話している。距離があるのであたしには何も聞こえない。でもギヴンには聞こえていて、聞こえている何かに対して首の振り方がどんどん速くなって、ときおりドア枠に無音のパンチを浴びせている。なんの跡も残らない。そばを通るときにTシャツが腕に触れる感触がしないかと思ったけれど、何もなくて、ただ霧みたいにひんやりしただけだった。ギヴンの口が動いて、声はなくても、何を言っているかあたしにもわかる。〈父さん〉とその口は動いている。〈ああ、父さん〉。あたしは目を凝らす。ジョジョが父さんの背中をさすっているように見える。父さんをハグしているようだ。そういえば父さんが地べたに座っているところなんて初めて見た。種を植えるとか、家畜と組み合うとか、草をむしるとかでないかぎり。

板がきしむだけの静かなキッチンにいきなり犬の吠え声が飛びこんできて、ギヴンがびくっとしてあたしを見る。両手を開いて、あたしから答えを引き出せるとでもいうように。〈誰だ?〉とその口は動いている。〈あいつは誰だ?〉ギヴンも網戸に駆け寄ってくる。カスパーがまたしても吠えたてる。パニックじみた甲高い声でキャンキャン鳴いている。父さんがずるずると沈んでいくのを、ジョジョが引っぱり上げている。あたしにはまったく理解できない世界だ。ギヴンが何者かの侵入を防ごうとするみたいに両腕を上げている。目の前のギヴンはやっぱり昨日のハイの後遺症、メタドンの震えの名残なんだろうか。大量に飲みこんだせいであたしの頭と体は縫い目がほどけて、ばらばらになってしまったんだろうか。ギヴンはいまもあたしのそばにいる。犬の声が大きくなるにつれ、ギヴンの体から血が出てくる。傷口らしきものは見当たらないのに、血が流れ出す。首と、胸。撃たれたところだ。腕と脚に力をこめ、閉じた網戸の木枠をつかんで踏んばっている。何者かがギヴンを引きずり出そうとしている。父さんとジョジョは、いまはそれぞれうずくまって、犬は相変わらず吠えているのに、あたしには何も見えない。ところが目をしばたたいたその瞬間、暗い閃光のようなものが視界の端をよぎり、黒い雲が渦を巻いて地面に降りてくるのが目に留まる。けれど、もう一度まばたきをすると消えている。ギヴンは床にへたりこみ、両手でドアの敷居をこすっている。生きているときにもよくそうやって、木の敷居を磨いていた。ギヴンがぴたりと動きをとめてあたしを見上げる。そしてあたしは、ギヴンが生きていれば、生身の体があれば、と思えてしかたがない。そうしたら蹴ってやれるのに。ギヴンの口がきけないことに対して。裏庭で進行中の何が見えて何が聞こえているのか知らないけれど、あたしに教えてくれないことに対して。いまこの場にいることに対して。いま、この目覚めている世界、しらふの世界で、あたしの目の前でこの場所を占拠していることに対して。世界をひっくり返しておきながら――鳥は窓ガラスにぶつかるわ、犬は怯えて吠えまくって失禁するわ、牛は尻もちをついたきり起き上がれないわ――それでも笑ってウインクなんかして、歯を見せてえくぼなんか作って、冗談めかしていることに対して。死んでしまったことに対して。ようするにそれがいちばんだ。ギヴンがまたしても首を振る。ただし今回はゆっくりと――それでも輪郭はぼやけて見える。あたしは手を伸ばしてそっちに踏み出す。できれば押してやろうと思って。褐色の腕にさわれるかどうか、コンクリートの塊みたいな両手のタコにさわれるかどうか、確かめてやろうと思って。すると今度はミケイラの泣き声がその場の空気をつんざいて、ギヴンは姿を消す。

ミケイラは何やらわめきながらソファーの上を行ったり来たりしている。寝ぐせのついた髪、むくんだ顔。小さな脚は起き抜けでおぼつかなく、つまずいて顔から転んでクッションに口をぶつける。

「あのこが、くろいとりが」ミケイラがすすり泣く。

あたしはソファーのそばに膝をつき、小さな熱い背中をとんとん叩く。

「どうしたの、ミケイラ？　あの子って？」

「くろいとり。くろいおとこのこ」

ミケイラが立ち上がってソファーの反対側へ駆け出し、肘掛けにまたがってすべり下りる。

「とんだ！」

寝起きはいつもこんなふうに夢の名残を引きずっている。きっとまだ眠いんだろう。あたしはミケイラの片方の脇をつかんで持ち上げ、小さな頭を自分の肩に押さえつける。

「もう少し寝ようか」

ミケイラがつま先で蹴ってくると、小さなショベルでおなかを掘られるように痛い。しかもいちばんやわらかいところを砕きにかかる。かつてはあたしのおなかにいて、あたしの歩みに揺られて眠っていたというのに。あたしの子宮で、見えないグリーンの目で夢を見ていたというのに。それがいまではあたしに抱かせまいとして、こうやって手脚をばたつかせ、あたしの口を叩いてくる。「あのこが、かあさんをつれていく！」ミケイラが叫び、それを聞いたあたしの腕は死んだみたいに麻痺して、ミケイラが麵のようにぐにゃりとすべり落ちる。ミケイラは着地するなり母さんの部屋に向かって駆けだし、小さな拳でドアをノックする。ひとつひとつの小さなドンドンにむせび泣きが重なる。パニックに陥った子馬みたいに目をぐるぐるさせている。

「ミケイラ」と呼んで、あたしは膝をつく。「誰も母さんを連れていったりなんかしないよ」ミケイラがドアノブを回そうとしてぶら下がり、小さな膝のでっぱりが木のドアをこする。あたしの言葉は事実だけれど、まやかしだ。誰も母さんを連れていきはしない。だけど母さんがあたしに言いつけたことは、母さんの旅立ちをうながすことになるだろう。膝立ちのままミケイラのもとへ向かうあたしの骨を、床板がごりごりとすりつぶす。熱した砂利のような不安が胸に広がる。いったいどうなるんだろう。つま先でドアをこすっているぽっちゃりしたあたしの子。未来。あたしを待ち受けているもの。この子を待ち受けているもの。ドアノブを握るミケイラの指が力尽きる。そこであたしがノブを回してドアを開け、手のひらを上に向けて母さんを示す。「ほらね」

ところが目にした光景は、ぜんぜん〈ほらね〉ではない。

母さんの体はベッドからなかばずり落ち、つま先が床について、脚が毛布でぐるぐる巻きになっている。薄手の毛布はぴんと張って紐のように細くなっているかと思えば、別の部分ではゆるく太くて、母さんはさながら捕獲された大物のバショウカジキだ。なめらかな塩水を肌に感じながら風を切って進む銀と白のバショウカジキ。それが日差しの中で身を震わせながら戦っている。春なのに部屋の中はずいぶんひんやりとして、十一月の朝のようだ。それでいて母さんは汗をかき、うめきながら毛布を蹴っている。ミケイラが部屋に飛びこんでくんくんにおいをかぎ、そろりそろりと歩きだして、天井に向かって手を伸ばす。ずっと同じ言葉をささやきながら。

「この、とりめ」

部屋の中は母さんの内と外が裏返ったようなにおいがする。大便と小便と血のにおい。内臓のような、ものが腐る一歩手前のにおい。母さんの目はらんらんと輝いている。両腕を毛布に押さえられ、逃れようともがいている。

「母さん?」声をかけると、小さくて甲高いミケイラのような声になる。「手を貸すよ」

「遅かった」と母さんが言う。「遅かったよ、レオニ」

母さんを自由にしようと思って腕をぎゅっとつかむと、浅いくぼみが一列にできる。あたしが触れるたびに、くっきりと指の痕が残る。母さんがうめく。もっとそっと、痛くないように触れたいのに、うまくいかない。

「どういうこと?」あたしは尋ねる。

母さんは内出血を起こしている。あたしの指が触れたすべての場所から血がにじんでいる。砂地の溝に海水が満ちてくるように。その下にあるものは、運命。

母さんがあたしの後ろ、部屋の隅にひとりで座っているミケイラのほうに視線を向ける。ミケイラはさっきからじっとそこに座って歌を歌い、目を細めて母さんをにらんでいる。母さんの目があたしの顔をちらりとかすめて天井に向かい、それから下に向かって、すっかり破壊されてしまった自分の体を見る。どこまでも、どこまでも、壊れていく体。

「聞こえたのよ」母さんがささやく。「てっきり……」と言って、息を切らす。「猫だと思っていたら」

「なんだったの、母さん？」

「それが、見えないのよ。ときどき聞こえるだけ」

「何が？」

「まるで誰かが三つ先のドアの向こうで話しているような感じなの。別の部屋で」

あたしは片手を離して指を丸める。

「あたしを迎えにきたと言っていた」

血痕の花びらだらけだ。

「あれはレ・ミステではない」〈精霊ではない。神でもない。神秘でもない〉

手首も。

「あれはレ・モ」〈あれは死者〉

腕も。

「子どもだった。まだ酸っぱいにおいがするぐらいの」

朽ちゆく花。

「打ちすえられた犬のように復讐心に燃えていた」

滋養はすべて種に。

「あらゆる過去の重みを引きずって」

息がヒューヒュー鳴っている。

「綿花の収穫袋に鉛でも詰めて運んでいるみたいに」

母さんの言うとおりだ。

「まだほんの子どもなのに」

あたしは間に合わなかった。

「愛に飢えて」

癌は母さんを破壊した。

「あたしの子どもになりたいと」

とことん破壊してしまった。

「あたしはずっと――」

あたしがもう一方の手も離そうとすると、母さんが爪を立ててあたしの腕をつかむ。

「あんたの兄さんだろうと」

あたしはとまる。

「あたしが最初に出会う死者は……」

息ができない。

「あの子だろうと思っていたのに」

気がつくとギヴンが部屋の隅にいて、壁と壁の継ぎ目に沿って立っている。ミケイラの上にぼうっと浮かんだその顔は、父さんのように硬く険しくて、あたしは初めて恐怖を覚える。生きているときのギヴンは、体じゅうの線という線に気のいいジョークがにじんでいた。骨に沿ってユーモアが流れ、肩の角度に、首を振るしぐさに、笑顔に、誰もがそれを読み取った。それがいまはいっさいない。生きているあいだは一度も背負ったことのない時の重みに捕まって、父さんのように深刻な顔、鋭く尖った顔をしている。ギヴンが首を振って、告げる。

「おまえの」

ミケイラの歌が小さくなる。

「母」

母さんがあたしに挑みかかる。

「ではない」

母さんはあたしの背後のひび割れた天井、洞窟みたいに無数の鍾乳石がぽつぽつと広がる天井を見上げている。父さんが箒をペンキに浸して硬い穂先で天井をつつき、あるいは箒をぐるぐる回して、何時間もかけて描きあげた星と彗星。母さんの口は開いたり閉じたりしているけれど、なんの音も出てこない。母さんの視線をたどっても、湿気のせいで灰色にくすんだ石膏ボードと天井以外、あたしの目には何も見えない。でもミケイラには、ささやくように歌を口ずさみ、『きらきら星』を歌うときのように指を振っているミケイラには、見えている。

そしてギヴンにも。「おまえの」と言いながら口を尖らせ、眉間にしわを寄せて、ナイフのように険しい表情になっていくギヴンにも、見えている。

「母」

そして母さんにも見えている。母さんの目がぎょろりと動いて、ギヴンの姿がぼうっと見える部屋の隅を向く。歯をむき出し、笑っているようにも、引きつっているようにも見える。

「ではない」ギヴンが言い終える。

母さんがあたしの頬をぶつ。ぶたれたところが焼けるように熱い。反対側も平手でぶたれて、耳の奥で血がわんわんと鳴り響く。母さんが右手であたしの頬をつかんで眉骨に指をくいこませ、あたしの顔をまっすぐに固定して、あたしたちの上方、あたしの背後にいる何者か、母さんを迎えにきた恐ろしい何者かに向かってささやく。頭の上からささやく声が聞こえてくる。

「行こうよ、母さん」とその声が言う。「さあ」

「いいえ」と母さんが言う。

母さんの指があたしのまぶたを上に引っぱる。上に、上に、痛いほどに。

「あんたはあたしの息子ではない」

皮がむけそう。

「ギヴン」と母さんがささやく。

あたしは顔を振って逃れる。

「ベイビー、お願い」

〈ベイビー〉と呼ばれて、あたしはとっさにベッドから跳びのく。なぜならそれを聞いた瞬間、あたしはふたたび母さんの赤ん坊に戻っていたから。やわらかい歯茎と潤んだ目をした肉付きのいい赤ん坊に。そして母さんはすっかり健康で、甘い母乳に満ちていたから。母さんの両手がトウモロコシのさやのようにあたしの顔からはらりとはがれて、さやのようにかさかさとベッドに落ちる。でも母さんはすぐにその手を持ち上げ、手のひらを上にして差し出す。

「やめろ、おいこぞう、やめろ」とギヴンが言う。

あたしは床に転がっている墓地の石をざっとかき集め、先に揃えておいたものといっしょに祭壇にのせる。バスルームからもってきた脱脂綿。キッチンの戸棚からもってきたコーンミール。昨日のうちに酒屋で買っておいたラム酒。

「唱えて」と言って、母さんが両手を下ろす。「祈りを」と、母さんがもう一度うながす。母さんの息は喉の奥で震えている。あたしの背後では壁に押さえつけられたギヴンが見えない相手に向かって腕を振り回しているけれど、母さんは見ようともしない。母さんの口が開く。無言のむせび。ミケイラは見たこともない泣き方をしている。口は開いているのに、声が出てこない。ここには時間がないんだ、とあたしは気がつく。いまこの瞬間がすべての時間を食いつくしているんだ。過去も、未来も。唱えるべき？　目をしばたたくと、天井に男の子がいる。ずいぶん幼い顔。すると砂でも入ったように目が痛くなったので、もう一度まばたきをすると、そこにはもう何もない。

「母さん《マミー》」喉がつまって、赤ん坊がすがるような弱々しい声になる。あたしの泣きべそと母さんの哀願とミケイラのむせび泣きとギヴンのわめき声が洪水となって部屋じゅうにあふれ、おそらく外まで轟いたんだろう。ジョジョが駆けこんできてあたしのそばに立ち、父さんも戸口に立っている。

「目的は果たしただろう。とっとと失せろよ」とジョジョが言う。

　最初はてっきりあたしに言っているのかと思った。でもジョジョの目はあたしを通り越して上を見ている。それであたしにも相手がわかった。ジョジョの力強い声に勇気を得て、あたしは母さんを胸に抱き寄せ、泣きながらも落ち着いた声で祈りを唱える。

「ママン・ブリジット、あらゆる死の精霊《ゲーデ》の母、墓地の恋人、あらゆる死者の母よ」肩で息をし、すすり泣きながら、あたしは唱える。

「やめろ、レオニ。レオニにはわかってないんだ」ジョジョは天井を見上げてにらんでいる。

「レオニ」母さんがむせながら訴える。「偉大なるブリジット、どうか審判を。祭壇の石をあなたに捧げます。どうかお受け取りください」母さんの目はずっとぐるぐる回っていて、ぐるぐる回りながら天井のほう、さっき男の子が赤ん坊みたいに丸まって物欲しそうに漂っていたほうへ向かう。

「黙ってよ、レオニ。お願いだから」ジョジョが訴える。「レオニには見えてないんだ」

母さんの目がぐるぐる回りながら壁に向かう。ギヴンもいまはじっとしている。母さんの目があたしに向く。すがるような目。「どうぞお入りください」とあたしは唱える。

「失せろ」とジョジョが言う。さっき一瞬だけ男の子が現れたところを見上げている。「ここにはもうおまえに聞かせる話はない。ここにいる誰ひとりとしておまえに借りなんかない」ジョジョがギヴンに向かって片手を上げる。すると鍵が解かれて門が開いたかのように、ギヴンが自分を押さえていた何者かを押しのけて前に出てくる。

「甥の言葉は聞こえただろう」とギヴンが言う。「行くんだ、リッチー」

あたしには見えなくても、きっと何かが起きたにちがいない。ギヴンが何者にも邪魔されることなくベッドのもとへ歩いてくる。父さんが壁をずるりとすべり、崩れ落ちながら母さんを、最後にもう一度だけしっかりと見る。これまで父さんは月のように母さんのまわりを回っていた。母さんの部屋のドアに背を向けてソファーで眠り、壊れた柵や容器や機械を求めて庭や森をうろつき、自分には治せないもののかわりにそういうものを直した。

母さんの呼吸は不揃いな風だ。しだいに緩慢になってくる。まぶたが下がり、目はただの切れ目と化す。体は――すっかり壊れて動かない。ジョジョがギヴンに道を明ける。泣きじゃくるミケイラを抱き上げる。「伯父さん」と言って息をのみ、まっすぐにギヴンを見つめる。ジョジョには見えるんだ。誰だかわかるんだ。ギヴンがうなずく。そして一瞬だけ、もとのギヴンに戻る。だって顔が笑っているし、えくぼに冗談がにじんでいる。

「よう、甥っ子」とギヴンが言う。

呼吸がさらに遅くなり、母さんがあえぐ。顔を歪めてあたしを見る。

「お入りください。ともに踊ってください」あたしはささやく。

ギヴンがそばに来てベッドに上がり、母さんに腕をまわして「母さん」と言う。「迎えにきたよ、母さん」と。「来たよ、母さん」と。すると母さんが長くとぎれとぎれに息を吸い、母さんの息と血と魂がクモの糸につかまった蛾のように激しくのたうつ。ギヴンが「しーっ」と言い、「船を運んできたよ、母さん」と言って、それから母さんの顔に沿って片手を移動させていく。空気に飢えたあごからふくらんだ小鼻に、そして目に。その目がみるみる開いて、あたしからギヴンへ、ジョジョとミケイラへ、戸口にいる父さんへと移り、それからまたギヴンに戻る。続いてギヴンが母さんの顔の前で片手をひらひら動かすと、さながらギヴンが花婿で、母さんが花嫁で、ギヴンが花嫁のヴェールをめくって後ろにたらし、愛をこめて互いに見つめ合い、愛しい顔を確認し合っているかのようだ。母さんの体ががびくりとして、動かなくなる。

時間が怒濤の勢いで部屋に押し寄せる。

あたしは泣き叫ぶ。

あたしたちはコーラス隊のように泣いている。父さんは戸口にうずくまって、あたしはいまも温かい母さんのナイトガウンを握りしめて、ミケイラはジョジョの肩に自分の顔を押し当てて。だけどジョジョは違う。目は潤んで光っているけれど、そこからは何も流れてこない。あたしを問いつめるときでさえ。

「何を言ったんだ？」

あたしは口をきくことができない。食べ物をあわてて飲みこんだときみたいに、悲しみが喉につっかえて息をすることもままならない。

「レオニ！」

あたしの中にみるみる怒りが広がる。水面に広がる油のように。

「母さんがあたしに頼んだのよ」

「うそだ」ミケイラを揺すりながら、ジョジョは母さんが目を開けるのを待つかのように、母さんが顔を上げて〈ばかだねジョジョ〉と言うのを待つかのように、じっと見つめる。「おまえの言葉。あれが川を呼び寄せたんだ。そのせいで母さんとギヴン伯父さんが連れていかれたんだ」

「そのとおりよ」それがどういうことだか、ジョジョにはけっしてわからない。生まれて初めて母さんのためにきちんとしてあげられたことが、母さんの神を招き入れることだなんて。母さんを送り出すことだなんて。

父さんがドアをつたって立ち上がる。いまも背中は曲がり、肩がお椀《わん》のように内に曲がっている。首の上で頭が振り子のように揺れている。首が折れてしまったかのようだ。

「本当だ、ジョジョ。母さんが頼んだ」父さんの中で声だけが、いくぶんなりとも硬さをとどめている。鞘に収まったナイフ。「これ以上あの痛みに耐えられなかったんだ」

「母さんがぼくたちを置いていくはずがない。いくらギヴン伯父さんといっしょでも」

父さんから消えてしまったものが、いつのまにかジョジョに備わっている。何よりその引きしまった太腿。思春期前の内股ぎみのやわらかい感じがすっかり消えて、石のように硬くなっている。

「本当よ」とあたしは言う。

それに胸板を覆う筋肉も。そのせいで肩がバールのようにぴんと張っている。

「だって母さんは――」

「それが情けだ、ぼうず」父さんが言う。

するとジョジョは兜《かぶと》をかぶり、幼さの残る顔、ふっくらとした脂肪の最後の名残を鎧《よろい》のように硬くして、戦いに備える。その中で内側からのぞく目だけが、少年らしい面影をいくらかなりともとどめている。

「あたしにいったいどうしてほしいの？　ごめんとでも言わせたいの？」

その目。

「本当はやりたくなかったと言えば満足？」

自分の声がコントロールできない。警笛のように甲高く鋭い声になる。目から鼻の奥、喉の奥まで炎が縄のようにつながって、胃の中でとぐろを巻いている。母さんはいまも温かい。

「もちろんやりたくなかったよ。母さんのために、しかたがなかっただけで」

まるで眠っているみたいだ。母さんの顔がこんなになめらかでゆったりしているのは、何年ぶりだろう。平手をみまって起こしてやりたい。あたしにこんな役を押しつけて。ジョジョにも平手をみまってやりたい。ほかにもやりようがあったみたいな目であたしをにらんで。そしてギヴンにも一発、この世に引きずり戻して、生身に戻して、平手をみまってやりたい。自分だけさっさといなくなって。母さんを連れていって。そこにあった木が一本なくなるだけで、なんと空の広く見えること。なんという違和感。胃の中で輪縄が引き絞られる。

「べつに」とジョジョが答える。「おまえにできることなんか何もない」

そう言いながら、ジョジョは母さんを見ている。あたしは母さんの動かない顔から頭へ、髪をなでていた手をとめる。するとジョジョがあたしを見る。その顔は父さんのように硬く、母さんのようにやわらかい。非難と憐憫。ジョジョにはあたしが読めるんだ。なるほど。あたしを見るだけで、すべてお見通しなんだ。

「おじょうさん」と父さんが言う。

けれども言葉はそこでぴたりととまり、あたしは猛烈に腹が立つ。この世が憎くてたまらない。あたしは母さんをずるりとマットレスに横たえ、立ち上がってジョジョに迫る。ジョジョは後ずさるも間に合わない。だってあたしはもうここにいる。ジョジョの顔に平手をみまうと、手のひらにパシッと痛みが広がって、ピンと指先に届く。だからあたしはもう一度くり返す。さらにもう一度くり返したところで気がつくと、ジョジョの腕の中でミケイラが泣き叫び、あたしから逃れようとジョジョの胸を這い上っている。そしてジョジョはまっすぐに、父さんのようにまっすぐに立ち、幼い面影はもはやその目からも完全に消えている。潮が引き、残った水が太陽に焼かれて蒸発すれば、熱した砂は焼けてコンクリートになる。すると父さんがあたしのそばにいて、空から降ってきた爪のようにあたしに覆いかぶさり、両腕をつかんでまん中に引き寄せ、両手のひらを合わせる。

「もう充分だ」と父さんが言う。「これ以上はなしだ、レオニ」

「知らないくせに」とあたしは言う。「知らないくせに！」ジョジョはミケイラの小さなシャツに顔をこすりつけていて、あたしはもうがまんができない。ジョジョをもう一度殴ってやりたいし、髪のない赤ん坊だったころみたいに抱き寄せて頭をなでてやりたいし、〈あたしたちは家族なんだよ〉と言ってやりたいし、〈何が見えたの、ジョジョ、何が見えたの〉と訊いてみたい。でもあたしはどれもやらない。かわりに父さんの手を振り払い、ジョジョとミケイラのそばを通り過ぎて、母さんをそのままベッドに残していく。母さんは天井を見上げて横たわり、その目は開いて、体の芯からすでに温もりは消えている。心臓は冷たく、固まりはじめた血管を時間が這いのぼっていく。

あたしがポーチに座っているところへ、マイケルが戻ってくる。マイケルは階段を無視してあたしのそばにジャンプする。すると着地の際に板がミシッと鳴り、あたしの想像の中で、熱でたわんで脆《もろ》くなっていたその部分が崩れ落ち、あたしもいまいる場所から粘土質の地面に落っこちて、さらにそこがぱっくり割れ、穴がどこまでもまっすぐに続いて、底なしの井戸になっている。今日はこの春最初の猛暑日で、来る夏に空気を満たしてあらゆる人と物をうなだれさせる地獄の熱を予告している。

「ベイビー？」

「行こう」

「え？　いま戻ったところなのに？　今日は子どもたちを連れて川へ行こうと思っているんだけれど」

「母さんが、行った」言葉と言葉のあいだで声が崩れるのを抑えられない。ため息をつくつもりが、泣き声が漏れるのを抑えられない。

マイケルが隣に座ってあたしを膝に抱き寄せる。腕も、お尻も、脚も、全部まるごと。だからあたしは大きな赤ん坊になって、すっかり彼に寄りかかる。彼ならあたしを支えられるから。支えてくれるから。髭でちくちくする首筋に、あたしは鼻をうずめる。

「行こうよ」

「しーっ」とマイケルがささやく。

「アルのところ」

マイケルは知っている。あたしが本当は何を求めているか。やわらかな果実のまん中に抱かれる種。

「このまま出かけよう」

出かけてハイになろう。またギヴンに会おう。そう考えながらも、ギヴンがもう来ないことはわかっている。母さんを連れてどこへ行ったにせよ、おそらくあれが最後だった。それでもあたしの心の中の、母さんがいつも憐れみをこめて見ていた弱い部分は、会いたいと願ってやまない。

「無理だよ」マイケルが言う。

「お願い」酸味をおびた小さな言葉が、げっぷのように二人のあいだをしばし漂う。言葉が孕む恐怖と嘆きのにおいに気づいたのか、マイケルが顔をしかめる。すべてが凝集された、つんと鼻をつく短いひと言。

「子どもたちはどうするんだ」

空は砂っぽい褐色粘土の色に変わっている。オレンジがかったクリーム色。日中の暑さがいちばん堪える時間帯。虫たちが眠りから目を覚ます。この世はあたしには耐えられない。

「あたしには無理」あとに続く言葉はきりがない。〈いまは母親でいるのは無理。いまは娘でいるのは無理。あたしには覚えられない。あたしには見えない。息ができない〉。するとマイケルにも聞こえたとみえ、前に屈んであたしをいっしょに立ち上がらせ、あたしを抱き上げ、ポーチを下りて車へ運ぶ。あたしを助手席にのせてドアを閉め、自分も運転席に座る。車のおかげで世界が縮む。存在するのはあたしとマイケルとガラスのドームだけ。いまいましい犬も日差しも溝の中に姿を消し、穏やかな牛たちも、ひしめく木々も、あらゆる記憶も――あたしの吐いた言葉も、灰色の紙のような母さんの顔も、あたしがぶったときのジョジョとミケイラの反応も、縮んでしまった父さんも、ギヴンとの二度目の別れも――すべて消えてなくなる。あたしたちの世界は、水槽だ。

「ちょっとそのへんを走るだけだから」とマイケルが言う。

だけどあたしにはわかっている。あたしがひたすら頼みさえすれば、何度も〈お願い〉をくり返して、車の中の空気を酸化させれば、マイケルはミスティのところへ行ってくれるだろう。そして北に住む友達に電話してもらい、アルを訪ね、父さんに最後の電話を入れて、〈二、三日だけ〉と伝えてくれるだろう。何時間でも運転して、黒土が広がる州の中心部まで車を走らせ、自分を閉じこめていた檻まで戻って、さらにその先、地平線が牡蠣の殻みたいにぱっくり口を開いているところまで、走り続けてくれるだろう。あたしが頼めば、彼は行ってくれるだろう。なぜなら彼自身の中にも、母親との涙の抱擁から逃れたい気持ちがあるからだ。父親との取っ組み合いも、死に満ちたあたしの家族も、すべて後に残して。車が先へ進むにつれ、開いた窓から風が入ってガラスを揺さぶるそのさまが、押し寄せる波の中で震える無数の貝のように生き生きとして感じられる。きらめく泡と砂。タイヤが砂利を捕らえては吐き出す。あたしたちは手をつなぎ、忘れたふりをする。

第15章 ジョジョ

いまではぼくもレオニのベッドで寝ている。レオニに足で押しやられる心配もないし、背中にパンチをくらって起こされる心配もない。レオニはもういないから。完全に、というわけではない。毎週戻ってきて、二日だけ過ごして、それからまた出ていく。レオニとマイケルはソファーで眠る。二人とも魚みたいにやせこけて、二匹の灰色のイワシみたいだ。ぴったり重なっているところも缶詰のイワシと同じ。朝、ぼくがそばを通ってドアを抜け、ケイラを就学前プログラムの送迎バスに連れていくときにも、二人はぴくりとも動かない。だけど日によっては、ぼくが自分の教科書かばんを取りに戻るといなくなっていることもある。ソファーに残った長いくぼみだけが、二人がそこにいたことを物語っている。

二人がソファーで眠るのは、いままでは父さんが母さんの部屋で眠るからだ。母さんを埋葬したその日のうちに、父さんは介護用ベッドを処分した。家の裏の森に運んでいって燃やした。いっしょに運んだ後で、戻ってくるなと言われたけれど、煙が見えた。炎がパチパチいっているのが聞こえた。夜、ケイラがぼくの肩に頭をのせて眠った後で、深い眠りに落ちて頭がメロンのように重くなった後で、ぼくが水を飲みにキッチンへ行くと、ドアの向こうから父さんの声が聞こえてくることがある。鍵穴から父さんの声がもれてくることがある。あるとき、ベッドのそばの壁を通じてその声がはっきり聞こえてきた。最初は祈っているんだと思った。でも続いて声が上がったり下がったりするのが聞こえて、祈りではないことがわかった。誰かに話しかけているみたいだった。翌日、訊いてみた。学校から戻って、父さんがポーチのいつもの場所で座って待っていて、ケイラが隣でぶらんこに座っているときに。

「父さん」

父さんはペカンの殻を割っていた。ぼくの顔を見上げるあいだも両手はずっと動いていて、殻を砕いて実をほじくり出していた。ひとつ取り出すたびにケイラに半分渡し、それをケイラがぽんと口に放りこんで、ぼくのほうを向いてにこにこしながらもぐもぐ噛んでいた。

「ゆうべ誰かと話してた？」

父さんはペカンの半分を片手にのせたままぴたりととまった。ケイラが父さんの腕をとんとん叩いて催促した。

「とうさん、ちょうだい、とうさん」

父さんはペカンを渡した。

「レオニが電話してきたの？」ぼくは尋ねた。

「いや」と父さん。

「だよね」と言って、ぼくはポーチから下の砂に向かってつばを飛ばした。レオニがそこにいればいいのにと思った。レオニに向かってつばを吐いたらどんな気分がするだろう。まあ、本人が気づけばの話だけれど。

「やめないか」と父さんは言って、また殻割りに戻った。「それでもおまえの母親だ」

「それじゃあマイケルから？」

父さんはペカンの実についていた渋皮を手から払い、首を振った。その姿を見てからは、ドアや壁の向こうから父さんの声が聞こえてきても、父さんの声が煙みたいに夜の中に立ち昇っていっても、ぼくはもう何も訊かなくなった。そのとき父さんが首を振る姿を見て、首のこすれる音を聞いて、幾重にも重なったしわを見て、父さんが暗闇でベッドに横たわり、天井を見上げる姿が思い浮かんだからだ。母さんが死んだときに見ていたところを、父さんがじっと見つめる姿が。そして母さんの名前を呼ぶ父さんの声が。母さんが癌になって以来ずっと聞くことのなかった名前で、〈フィロメーヌ〉と。それから〈フィリー〉と。そしてぼくは、ぼくとケイラが寝ているはずの時間に父さんが何をしているかに気がついた。それは祈りのようなもの。祈りとはいっても神に対する祈りではない。話しかけながら、問いかけながら、父さんは天井に広がる山やクレーターのあいだを探しているんだろう。母さんを探しているんだろう。父さんの腕をケイラがもう一度とんとん叩いた。けれどそれはペカンを催促していたわけではない。ケイラは父さんのことを子犬のように、ノミにたかられ、毛が抜けて愛情に飢えた子犬のように、黙ってただなでていた。

ときどき、夜遅くに父さんが闇を探る物音を聞いていると、ケイラがそばでいびきをかく音を聞いていると、ぼくにもレオニのことがわかるような気がしてくる。レオニの気持ちがなんとなくわかる気がしてくる。母さんが死んだ後でなぜ出ていったのか、どうしてぼくをぶったのか、どうして逃げたのか。たぶん少しはわかるような気がする。自分の中にも同じものがあるのを感じる。両手がちりちりする感覚。足で何かを蹴りたくなる感覚。胸のまん中がざわつく感覚。じっとしていられない感覚。どんどん深みにはまっていく。そこへすべり落ちていくのを感じるたびに、ぼくの目は冴えてくる。そうなるともうぼくは、宙高く放り上げられたボールだ。夜中の三時ごろにようやく地面に着地して、眠りに落ちる。

日中はそれほど感じない。たいていは。だけど太陽が沈みはじめて空がオレンジがかった淡いピンク色に変わるときの何か、水に沈む石のように太陽が地平線に沈んでいくときの何かが、その感覚を呼び覚ます。だからぼくは、それが来るなとわかったら、散歩に出かける。散歩といっても、気のふれた大伯父のように通りを歩くわけではない。ぼくは裏の森を縫って歩く。父さんの土地の境界を越えて小径をたどり、日の半分しか当たらない鬱蒼《うっそう》とした松の森に入っていく。そこでは赤い粘土質の地面に茶色い針が絨毯のように散らばり、ぼくが歩いても音がしない。

あるときはアライグマが倒木を掻いて、幹の中にいる地虫を掘り出している。〈おれの、おれの、全部おれのだ〉と唸りながら。別のあるときには大きな白いヘビが目の前にぼとりと落ちてきて、曲がったナラの木の枝から落ちてきたそいつが根っこのほうへ這い戻り、また同じ木に登って、生まれたばかりのリスや卵から孵《かえ》ったばかりでまだくちばしの弱いヒナを狙いにいく。木の皮にこすれるウロコがこう言っている。〈あのこぞう、まだふわふわさまよってやがる。まだどこにもたどり着けないんだな〉。そうかと思えばハゲワシが、羽の黒い強そうなやつが、頭の上で旋回していて、〈こっちだ、ぼうず。道はこっち。ウロコはまだ持っているだろうな〉と呼びかけている。そうするとあの満たされない感覚、ミミズの這うような悲しみが、少しだけ軽くなる。母さんもこういうものを見ていたんだ、こういうものを聞いていたんだ、とわかるから。やがてあいつの寝そべっている姿が目に入る。生きた本物のナラの大木の根本で丸くなり、死んでいるようにも眠っているようにも見えるけれど、とりあえず完全に幽霊だ。

「よお」とリッチーが言う。

ときとしてぼくには母さんよりも多くが見える。

「ああ」とぼくは言う。

ぼくは猛然と腹が立つ。なぜならそいつのばかでかい耳と木から落ちてきた小枝みたいな細くて折れそうな手脚を目にした瞬間、心のどこかで母さんが現れるのを待っていた自分に気がつくからだ。散歩のとちゅうでばったり母さんに会えたらと期待していた自分に。そしてリッチーを目の前にして、心のどこかで知っているから。こんなふうに母さんに出くわすことはけっしてない。木の幹に腰かけているのが母さんであることは、腐った切り株に座ってぼくを待っているのが母さんであることは、けっしてない。この先も母さんが見えることは絶対にないし、ギヴン伯父さんがぼくを甥っ子と呼ぶ声が聞こえることも絶対にない。

薄暮れの中、風がひゅうと舞い降りてきて大きな翼でぼくをかすめ、ふたたび空へ昇っていく。

「こんなところで何してるんだよ」とぼくは言う。

「ここに、いるのさ」と言って、リッチーは髪に片手を通す。その髪は雨に穿《うが》たれた石のようにぴくりとも動かない。

「それぐらい見ればわかる」

「そうじゃなくて」とリッチーは言い、大きな椅子にもたれるみたいに木の幹に寄りかかる。「おれはてっきり……」リッチーがぼくの後ろの小径に目を向ける。ぼくの家に。息遣いのような音が聞こえるけれど、息をしているわけではない。

「なんだよ？」

「おれはてっきり、知るだけでいいんだと思ってた。そうすれば、水の向こうへ渡れるんだと思ってた。帰れるんだと。たぶんそこでなら――」リッチーの言葉はぼろぼろに裂けた布のようだ。「――別の何かになれるんじゃないか。たぶん、なれるんじゃ、ないかって。あの歌に」

寒い。

「聞こえるんだ。ときどき。太陽が。沈むとき。太陽が。昇るとき。その歌が。ところどころ。星。レコード。空。巨大なレコード。命。生きてる者の。向こう側にいる者の。一瞬だけ見えるんだ。音が。水の向こうに」

「だけど？」

「渡れない」

「おまえは――」

「だめなんだ。入れない。試してみた。昨日も。どこかに必要としてる部分があるはずだ、隙間があるはずだ、と思って。鍵穴のようなものが。おれが入るための、取っかかりのようなものが。だけどいろんなことがあって――おばあさんのこととか、伯父さんのこととか。母親のこととか――入れない。おまえは」と言って、リッチーがまたしても息を吸うような音をたてる。「変わった。必要としてる部分がどこにもない。少なくとも、おれが鍵を挿《さ》せるような穴はない」

ぼくの首のあたりでスズメバチがブンブン唸っている。とまって針を刺してやろうと狙っている。

手で払ってもまたぐるぐる飛び回るので、力をこめてぴしゃりとやると、手のひらに小さな硬い体が当たって弾かれる感触がして、そいつは薄闇の向こうへ、もっと楽に手に入る食事を求めて飛んでいく。

「いくらでもいる」リッチーのしゃべり方はやけにもったりとして遅い。「おれみたいなのはいくらでも。見つけた、と思ったら、鍵が合わない。そしてさまよう。歌を求めて」リッチーは疲れたようすで横になり、寝床からぼくを見上げる。根っこが首に当たって、頭が不自然な角度に曲がっている。硬い枕。「立ち往生だ。おまえも見ただろう。あのヘビとか。気づいてたか？」

ぼくは首を振る。

「おれもさ」リッチーはもったりと言葉を引き伸ばす。「泣きながらさまよってるやつなんか、いくらでもいる。迷子になって」

リッチーが目をしばたたく。昼寝に落ちる直前の猫だ。

「おまえはもうわかってる」リッチーが目を閉じる。ウシガエルみたいな音をたてる。「命を、理解している。死を、知っている」眠ったように静かなのに、リッチーは動いている。長い茶色の線が、水のように波打っている。すると次の瞬間、ぼくには見える。リッチーがあの白いヘビのように木を登っていく。幹に沿ってくねくねと波打ち、枝から枝へ渡って、そのうちの一本に沿って長々と伸び、またしても仰向けに寝そべる。見ると、うじゃうじゃいる。枝という枝に、亡霊たちがうじゃうじゃ。ひとつの枝に二、三体ずつ、いちばん上の枝まで、毛羽立った葉っぱの先まで。男も女も子どもも。まだ赤ん坊みたいなのもいる。みんな背中を丸めてぼくを見ている。黒いのも茶色いのも。いちばん幼い子は、煙みたいな白。みんなぱっと見には死んでいるとはわからないけれど、目を見れば、大きな黒い目を見ればわかる。鳥のように木にとまっているけれど、見た目は人間だ。それぞれが目で語っている。〈あいつはあたしをレイプして口をふさいで殺したおれは両手を上げていたのにあの男は八回もおれを撃ったあたしはあの女に納屋に閉じこめられてあの女があたしの子どもたちと庭で遊ぶのを聞きながら飢えて死んだあいつらは真夜中におれの部屋にやってきておれを吊るしたあいつらはおれに字が読めるとわかって納屋へ引きずっていって目をくり抜いておれが動けなくなるまでぶったあたしが病気になるとあいつは忌まわしいと言ってイエス様も幼子をよこしなさいとおっしゃっているからこいつも行かせてやろうと言ってあたしを水の中に押しこんだのであたしは息ができなかった〉。太陽が森の梢よりも低い位置で燃えてまたたき、無数の目がまたたいて、亡霊たちに赤い色が反射する。彼らの服を太陽がまっ赤に染めあげる。ぼろに半ズボン、頭に巻いたティニョンにTシャツ、中折帽にフードつきのトレーナー。彼らの目がひとつの目のように閉じて開いて、ぼくを見下ろし、それから空を見上げるそのまわりを、風が唸って旋回する。彼らはいま、ぱっくりと口を開いている。駆けめぐる風は彼らの歌だ。いっせいに駆けめぐる〈イエス〉

ぼくは日の光がなくなるまでそこに立っている。塩と硫黄のにおいの向こうに松の香りがしてくるまで立っている。月が昇って彼らが口を閉じ、銀色のカラスの群れになるまで立っている。森が無数の黒い節くれの集合体になるまで立っている。それから身を屈めてうつろな小枝を一本拾い、家のほうに回れ右をして宙を鞭打ち、死者たちのもとを離れると、そこにケイラを抱いた父さんがいる。闇の中で、二人とも亡霊のように明るく輝いている。

「心配になってな」と父さんが言う。

〈イエス〉と彼らが息だけの声で言う。

「おまえが帰ってこないから」どうせ見えないんだけれど、ぼくは肩をすぼめる。ケイラが体をくねらせる。

「おりる」

「だめだ」と父さん。

「おりる。おねがい、とうさん」とケイラ。

「行こう」とぼくは言う。背後に立つ亡霊の木のことを考えると、背中の皮膚が焼けるように熱くなって、何百匹ものアリが背筋を這い上り、咬みつく場所を求めて骨の隙間のやわらかい部分を探っているようだ。もちろんあいつもそこで見ているにちがいない。水草のように揺れながら。

「おねがい」とケイラが言い、父さんが手をゆるめて、ケイラがすべり下りる。

「だめだよ、ケイラ」とぼくは言う。

「いいの《イエス》」とケイラは言って、ぼくのそばを通り過ぎ、危なっかしい足取りで暗い地面を歩いていく。ケイラが鼻を上に向け、木と向き合う。首を大きくそらして見上げる。ケイラの目はマイケルの目、鼻はレオニの鼻、両肩は父さんの肩、そして木の大きさを推し量るように上を向くしぐさは、完全に母さんだ。だけどそんなふうに立っているケイラの何か、みんなから受け継いだあらゆるものがひとつになっているそのさまは、まさしくケイラだ。

「うちにおかえり」とケイラが言う。

　亡霊たちが激しく揺れる。だけどその場から去るわけではない。またもや口を開いて揺れている。

ケイラが手のひらを上に向け、カスパーをなだめるみたいに宙に片手を伸ばしても、亡霊たちは揺れるのをやめないし、立ち上がりもしないし、空にも昇らないし、消えもしない。そこでケイラは歌いだす。ちぐはぐで、なかば意味不明の、ぼくにはさっぱりわけのわからない歌。ただメロディーだけ。静かだけれど、木々が揺れてこすれるぐらいには聞こえていて、それが彼らのささやきを断ち切ると同時に、彼らのささやきとからまり合う。すると亡霊たちの口がさらに開いて、顔の両端にしわが寄り、泣き顔のようになって、だけど彼らには泣くことができない。ケイラの歌声が大きくなる。歌いながら宙で片手を振る。そしてぼくははたと気がつく。その瞬間にはたと、レオニもそうやってぼくの背中をさすっていた、ケイラの背中をさすっていた、ぼくらがこの世に怯えていたときに、と。ケイラが歌い、亡霊たちがいっせいに身をのり出してうなずく。そしてなにかほっとしたように、思い出すように、安心したかのように、ほほ笑む。

〈イエス〉

ケイラに腕を引っぱられ、ぼくは妹を抱き上げる。父さんが体の向きを変える。ぼくたちの前を歩きながら、父さんはアライグマやフクロネズミやコヨーテはいないかと目を配り、ひとつ、またひとつ、木の枝を曲げながら、ぼくたちを家へと導く。ケイラはぼくの肩に頭をのせて静かに歌っている。「しーっ」と、まるでぼくのほうが小さな子どもで、ケイラのほうが兄さんみたいに。「しーっ」と、まるでレオニの子宮にいたころの羊水の音を、あらゆる水の音を覚えていて、それをこうして歌っているかのように。

〈帰ろう〉と彼らが言う。〈帰ろう〉

謝辞

必要な問いをつねに投げかけ、本質的な答えに私を導いてくれた編集者のキャシー・ベルデンに感謝を述べたい。彼女のおかげで作家として成長することができた。ともに歩んでくれたことに心より感謝する。また、サリー・ハウの支援に感謝する。散漫になりがちな私を助け、きちんと管理してくれた。同様に、エージェントのジェニファー・ライオンズがいなければ、私は途方に暮れていただろう。私の作品が幅広い読者に届くよう、彼女は一貫して戦い、非常に粗削《あらけず》りな初期の段階から私を信じてくれた。スクリブナー社の広報担当者であるケイト・ロイドとロザリーン・マホーターは、鋭敏で理解に満ち、親切心にあふれている。作品を世に送り出すために二人が差し伸べてくれたあらゆる助力に感謝する。さらに、私の作品を擁護し、作家としての私のキャリアに投資してくれたナン・グラハムに感謝する。ライシアム・エージェンシー社のスタッフにも、感謝の意を表したい。私の作品と言葉が世に出るために、なくてはならない存在だった。同じことが、前任の広報担当者であり親しい友人でもあるミシェル・ブランケンシップにも当てはまる。彼女は私の作品の多くを読書界に紹介するとともに、現在も私を信じ、気遣ってくれる。

　私が勤務するテュレーン大学の学部長を務めるマイケル・クチンスキ教授は、寛大で思いやり深い方である。彼とテュレーン大学の同僚の存在なくしては、本書の執筆に必要な時間と資金を得ることはできなかっただろう。テュレーン大学の学生たちは非常に優秀であり、私は教えるというより彼らに教えられているのではないだろうか。作家仲間のエリザベス・スタウド、ナタリー・バコプロス、サラ・フリッシュ、ジャスティン・セント・ジャーメイン、ステファニー・ソイロー、アミー・ケラー、ハリエット・クラーク、ロブ・エール、J・M・タイリー、レイモンド・マクダニエルズにはつねに鍛えられ、インスピレーションを受け、挑戦意欲を掻き立てられている。彼らは本当に素晴らしく、彼らがいなければ本書の執筆と推敲は達成できなかっただろう。

そして家族に感謝したい。母は私を愛し、食べさせ、ハグしてくれる。父はどうすれば自由な魂でいられるかを教えてくれる。祖母のドロシーはよい物語の語り方を教えてくれる。弟のジョシュアは私の内なる愛に火を点し、その火はいまも燃え続けている。妹のネリッサとシャリンは私と戦い、私のために戦ってくれる。祖母グレチェンの手にかかれば、人も植物も花開く。従兄弟であり弟でもあるアルドンは、私が忘れてしまったすべてを記憶し、思い出すのを助けてくれる。従姉妹のレットとジルはともに育ち、いまもともに育っている。友人のマークは私の家具選びを手伝い、私がもはや立っていられないときに私を支えてくれる。友人のマリハは私の手を握り、何があっても天命尽きる前に逝かせまいと決意している。姪や甥たち――デショーン、カラニ、ジョシュア・D――は、愚かになることの大切さを教えてくれる。そして希望を与えてくれる。パートナーのブランドンは、必要なときに私を笑わせてくれる。私の子どもたち――ノエミとブランド――は、忍耐強くあること、愛すること、抱きしめること、喜びを感じることを教えてくれる。最後に、わがミシシッピ州デライルのコミュニティを構成するすべての人々に感謝したい。彼らは私に物語のインスピレーションをもたらすとともに、帰属感を与えてくれる。そして何より、皆さんすべてに感謝します。
愛を込めて。

訳者あとがき

ジェスミン・ウォードによるこの美しい作品との出会いから約二年。今回こうして訳書をお届けできることを心から嬉しく思う。作品の内容と位置づけについては青木耕平氏がすばらしい解説を寄せてくださったので、ここでは私的な所感を述べるに留めたい。

物語はヤギの解体という暴力的なシーンで幕を開けるが、そこに描かれているのは、十三歳の誕生日を迎えて自らの成長に期待と不安を抱く少年ジョジョと、彼を温かく見守る祖父リヴァーの、愛と信頼に満ちた姿だ。エキゾチックな植物が茂る湿地帯《バイユー》の森でひっそりと繰り広げられる原初的な暮らしの美しさに、たちまち心を奪われた。

物語はその後、時間を大きく前後しながらいくつもの視点を取りこんで展開していく。基本的にはジョジョが死について、また自身のアイデンティティについて学ぶ成長物語なのだと思うが、どの視点に立つかによって、眼前にはまったく別の風景が開けてくる。たとえばジョジョは母レオニの愛情を感じることができずに深く傷ついているが、レオニの側からすれば、けっして愛情がないわけではない。むしろ思春期を迎えたジョジョの辛辣なまなざしと彼女自身の自己評価の低さゆえに愛情を隠してしまう、という部分が大きいように思われる。

「ジョジョやミケイラを愛し、レオニを嫌うのは簡単だが、レオニが奪われたものにも思いを馳せてほしい」と、あるインタビューで作者が述べているように、レオニは十五歳のときに最愛の兄ギヴンを暴力的な形で奪われた。しかも両親は自らの嘆きに閉じこもり、レオニは必要なケアを受けることなく、恐ろしい孤独と喪失感をひとりで耐えなければならなかった。もしかするとそのトラウマが原因で、親になったいまも大人になれずにいるのかもしれない。

また、虐待まがいの扱いを受けているジョジョとしては、レオニに対する見方が厳しくなるのは致し方がないにせよ、彼の判断を鵜呑みにすることはできない。たとえば熱帯魚をめぐるエピソードにおいて、彼は熱帯魚の死をレオニのせいと決めつけているが、実際には飼い主である彼のほうに、パンくずなりなんなり代替の餌をやる責任があったはずだ。そのように考えていくと、ジョジョにもリヴァーやレオニから受け継いだ頑固な面があるのではないだろうか。

個人的にはマイケルもお気に入りのひとりだ。認識が甘く軽率な部分は否めないが、理解のない父に正面から向き合い、ジョジョとケイラのよき父になろうと努力するなど、こと対人関係においては誠実であろうとする態度に好感がもてる。終章ではレオニとともになかば影と化した姿が描かれているが、それでも毎週帰ってくるあたりに、もしかすると彼らなりの努力を読み取ることができるのかもしれない。

一家の置かれている状況はあまりに厳しく、ジョジョとミケイラにしても、成人するまでの残り数年、あるいは十数年を無事に生き延びる保証はない。作者のウォードは「貧困とあらゆる形の暴力がはびこるミシシッピの片田舎では、大人になるまで生き残ることすら当然とはいえない」と述べており、彼女自身も、飲酒運転者の引き起こした事故により当時十九歳だった弟を亡くしている。

その一方で、終章に見られるジョジョの心の変化、レオニの気持ちをおぼろげながらも理解しはじ

め た 成長ぶりを織りこめば、将来的な親子の和解と家族の再生も不可能ではないと信じたい。

物語にはそのほかにも、リヴァーやリッチーをはじめ、強烈な存在感を放つ人物が多数登場する。読めば読むほどに描きこまれた細部の扉が開かれ、時空を越えてどこまでも物語世界をさまようことのできる作品だと思う。どうか読者の皆様にもお楽しみいただけますように。

最後に二点ほど断りを添えたい。第一章で、ジョジョが〈ビッグ・ジョゼフはぼくの白人の祖父で、父さんは黒人の祖父だ〉と心の中で述べる箇所がある。リヴァーについては黒人というよりネイティブアメリカンとしての身体的特徴が強調されているため、当初は違和感を拭えなかったが、歴史的な一滴ルールに従えば、先祖に少なくともひとりのアフリカ出身者をもつ彼は、やはり黒人ということになる（一九六四年の公民権法制定まで、アメリカの南部諸州では一滴でも黒人の血が混じっていれば黒人と見なすと定められていた）。そして何より、自らも半分白人の血を引くジョジョ自身が自分と祖父のアイデンティティを黒人と見なしているのだという事実に思い至り、腑に落ちた。

もう一点はフィロメーヌが祈りの中でフランス語を用いることについてだが、これはミシシッピ州の一部がかつてフランスの植民地であったことに由来すると思われる。彼女が信じるブードゥー教は、もともとアフリカ西海岸地域の民間信仰であったものが、同地から拉致された人々によって新大陸にもたらされ、カトリック系キリスト教と融合することで誕生した。メキシコ湾岸を含むカリブ海地域において発展し、ハイチなどにおいて今日なお広く信仰されている。

今回このようなチャンスを与えてくださった作品社の青木誠也氏と解説を寄せてくださった青木耕平氏に、改めて感謝を申し上げます。ありがとうございました。そして本書の刊行を心待ちにしてくれた母と、つねに私を励まし、最初の読者になってくれた姉にも、この場を借りて感謝の意を伝えたいと思います。

二〇二〇年二月

石川由美子

【著者・訳者略歴】

ジェスミン・ウォード（Jesmyn Ward）

ミシガン大学ファインアーツ修士課程修了。マッカーサー天才賞、ステグナー・フェローシップ、ジョン・アンド・レネー・グリシャム・ライターズ・レジデンシー、ストラウス・リヴィング・プライズ、の各奨学金を獲得。本書『歌え、葬られぬ者たちよ、歌え（*Sing, Unburied, Sing*）』（2017年）と『骨を引き上げろ（*Salvage the Bones*）』（2011年）の全米図書賞受賞により、同賞を2度にわたり受賞した初の女性作家となる。そのほかの著書に小説『線が血を流すところ（*Where the Line Bleeds*）』および自伝『私たちが刈り取った男たち（*Men We Reaped*）』などが、編書にアンソロジー『今が火だ（*The Fire This Time*）』がある。『私たちが刈り取った男たち』は全米書評家連盟賞の最終候補に選ばれたほか、シカゴ・トリビューン・ハートランド賞および公正な社会のためのメディア賞を受賞。現在はルイジアナ州テュレーン大学創作科にて教鞭を執る。ミシシッピ州在住。

石川由美子（いしかわ・ゆみこ）

琉球大学文学科英文学専攻課程修了。通信会社に入社後、フェロー・アカデミーにて翻訳を学び、フリーランス翻訳者として独立。ロマンス小説をはじめ、「VOGUE JAPAN」、「ナショナルジオグラフィック」、学術論文、実務文書など、多方面の翻訳を手掛ける。

歌え、葬られぬ者たちよ、歌え

2020年3月25日初版第1刷印刷
2020年3月30日初版第1刷発行

著　者　ジェスミン・ウォード
訳　者　石川由美子
発行者　和田肇
発行所　株式会社作品社
〒102-0072 東京都千代田区飯田橋2-7-4
TEL.03-3262-9753　FAX.03-3262-9757
http://www.sakuhinsha.com
振替口座00160-3-27183

装　幀　水崎真奈美（BOTANICA）
本文組版　前田奈々
編集担当　青木誠也
印刷・製本　シナノ印刷株式会社

ISBN978-4-86182-803-4 C0097

【作品社の本】

ヴェネツィアの出版人

ハビエル・アスペイティア著　八重樫克彦、八重樫由貴子訳

“最初の出版人”の全貌を描く、ビブリオフィリア必読の長篇小説！
グーテンベルクによる活版印刷発明後のルネサンス期、イタリック体を創出し、持ち運び可能な小型の書籍を開発し、初めて書籍にノンブルを付与した改革者。さらに自ら選定したギリシャ文学の古典を刊行して印刷文化を牽引した出版人、アルド・マヌツィオの生涯。ISBN978-4-86182-700-6

悪しき愛の書

フェルナンド・イワサキ著　八重樫克彦、八重樫由貴子訳

9歳での初恋から23歳での命がけの恋まで――彼の人生を通り過ぎて行った、10人の乙女たち。バルガス・リョサが高く評価する“ペルーの鬼才”による、振られ男の悲喜劇。
ダンテ、セルバンテス、スタンダール、プルースト、ボルヘス、トルストイ、パステルナーク、ナボコフなどの名作を巧みに取り込んだ、日系小説家によるユーモア満載の傑作長篇！

ISBN978-4-86182-632-0

誕生日

カルロス・フエンテス著　八重樫克彦、八重樫由貴子訳

過去でありながら、未来でもある混沌の現在＝螺旋状の時間。家であり、町であり、一つの世界である場所＝流転する空間。自分自身であり、同時に他の誰もである存在＝互換しうる私。目眩《めくる》めく迷宮の小説！　『アウラ』をも凌駕する、メキシコの文豪による神妙の傑作。

ISBN978-4-86182-403-6

逆さの十字架

マルコス・アギニス著　八重樫克彦、八重樫由貴子訳

アルゼンチン軍事独裁政権下で警察権力の暴虐と教会の硬直化を激しく批判して発禁処分、しかしスペインでラテンアメリカ出身作家として初めてプラネータ賞を受賞。欧州・南米を震撼させた、アルゼンチン現代文学の巨人マルコス・アギニスのデビュー作にして最大のベストセラー、待望の邦訳！

ISBN978-4-86182-332-9

天啓を受けた者ども

マルコス・アギニス著　八重樫克彦、八重樫由貴子訳

合衆国南部のキリスト教原理主義組織と、中南米一円にはびこる麻薬ビジネスの陰謀。アメリカ政府と手を結んだ、南米軍事政権の恐怖。アルゼンチン現代文学の巨人マルコス・アギニスの圧倒的大長篇。野谷文昭氏激賞！

ISBN978-4-86182-272-8

マラーノの武勲

マルコス・アギニス著　八重樫克彦、八重樫由貴子訳

「感動を呼び起こす自由への賛歌」――マリオ・バルガス＝リョサ絶賛！　16～17世紀、南米大陸におけるあまりにも苛烈なキリスト教会の異端審問と、命を賭してそれに抗したあるユダヤ教徒の生涯を、壮大無比のスケールで描き出す。アルゼンチン現代文学の巨匠アギニスの大長篇、本邦初訳！

ISBN978-4-86182-233-9

【作品社の本】

悪い娘《こ》の悪戯《いたずら》

マリオ・バルガス＝リョサ著　八重樫克彦、八重樫由貴子訳

50年代ペルー、60年代パリ、70年代ロンドン、80年代マドリッド、そして東京……。世界各地の大都市を舞台に、ひとりの男がひとりの女に捧げた、40年に及ぶ濃密かつ凄絶な愛の軌跡。ノーベル文学賞受賞作家が描き出す、あまりにも壮大な恋愛小説。 ISBN978-4-86182-361-9

チボの狂宴

マリオ・バルガス＝リョサ著　八重樫克彦、八重樫由貴子訳

1961年5月、ドミニカ共和国。31年に及ぶ圧政を敷いた稀代の独裁者、トゥルヒーリョの身に迫る暗殺計画。恐怖政治時代からその瞬間に至るまで、さらにその後の混乱する共和国の姿を、待ち伏せる暗殺者たち、トゥルヒーリョの腹心ら、排除された元腹心の娘、そしてトゥルヒーリョ自身など、さまざまな視点から複眼的に描き出す、圧倒的な大長篇小説！ ISBN978-4-86182-311-4

無慈悲な昼食

エベリオ・ロセーロ著　八重樫克彦、八重樫由貴子訳

「タンクレド君、頼みがある。ボトルを持ってきてくれ」地区の人々に昼食を施す教会に、風変わりな飲んべえ神父が突如現われ、表向き穏やかだった日々は風雲急。誰もが本性をむき出しにして、上を下への大騒ぎ！　神父は乱酔して歌い続け、賄い役の老婆らは泥棒猫に復讐を、聖具室係の養女は平修女の服を脱ぎ捨てて絶叫！　ガルシア＝マルケスの再来との呼び声高いコロンビアの俊英による、リズミカルでシニカルな傑作小説。 ISBN978-4-86182-372-5

顔のない軍隊

エベリオ・ロセーロ著　八重樫克彦、八重樫由貴子訳

ガルシア＝マルケスの再来と謳われるコロンビアの俊英が、母国の僻村を舞台に、今なお止むことのない武力紛争に翻弄される庶民の姿を哀しいユーモアを交えて描き出す、傑作長篇小説。
スペイン・トゥスケツ小説賞受賞！　英国「インデペンデント」外国小説賞受賞！

ISBN978-4-86182-316-9

外の世界

ホルヘ・フランコ著　田村さと子訳

〈城〉と呼ばれる自宅の近くで誘拐された大富豪ドン・ディエゴ。身代金を奪うために奔走する犯人グループのリーダー、エル・モノ。彼はかつて、“外の世界”から隔離されたドン・ディエゴの可憐な一人娘イソルダに想いを寄せていた。そして若き日のドン・ディエゴと、やがてその妻となるディータとのベルリンでの恋。いくつもの時間軸の物語を巧みに輻輳させ、プリズムのように描き出す、コロンビアの名手による傑作長篇小説！　アルファグアラ賞受賞作。

ISBN978-4-86182-678-8

密告者

フアン・ガブリエル・バスケス著　服部綾乃、石川隆介訳

「あの時代、私たちは誰もが恐ろしい力を持っていた――」名士である実父による著書への激越な批判、その父の病と交通事故での死、愛人の告発、昔馴染みの女性の証言、そして彼が密告した家族の生き残りとの時を越えた対話……。父親の隠された真の姿への探求の果てに、第二次大戦下の歴史の闇が浮かび上がる。マリオ・バルガス＝リョサが激賞するコロンビアの気鋭による、あまりにも壮大な大長篇小説！ ISBN978-4-86182-643-6

【作品社の本】

ビガイルド　欲望のめざめ

トーマス・カリナン著　青柳伸子訳

女だけの閉ざされた学園に、傷ついた兵士がひとり。心かき乱され、本能が露わになる、女たちの愛憎劇。ソフィア・コッポラ監督、ニコール・キッドマン主演、カンヌ国際映画祭監督賞受賞作原作小説！

ISBN978-4-86182-676-4

蝶たちの時代

フリア・アルバレス著　青柳伸子訳

ドミニカ共和国反政府運動の象徴、ミラバル姉妹の生涯！　時の独裁者トルヒーリョへの抵抗運動の中心となり、命を落とした長女パトリア、三女ミネルバ、四女マリア・テレサと、ただひとり生き残った次女デデの四姉妹それぞれの視点から、その生い立ち、家族の絆、恋愛と結婚、そして闘いの行方までを濃密に描き出す、傑作長篇小説。全米批評家協会賞候補作、アメリカ国立芸術基金全国読書推進プログラム作品。

ISBN978-4-86182-405-0

世界探偵小説選

エドガー・アラン・ポー、バロネス・オルツィ、サックス・ローマー原作

山中峯太郎訳著　平山雄一註・解説

『名探偵ホームズ全集』全作品翻案で知られる山中峯太郎による、つとに高名なポーの三作品、「隅の老人」のオルツィと「フーマンチュー」のローマーの三作品。翻案ミステリ小説、全六作を一挙大集成！　「日本シャーロック・ホームズ大賞」を受賞した『名探偵ホームズ全集』に続き、平山雄一による原典との対照の詳細な註つき。ミステリマニア必読！

ISBN978-4-86182-734-1

名探偵ホームズ全集　全三巻

コナン・ドイル原作　山中峯太郎訳著　平山雄一註

昭和三十～五十年代、日本中の少年少女が探偵と冒険の世界に胸を躍らせて愛読した、図書館・図書室必備の、あの山中峯太郎版「名探偵ホームズ全集」、シリーズ二十冊を全三巻に集約して一挙大復刻！　小説家・山中峯太郎による、原作をより豊かにする創意や原作の疑問／矛盾点の解消のための加筆を明らかにする、詳細な註つき。ミステリマニア必読！

ISBN978-4-86182-614-6、615-3、616-0

隅の老人【完全版】

バロネス・オルツィ著　平山雄一訳

元祖“安楽椅子探偵”にして、もっとも著名な“シャーロック・ホームズのライバル”。世界ミステリ小説史上に燦然と輝く傑作「隅の老人」シリーズ。原書単行本全3巻に未収録の幻の作品を新発見！　本邦初訳4篇、戦後初改訳7篇！　第1、第2短篇集収録作は初出誌から翻訳！　初出誌の挿絵90点収録！　シリーズ全38篇を網羅した、世界初の完全版1巻本全集！　詳細な訳者解説付。

ISBN978-4-86182-469-2

思考機械【完全版】　全二巻

ジャック・フットレル著　平山雄一訳

バロネス・オルツィの「隅の老人」、オースティン・フリーマンの「ソーンダイク博士」と並ぶ、あまりにも有名な“シャーロック・ホームズのライバル”。本邦初訳16篇、単行本初収録6篇！　初出紙誌の挿絵120点超を収録！　著者生前の単行本未収録作品は、すべて初出紙誌から翻訳！　初出紙誌と単行本の異動も詳細に記録！　シリーズ50篇を全二巻に完全収録！　詳細な訳者解説付。

ISBN978-4-86182-754-9、759-4

【作品社の本】

ねみみにみみず

東江一紀著　越前敏弥編

翻訳家の日常、翻訳の裏側。

迫りくる締切地獄で七転八倒しながらも、言葉とパチンコと競馬に真摯に向き合い、200冊を超える訳書を生んだ翻訳の巨人。知られざる生態と翻訳哲学が明かされる、おもしろうてやがていとしきエッセイ集。

ISBN978-4-86182-697-9

ブッチャーズ・クロッシング

ジョン・ウィリアムズ著　布施由紀子訳

『ストーナー』で世界中に静かな熱狂を巻き起こした著者が描く、十九世紀後半アメリカ西部の大自然。バッファロー狩りに挑んだ四人の男は、峻厳な冬山に帰路を閉ざされる。彼らを待つのは生か、死か。人間への透徹した眼差しと精妙な描写が肺腑を衝く、巻措く能わざる傑作長篇小説。

ISBN978-4-86182-685-6

ストーナー

ジョン・ウィリアムズ著　東江一紀訳

これはただ、ひとりの男が大学に進んで教師になる物語にすぎない。

しかし、これほど魅力にあふれた作品は誰も読んだことがないだろう。――トム・ハンクス

半世紀前に刊行された小説が、いま、世界中に静かな熱狂を巻き起こしている。

名翻訳家が命を賭して最期に訳した、"完璧に美しい小説"

第一回日本翻訳大賞「読者賞」受賞

ISBN978-4-86182-500-2

黄泉《よみ》の河にて

ピーター・マシーセン著　東江一紀訳

「マシーセンの十の面が光る、十の周密な短編」――青山南氏推薦！

「われらが最高の書き手による名人芸の逸品」――ドン・デリーロ氏激賞！

半世紀余にわたりアメリカ文学を牽引した作家／ナチュラリストによる、唯一の自選ベスト作品集。

ISBN978-4-86182-491-3

老首長の国　ドリス・レッシング アフリカ小説集

ドリス・レッシング著　青柳伸子訳

自らが五歳から三十歳までを過ごしたアフリカの大地を舞台に、入植者と現地人との葛藤、古い入植者と新しい入植者の相克、巨大な自然を前にした人間の無力を、重厚な筆致で濃密に描き出す。

ノーベル文学賞受賞作家の傑作小説集！

ISBN978-4-86182-180-6

被害者の娘

ロブリー・ウィルソン著　あいだひなの訳

同窓会出席のため、久しぶりに戻った郷里で遭遇した父親の殺人事件。元兵士の夫を自殺で喪った過去を持つ女を翻弄する、苛烈な運命。田舎町の因習と警察署長の陰謀の壁に阻まれて、迷走する捜査。十五年の時を経て再会した男たちの愛憎の桎梏に、絡めとられる女。亡き父の知られざる真の姿とは？　そして、像を結ばぬ犯人の正体は？

ISBN978-4-86182-214-8

【作品社の本】

アルジェリア、シャラ通りの小さな書店
カウテル・アディミ　平田紀之訳

1936年、アルジェ。21歳の若さで書店《真の富》を開業し、自らの名を冠した出版社を起こしてアルベール・カミュを世に送り出した男、エドモン・シャルロ。第二次大戦とアルジェリア独立戦争のうねりに翻弄された、実在の出版人の実り豊かな人生と苦難の経営を叙情豊かに描き出す、傑作長編小説。ゴンクール賞、ルノドー賞候補、〈高校生（リセエンヌ）のルノドー賞〉受賞！

ISBN978-4-86182-784-6

モーガン夫人の秘密
リディアン・ブルック著　下隆全訳

1946年、破壊された街、ハンブルク。男と女の、少年と少女の、そして失われた家族の、真実の愛への物語。リドリー・スコット製作総指揮、キーラ・ナイトレイ主演、映画原作小説！

ISBN978-4-86182-686-3

美しく呪われた人たち
F・スコット・フィッツジェラルド著　上岡伸雄訳

デビュー作『楽園のこちら側』と永遠の名作『グレート・ギャツビー』の間に書かれた長編第二作。刹那的に生きる「失われた世代」の若者たちを絢爛たる文体で描き、栄光のさなかにありながら自らの転落を予期したかのような恐るべき傑作、本邦初訳！

ISBN978-4-86182-737-2

分解する
リディア・デイヴィス著　岸本佐知子訳

リディア・デイヴィスの記念すべき処女作品集！
「アメリカ文学の静かな巨人」のユニークな小説世界はここから始まった。

ISBN978-4-86182-582-8

サミュエル・ジョンソンが怒っている
リディア・デイヴィス著　岸本佐知子訳

これぞリディア・デイヴィスの真骨頂！
強靭な知性と鋭敏な感覚が生み出す、摩訶不思議な56の短編。

ISBN978-4-86182-548-4

話の終わり
リディア・デイヴィス著　岸本佐知子訳

年下の男との失われた愛の記憶を呼びさまし、それを小説に綴ろうとする女の情念を精緻きわまりない文章で描く。「アメリカ文学の静かな巨人」による傑作。待望の長編！

ISBN978-4-86182-305-3

ランペドゥーザ全小説　附・スタンダール論
ジュゼッペ・トマージ・ディ・ランペドゥーザ著　脇功、武谷なおみ訳

戦後イタリア文学にセンセーションを巻きおこしたシチリアの貴族作家、初の集大成！
ストレーガ賞受賞長編『山猫』、傑作短編「セイレーン」、回想録「幼年時代の想い出」等に加え、著者が敬愛するスタンダールへのオマージュを収録。

ISBN978-4-86182-487-6

【作品社の本】

戦下の淡き光

マイケル・オンダーチェ著　田栗美奈子訳

1945年、うちの両親は、犯罪者かもしれない男ふたりの手に僕らをゆだねて姿を消した——。母の秘密を追い、政府機関の任務に就くナサニエル。母たちはどこで何をしていたのか。周囲を取り巻く謎の人物と不穏な空気の陰に何があったのか。人生を賭して、彼は探る。あまりにもスリリングであまりにも美しい長編小説。 ISBN978-4-86182-770-9

名もなき人たちのテーブル

マイケル・オンダーチェ著　田栗美奈子訳

わたしたちみんな、おとなになるまえに、おとなになったの——11歳の少年の、故国からイギリスへの3週間の船旅。それは彼らの人生を、大きく変えるものだった。仲間たちや個性豊かな同船客との交わり、従姉への淡い恋心、そして波瀾に満ちた航海の終わりを不穏に彩る謎の事件。映画『イングリッシュ・ペイシェント』原作作家が描き出す、せつなくも美しい冒険譚。

ISBN978-4-86182-449-4

ヤングスキンズ

コリン・バレット著　田栗美奈子・下林悠治訳

経済が崩壊し、人心が鬱屈したアイルランドの地方都市に暮らす無軌道な若者たちを、繊細かつ暴力的な筆致で描きだす、ニューウェイブ文学の傑作。世界が注目する新星のデビュー作！　ガーディアン・ファーストブック賞、ルーニー賞、フランク・オコナー国際短編賞受賞！

ISBN978-4-86182-647-4

孤児列車

クリスティナ・ベイカー・クライン著　田栗美奈子訳

91歳の老婦人が、17歳の不良少女に語った、あまりにも数奇な人生の物語。火事による一家の死、孤児としての過酷な少女時代、ようやく見つけた自分の居場所、長いあいだ想いつづけた相手との奇跡的な再会、そしてその結末……。すべてを知ったとき、少女モリーが老婦人ヴィヴィアンのために取った行動とは——。感動の輪が世界中に広がりつづけている、全米100万部突破の大ベストセラー小説！ ISBN978-4-86182-520-0

ハニー・トラップ探偵社

ラナ・シトロン著　田栗美奈子訳

「エロかわ毒舌キュート！　ドジっ子女探偵の泣き笑い人生から目が離せません（しかもコブつき)」——岸本佐知子さん推薦。スリルとサスペンス、ユーモアとロマンス——一粒で何度もおいしい、ハチャメチャだけど心温まる、とびっきりハッピーなエンターテインメント。

ISBN978-4-86182-348-0

ボルジア家

アレクサンドル・デュマ著　田房直子訳

教皇の座を手にし、アレクサンドル六世となるロドリーゴ、その息子にして大司教／枢機卿、武芸百般に秀でたチェーザレ、フェラーラ公妃となった奔放な娘ルクレツィア。一族の野望のためにイタリア全土を戦火の巷にたたき込んだ、ボルジア家の権謀と栄華と凋落の歳月を、文豪大デュマが描き出す！ ISBN978-4-86182-579-8